贝页
ENRICH YOUR LIFE

A FAMILY'S FILM HISTORY

一个家族的
电影史

许金晶 孙海彦 编著

文汇出版社

1914年,黄作霖(佐临,中立者)与父母、妹弟在天津合影

二十世纪三十年代初，黄作霖（佐临）获得天津租界网球联赛的冠军。网球是他终生爱好的运动，一直持续到二十世纪七十年代中期

1930年，就读于天津中西女中时期的金韵之（丹尼）

1938年，学成归国的黄作霖（佐临）、金韵之（丹尼）夫妇回到天津家中探望父亲

1934年夏,出国留学进修戏剧前订婚的黄作霖(佐临)与金韵之(丹尼)

二十世纪四十年代中期，丹尼剧照

1947年，"文化影片公司"出品的新片上映，黄佐临的电影处女作《假凤虚凰》（桑弧编剧）的海报正在绘制中

1945年，丹尼在"苦干剧团"《乱世英雄》中的造型（此剧由柯灵改编自莎士比亚的《马克白斯》，佐临导演，丹尼饰演"马克白斯夫人"）

1949年9月，黄蜀芹一周岁，与父母、外祖父母在上海合影

二十世纪五十年代中期的丹尼

1960年,黄佐临被任命为上海人民艺术剧院院长

1959年暑假,即将就读北京电影学院导演系的黄蜀芹(后排左一)与父母、弟弟、妹妹在上海家中

二十世纪八十年代末的黄佐临与丹尼

二十世纪九十年代初,黄佐临与自己的漫画像(郑长符绘,祖忠人摄)

目 录

序 一　顾春芳　| I
序 二　许金晶　| VII

第一部分　访谈

访谈（上）　| 2
访谈（下）　| 34

第二部分　文选

黄佐临

往事点滴　| 54

《中国梦》——全球两种文化交流的成果　| 63

我的"写意戏剧观"诞生前前后后　| 72

萧伯纳赠给我的纪念品　| 77

莎士比亚的《如愿》——评天津中西女中毕业演出　| 81

《马克白斯》中国化——从"苦干"演出剪报摘录中引起的点滴回忆　| 86

振兴话剧战略构想十四条——在中国话剧研究会颁奖大会上的发言　| 95

黄蜀芹

我的爸爸——黄佐临 | 107

我的母亲丹尼 | 132

影片《人·鬼·情》导演总结 | 134

女性电影——一个独特的视角 | 145

真挚的生活　真诚的反映——我拍影片《青春万岁》 | 155

让我们更崇尚直觉，更轻松些吧——谈《围城》的表演 | 169

致《围城》的配角们 | 178

朴素实在的上海生活——谈《孽债》 | 183

《舞台挥毫》后记 | 185

郑长符

我的梦幻世界 | 189

舞台挥毫 | 192

黄海芹

我的爸爸——不断地奉献自己的人 | 194

郑大圣

在戏曲电影美学史中创造（与徐枫） | 208

文化世家中的历史情结（与许金晶） | 223

不论知觉与否，历史总会潜入未来 | 250

沈昳丽

小剧场戏曲的模样 | 256

杜丽娘与哈姆雷特 | 262

如花美眷，似水流年 | 269

附　录

黄佐临艺术年表（简编） | 272

黄蜀芹创作年表 | 282

郑大圣主要创作年表 | 284

后　记　许金晶 | 286

序 一 顾春芳

摆在我面前的是独立学者许金晶对著名电影导演郑大圣的一部口述访谈。在此之前我曾收到他的另一部书:《中国独立电影访谈录》。本书是他对电影导演研究的深入,作者整理并向我们敞开了充实和充满意趣的访谈。

当熟悉的历史,在另一重视角中缓缓展开,就好像把我熟悉的胶片重新剪辑成一部崭新的电影。

大圣导演是我的同门,又是校友,他在学理上跨越戏剧和电影两个学科,又融通戏剧和电影进行实践和创作,给大学时代的我留下了深刻的印象。我们的老师张仲年先生也常常用几位当时已经在艺术界颇有影响的师兄来勉励我们,其中就有大圣导演。

我曾有幸参加了上海文化发展基金会"女性电影导演研究"的项目。如果没有参与这一项目,或许我就不会采访黄蜀芹导演,也就不会有《黄蜀芹和她的电影》这本书的诞生,我就不会和这个家族结下如此深厚的缘分,更不会有许金晶和郑大圣二位商定请我来撰写本书序言。这本书读来亲切,也勾起我许多回忆,特别是2008年夏天采访黄蜀芹导演的时光。她是那样谦逊平和、深沉娴静,又是那样朴素和真诚,没有华丽的谈吐,没有虚假的热情和高调的自圣。人生经历的很多事看似偶然,但是在这偶然中有许多前后相续的因果。人生的风景源于一颗颗美好的种子,而人与人的相遇和相知，也不在于时间的或长或短。

我也曾做过一些人物访谈，写过传记，深知要做好一部口述访谈，访谈者和受访者之间一定要有一种特殊的缘分，彼此间需要有那种心照不宣的理想、信念、热情和情怀。从这部口述访谈中，我们可以读到受访者和访谈者对电影艺术的热爱，可以读到三代艺术家穿越时空的心灵对话，可以读到个体在历史中如何确证自我价值的沉思，读到对艺术可以在多大程度上让我们这个世界变得更美好的求索……访谈者设计的多角度、多层次的话题打开了思想的空间，我们可以通过他们的谈话领略艺术家的思想格局、时代观察和美学追求。

这本书读来令人感到自然、松弛、流畅，但是又不乏观点和深度。我想这得益于作者通过访谈所还原的现场性和真实性的追求，它有效地传达出了受访者的艺术观念、精神世界和人格魅力，也清晰地勾勒出三代艺术家的精神谱系。正如它的书名《一个家族的电影史》，全书在历史、家世、艺术、人生等看似分散的内容中保持着一种内在的引力，这一内在的引力便是个体心灵的成长与在场。因此，当我们阅读这些文字的时候，那些充溢着心灵成长色彩的语言犹如电影画面般扑面而来。

我所熟悉的黄蜀芹导演，我所知道的这个家族的历史和境遇，在大圣导演的叙述中被自然地接续起来，虽然时隔多年，但是恍如昨日。先后聆听两代人的回忆，历史本身的显现如同电影一样，呈现出有意味的叙事。顺叙和倒叙、全景和特写、无法越过的场面、难以磨灭的记忆聚合成这部带有史诗性的"生活电影"，而他们各自独特的感受和体验又构成了两代人独有的心灵对话。

令我难忘的是儿子和母亲之间的无言之爱。

大圣导演回忆母爱的时候特别提到了一件往事，这是我所不知道的。他说："我小时候叔叔对我特别好，那时他从北京电影学院摄影系图片摄影专业毕业，毕业以后分在人民画报社。我在天津跟着爷爷奶奶，叔叔因为我爸妈不在，就利用在北京人民画报社做摄影师的便利，经常给我拍照，拍好后就给我爸妈寄去。听我妈妈说，那时他们的信件是被限制的，工宣队不让他们留着照片，拆开信照片看过后就被拿走了。于是我妈妈就凭记忆，画小照片上的我。我妈妈是一个画画很差的人，她不会画，但我的小照片她画得特别像。"他的表达如此朴素，他的语气和语调是我熟悉的黄蜀芹导演的样子，但是在这朴素的语言之中蕴含着多少欲说还休的留恋和不舍。

2022年4月21日晚9点，我收到大圣导演发来的一条短信："我母亲过世了。骤衰，走得很快，没什么痛苦。后事一切从简了。特殊时期，多保重！"那一天黄蜀芹导演永远地离开了我们，她就这样安静地走完了她的一生。母子的相逢和离别，都赶上了特殊时期。先是母亲看不见儿子，再是儿子看不见母亲。别离是人生的宿命，但如此残酷的别离却是一般人所难以承受的……大圣回忆母亲，又何尝不是在心里画他永远不舍的"妈妈"。

人间最真切的情感会经历从陌生到熟悉，再从熟悉到陌生的过程。最亲密的爱是从相隔到不隔，从不隔到无法逾越的相隔。正如大圣导演所体会到的那样，最初看母亲只是普通的母亲，后来母亲成为他心中电影艺术家的高大存在，而当自己与母亲成为同行之后，那种交流又不是常人所能理解的，他说："最深层的交流就是不交流……"而在我看来，这样的爱是平行波动的生命旋律，如同复调，彼此独立又相互照应，彼此分离又永远相依。母子间的情感呈现给我的音色，同样是那样平静、深沉与温和，犹如长笛和大提琴。

本书的回忆还涉及家世、亲情、爱情、家庭、时代、历史、知识分子群像，以及戏剧、电影和戏剧电影史中许多不为人知的往事。它可作为口述历史的一部分，更重要的是，它呈现出平常视角下的另一番人生图景。

佐临先生的形象也在大圣的叙述中从"外祖父"成为"研究对象"，他的身影在"贫困戏剧的传播者""身体训练的先行者""戏剧观念的盗火者""话剧民族化的拓荒者""实验戏剧的推动者"的角色中逐渐清晰起来。

令我印象深刻的是佐临先生在干校时，和妻子丹尼所在的营地隔了一条小河，于是他们想出了一个"药瓶传书"的主意。大圣回忆道："我外祖母随身带一个塑料的小药瓶，把一些事情写在纸条上，然后装进去，每天趁人不注意，从晒谷场上扔过去。我外祖父他们一帮人拿着锄头什么的，每天收工后总得把锄头镐头上的泥土清洗干净，就在小河旁，借这个机会把这个小瓶子捞起来。这是他们的联络方式。因为不让说话，大家都是排队走，有时候在村路上遇到，两边管劳教的头头都会严令说，不许互相说话，不许对眼神。"他们对于隔离审查、集中劳动的"牛棚生活"从未有过怨言。以佐临先生为代表的这一代知识分子留给世人的印象始终是理性、真纯、高贵且富有乐观精神的。

大圣本人从理科转向文科，从绘画转向戏剧，最终选择了电影。我常常想，他对于艺术义无反顾的追求始于何时呢？或许是在帮助外祖父整理几千册的外文图书的时刻，或许是在听佐临先生用英文讲述莎士比亚之际，或许是在用毛笔字为外祖父誊抄中文和英文的文章之时，又或许是在受到那些衣衫破敝的艺术家们沉浸于艺术创作的欢乐感染时……在所有的可能性中，佐临先生不经意的那句话——"一个导演，如果能死在排练场，那是最幸福的事"，一定在刹那间照亮过他对艺术人生的全部想象。

正是这些潜移默化的影响,使戏剧和电影的隔膜在他这里根本不存在,他在"写意戏剧观"中看到中国艺术的美学品格,从《人·鬼·情》中看到了"写意"的美学在电影中实现的可能性,也看到了中国电影美学的阐释与表达。这种阐释与表达在其京剧电影《廉吏于成龙》中得到了全面实践。于是,"电影是虚的,戏剧是实的",在他这里成了伪命题。依托于光影的电影并不全然是实的,依托于生命情致在场呈现的戏剧也不全然是虚的,大虚可达大实,大实可达大虚,虚和实并不是绝对的,越过虚实的二元对立,他找到了通向电影美学的属于自己的道路。

正是这些潜移默化的影响,涵养了大圣不急不躁、从容不迫的内在气质。他深知个体的力量是有限的,艺术家也好,学者也罢,终其一生应该真诚地面对自己的良知和天命。他深知在个体和时代之间始终隔着一条神秘的河流,个体的思考纵然能够激起一点时代的涟漪,那也是偶然的。他说:"每一个具体的创作者,宿命是'摔跤',绝大部分人摔不过时代,更摔不过时间。"而一个真正的艺术家所要做的,就是尽其所能做他的良知和真心要求他做的,传达他所认为的最重要的价值。

艺术访谈是艺术史的另一种容器。编著者很好地把握了大历史、家族史、成长史三史交融的方法,面对人物生活的历史和时代,较好地把握了个体和历史的关系,突出了历史中人的心灵史。可以看出,编著者对受访者的家族史以及受访者本人的艺术创作、演讲和论文都做了深入的研究。这些研究、整理和摘录的文献是书中一个有学术参考价值的构成。

《一个家族的电影史》以大圣导演的自述,追忆了成长的境遇和经历，追忆了三代人的艺术追求和精神传承。历史之于时间，犹如倒影之于河流，能够留下并且值得留下的历史和记忆，总是那些极富意蕴的时刻。感谢作者为我们留下了许多不为人知的故事，让我们的生命在不经意之中和一些有意义的事物建立起联系。他带领我们透过历史，透过三代人的电影史，看到具体历史情境中的知识分子的心灵，同时反观自我生命的安顿。

梅特林克说："蜜蜂只在暗中工作；思想只在沉默中工作；德行只在隐秘中工作。"我想，艺术只在孤独时工作，真正的艺术家永远要面对孤独的旅程，为的是更加靠近他自己的灵魂，并倾吐出前所未有的觉解和创造。

2022 年 10 月 1 日

序 二 许金晶

夜深人静，除了耳机里传来的生祥乐队专辑《野莲出庄》的音乐声，周边似乎没有一点声响。这样万籁俱寂的时刻，或许恰好适合为这本《一个家族的电影史》写下一点文字。

这本书的创意，源起于2020年年初新冠肺炎疫情带来的封控时光。在居家办公的空闲时间里，为抗拒无聊与虚无，热爱电影的我，选择了在1905电影网和爱奇艺网上，系统地观看从民国到二十世纪八九十年代的中国经典老电影。费穆、桑弧、郑君里、阮玲玉……一个个曾经只是停留在听说层面的电影人名字，通过斑驳而珍贵的影像，一一进入我的视野，于是就有了后来在《探索与争鸣》杂志公众号连载的"中国电影史系列随笔"专栏。也正是在这一刻，多年前访谈郑大圣导演时他一笔带过的艺术世家三代传承的出身背景，瞬间出现在我的脑海里——以艺术家族传承史的形式，叙写百年中国的变迁历程，这样的写作尝试，跟我在《开山大师兄》一书中，以新中国文科第一批博士的个人生命史、学术研究史叙写和纪念改革开放伟大变迁的写作意图，不是刚好形成延续式的呼应吗？

于是就有了跟大圣在微信上的坦诚交流。让我感动的是，兴许是之前多次访谈中建立起的熟悉与信任关系，大圣立马表示支持，并随即为我寄来了其家族三代代表人物的详细书籍、画册和影像资料。到仍在封闭的小区门口取回这满满一大箱资料，打开查阅时的激动与感动,至今记忆犹新,成为这些年最温暖的记忆片段之一。

于是,就有了在我相对逼仄的书房和卧室里,围绕这些资料展开的一次次阅读、一次次观看。大半年之后,在上万字的读书与观看笔记的基础上,我形成了详细的口述访谈提纲,并于第二年(2021年)的"五四"青年节当天,在大圣位于上海徐汇区的工作室里,跟他展开了面对面的口述访谈。

当天,从上午九点一直聊到下午三四点,才完成了访谈提纲的一半多。于是我们又相约择日在南京或上海进行下半部分的访谈。让人意想不到的是,接下来南京和上海接续发生的疫情,让我们的再度见面一再推迟。最终在今年(2022年)3月初,上海再度发生疫情,而大圣被困在家时,我们商定用视频连线的形式完成下半部分的访谈。更让人意想不到的是,访谈后上海的这一轮疫情封控持续了足足数月之久;而让人备感遗憾和心酸的是,就在这一轮的封控当中,大圣的母亲黄蜀芹老师在医院中去世,大圣甚至无缘跟妈妈见上最后一面。

黄蜀芹老师去世后,各大媒体均进行了大篇幅的纪念报道,然而面对众多媒体的联系,大圣婉拒了所有的访谈请求,并告诉我,他关于母亲、关于他们家族三代艺术传承史想说的话,已经完全融汇在我们这本书分两次完成的三万字的访谈之中。面对大圣的信任和认可,素人如我,无比感动,也特别希望这些融汇着个人生命史、艺术创作史与传承史的宝贵访谈文字,能以尽可能完整的面貌,与广大读者见面。

跟这三万字访谈相对应的,是大圣所在家族从黄佐临、丹尼,到黄蜀芹、郑长符(包括黄海芹),再到郑大圣、沈旸丽这三代影视戏剧艺术的代表人物的第一手文字。这些文字,全部是我个人从大圣寄赠给我的相关书籍里选出的,包括随笔、创作手记、访谈、演讲稿等各类体裁。第一次选出的文字多达20万字，远远超出了编辑对于这本书体量的预期。于是在编辑的建议下，我对学术性、专业性比较强的论文、学术探讨文章一类的文字，进行了大幅的精简，最终形成的文选在12万字左右。这样的精简，让文选中体现的生命史、家族史与艺术传承史的脉络更加清晰，也更适合一般意义上的大众学术读者阅读。通过口述访谈和当事人文选这两方面的一手文献的组合，大家或许能够比较清晰地管窥这个在中国影视戏剧艺术史上数一数二的传奇家族的功业、魅力与文化传承。

正如大圣在口述访谈里提到的那样：本书成书的前后，中国和世界都面临着新的挑战，而作为最具时代敏感性的艺术家群体之一，中国最好的一批电影导演，已经从2016年起，就开启了从个人生活史和微观文化史视角切入、回顾改革开放史的创作自觉。我们的这本书，或许也是这一创作潮流下的产物，大家读了这些口述访谈和三代人的代表性文字，再去把他们的影像、戏剧作品找来，有机地对照观看，或许就能明白：没有哪一个人的生命历程，能脱离时代大潮而存在。而我们进行的这一艺术家族传承史的回顾，也正是采取了回溯过往的方式，希望能照见未来，或者至少能表达我们对未来的期许与心声。

感谢郑大圣、沈旸丽夫妇对本书的全力支持，借助于这样一本书，我跟爱人小鱼的生命，更加紧密地跟你们这对伉俪前辈结合在一起。每年的6月1日儿童节，我们都会在各自共同的结婚纪念日的庆祝里，找到相对一笑的老友的默契。

感谢本书的序作者顾春芳老师。跟您因为叙写樊锦诗先生守护敦煌事迹的口述史佳作《我心归处是敦煌》而结缘，而您多年前撰写的《黄蜀芹和她的电影》一书，又成为本书写作的重要参考资料之一。本书从某种程度上来说，也是延续了您研究黄蜀芹导演的学术步伐，由您来撰写精彩而深入的序言，实在是再合适不过的。

感谢后窗放映的高达老师。没有多年前后窗放映成立时在南京策划的影展，以及高达为我对大圣的第一次访谈提供的方便，就没有我和大圣的相遇以及这么些年来逐渐的相知与相望。直到今天，后窗放映仍然是南京每一位热爱艺术电影的朋友心目中的老朋友与守望者，希望能跟后窗一直相守。

感谢浙江大学出版社的罗人智兄。没有你全力支持出版的我的第一本书《中国独立电影访谈录》，就没有我后来在澎湃新闻、《探索与争鸣》杂志公众号、群学书院等平台上持续进行的电影写作，也就不会有《一个家族的电影史》的诞生。

感谢本书的策划编辑刘盟赟兄。身为"90后"的你，是我眼中当今国内最好的策划编辑之一。你不仅是《今天》《单读》等知名媒体平台的特约编辑，也是西西等华语世界里一流作家的出版代理人。这本书能交由你策划出版，是我的荣幸，也是本书的幸事。

最后，还要感谢我的采写、编选搭档，也是相守近十年的爱人小鱼。从《开山大师兄》到《一个家族的电影史》，身为老编辑的你，口述访谈的整理功力越发精湛，而针对当事人文选部分的选文与精简方向，你也给出了很好的建议。以共同写作延续我们之间的爱情，是最浪漫，也是最实在的生命之旅。

身处秋去冬来之际，期待本书的如期出版，期待我们携本书共同面朝大海、春暖花开。

许金晶

2022年10月24日晚作于竹林斋

第一部分

访谈

访谈（上）

许金晶（以下简称"许"）：之前向你介绍过这本书的形式，上半部分是通过你的口述，还原家族三代的艺术传承史；下半部分是三代人留下的第一手文字资料。虽然他人的回忆性、研究性文字有一定的价值，但我个人还是觉得自己的讲述可能更有代表性，也更原汁原味些。

今天的访谈先从你的出生和姓名谈起。我们看了你之前给我寄的资料，你是1968年出生，学名郑煌，大名郑大圣，这两个名字，各自有着怎样的来历？你出生时，整个家族或家庭是怎样的生活状态？

郑大圣（以下简称"郑"）：据说，以父母的意愿，我本应该叫郑煌，敦煌的"煌"，一是因为跟我母亲的姓谐音，还有一个原因是我父亲和母亲是在敦煌恋爱，在那里定情的。那时候全国"大串联"，他们却跑去了敦煌。两人那时都刚从北京电影学院毕业，被分配到上海电影制片厂不久，一个是导演系的毕业生，一个是美术系的毕业生。全国的年轻人都在串联闹革命，他俩就想了个名义——我们去敦煌闹革命吧。敦煌有什么革命好闹的？不就是为了去看看壁画和石窟嘛，这是一次免费的大旅行。我父亲对敦煌的美术史特别熟，就带着我妈看壁画、讲雕塑什么的，他们是在那儿开始恋爱的。"煌"又正好是我母亲姓的谐音，但家人从未这么（郑煌）叫过。

1968年是猴年，我外祖父母全都被隔离审查，被强制劳动。老两口不在一个地方，营地是分开的。他们这一帮子读书人、文艺工作者，会被分派重活儿——你最不会干什么，就让你干什么。我外祖母被安排在晒谷场上轰麻雀，这个活也很重，没得停。但是她宁愿轰麻雀，拿着竹竿啊扫帚啊呼哨，是排解压抑闷的一种方式。

他们两个营地之间隔了一条小河，我外祖母所在营地的那个晒谷场在上游一点点。我外祖母随身带一个塑料的小药瓶，把一些事情写在纸条上，然后装进去，每天趁人不注意从晒谷场上扔过去。我外祖父他们一帮人拿着锄头什么的，每天收工后总得把锄头镐头上的泥土清洗干净，就在小河旁，于是借这个机会把这个小瓶子捞起来。这是他们的联络方式。因为不让说话，大家都是排队走，有时候在村路上遇到，两边管劳教的头头都会严令说，不许互相说话，不许对眼神。

有一天，小药瓶里有一个小纸条，是秘密的小信息，说老大生了，是个儿子。我妈妈排行最大。因为我外婆那时被管理得稍松一点，还能跟家里人有联系，家人就把这个消息告诉我外婆了，她通过小药瓶再告诉我外公。

接着就是起名字的问题，大名郑煌，小名还没有。第一个方案呢叫大革，革命的"革"。我外公看了这个纸条以后，便写了一个纸条回来，说"大革"不行。因为他们都是天津人，我的爷爷奶奶也是天津人，用天津话一念，"大革"就成了"大哥"！天津话里这两个字的音很接近。我现在还留着这张纸条。这也是他们当年在很压抑的环境中的一次小开心。

我外公的意思是还不如叫"大圣"，正好那年是猴年。那是他们最压抑最难受的时候，孙猴子不是被压在五行山下嘛，有这么个寄托的意思。但"大圣"也不是个正式的名字，就是家里人这么叫，后来叫得久了，就没有人再想得起来我还需要一个正式的名字，到了我上小学时，也都没顾得上这个事儿。后来就这样叫下来了，家里也没人叫我郑煌。

当时我父母也被隔离审查，也不在同一个地方。我还不到一岁，我奶奶就把我抱回天津了。五岁之前，我是不知道有父母的，脑子里几乎没有关于他们的记忆。

许：你开始记事的那个时候相当于"文革"中后期。就像你刚才说的，那段时期你是在天津跟爷爷奶奶一起度过的。你对当时的生活，还有哪些记忆？

郑：我人生记忆的第一幅画面是在天津的四合院里。我没有在上海的石库门弄堂里生活过，是在天津、北京爷爷奶奶家以及亲戚家的胡同、杂院里生活。我有个叔叔，是我爸爸的弟弟，我小时候叔叔对我特别好，那时他从北京电影学院摄影系图片摄影专业毕业，毕业以后分在人民画报社。我在天津跟着爷爷奶奶，叔叔因为我爸妈不在，就利用在人民画报社做摄影师的便利，经常给我拍照，拍好后就给我爸妈寄去。听我妈妈说，那时他们的信件是被限制的，工宣队不让他们留着照片，拆开信，照片看过后就被拿走了。于是，我妈妈就凭记忆画小照片上的我。我妈妈是一个画画很差的人，她不会画，但我的小照片她画得特别像。

许：对在天津那个城市的生活还有哪些印象呢？就是小时候你在北京、天津一带生活的印象。

郑：现在想来，就是灰扑扑的。北方胡同的砖墙没什么装饰的，很质朴。

四合院已经是大杂院了，我们是住在一个厢房。东、西厢房各有两户，北边的正房住着一大户，整个大院一共住着五户。每一户又用砖头垒出个小厨房，有的是棚子，用枝杈撑起来。对小孩来说还是很快乐的，因为有很多障碍物，就在里头钻啊钻。

许：就是灰扑扑的一个时代，包括大人们穿的那种衣服，灰的，蓝的，一般就这两个颜色，对吧？

郑：灰的或者蓝的，蓝墨水的那种蓝；稍微正式一点，比如说过年，就是藏青的。这个印象持续了很久。后来有人问我《村戏》为什么要拍成黑白的，然后怎么忽然就又变成红的绿的了。我真的不是刻意要怎么样,也许就是一种记忆中的下意识吧。

许:也可以说是原生记忆,原生记忆就是灰扑扑的。

郑:学电影好多年以后,我才看到安东尼奥尼拍的《中国》。他拍了北方,也到上海来拍,我幼儿时期的中国大概就是那个样子。我的原初记忆里最鲜亮、最跳眼的颜色就是红和绿,标语啊旗帜啊的那种鲜红,解放军的那种草绿,只有这两种颜色最饱和,其他都是灰扑扑的。

许:以你作为一个小孩的记忆,在大杂院里来自不同背景的人家之间,感觉是很友善的,还是说关系也很紧张?

郑:怎么说呢,平常邻居关系都特别好,也很热闹。你们家包了饺子会给隔壁送一点,他们家今天蒸了包子也会给邻居端上几个。印象特别深的是对门的一个姐姐,很漂亮,白白的,叫小美。她妹妹小时候有一次发烧,老百姓吃不上贵的特效药,就吃便宜的凉药退烧,结果量多了,人就有点变傻了。我记得大家都叫她小巧儿。他们家很少包饺子,爸妈是工人,日子过得紧巴巴。偶尔他们家吃回饺子或者邻居家包好了给俩小闺女送一盘,小巧儿就特别高兴,就开始跳橡皮筋,稀里哗啦地唱歌。住在北边正房的那一家特别厉害,有五个儿子,在胡同里那就算是霸王了,谁也不敢招惹。考验是在1976年,京津唐大地震,一夜之间胡同倒了一半,从我们家的院子可以直接看到对面人家房子的内景。山墙就这么噼里啪啦地倒了,这一下看到胡同的"肚肠"了,好多人家都暴露出来。自来水管里没了水,滴滴答答的。天津的水本来就咸,这才有的引滦入津工程。一地震,所有的管道全被破坏了,喝水就得抢。加上地震以后必有暴雨,晚上又不能待在屋里,只能在旷地上搭防震棚,解放军来发塑料布,也得抢。这时候我忽然发现,邻里们的面孔都变了。

当时我爸妈分别在两个摄制组出外景,全都不在家。我妈妈在湖南湘西拍片子。

许:那后来怎么办的?

郑:地震的时候,摄制组在湘西很偏远的乡下,我妈出不来,只好发电报给我爸的摄制组,我爸就请假,坐火车冲回天津。据说,他冲进我们那个院子的时候,我很呆滞地坐在门口,不知道叫人。我爷爷在天津的外贸公司车队上班,经常得值夜班,地震当晚和后来的几天他不能回来,得看着单位的公共财产,很大的一个车队。所以家里就我奶奶带着我,我从来没见到过我奶奶那么强悍,为了饮用水和防震棚,她得战斗。

我看到的是,这个世界怎么忽然就变样了?我爸就赶紧带着奶奶和我逃离天津。爷爷在那儿守着,我们家的房子还算好的,就是山墙歪了。但很多人家的房子就没那么幸运了,像终结者似的剩下半边,很快也就倒掉了。

许:童年的这些记忆,对你后来拍两部天津题材的电影——《天津闲人》和《危城之恋》,有哪些影响?

郑:首先是语言。天津话不仅是我的母语,还是我的"祖"母语,因为我的祖父母和外祖父母都是天津人。后来爷爷奶奶也到上海来跟我们一起生活,所以很"奇葩"的是,我每天放了学回家跟爷爷奶奶说的是天津话,而且他们说的,还是解放前的老天津话。我外公的普通话里头带一点点天津口音,外婆是个语言天才,当年在伦敦戏剧学馆学习表演的时候,台词成绩是第一名,她同班的劳伦斯·奥利弗都不如她。外婆的上海话说得很好,普通话当然说得好,苏州话也说得好,其实她的出生和成长也是在天津的。他们的老朋友们也都是抗战全面爆发后从天津移居到上海的。我的天津话一直没断过。现在再回到天津街头,我就很开心,有本能的亲切感,觉得一切都是自在的。我现在的思维语言还是普通话,不会用上海话想事儿。我说上海话,连说几句就会出现发音纰漏,紧接着就词穷了,词汇量不够,但是天津话能够一直说下去,成串儿成串儿地说。

天津是一个很丰富的城市。我住在一个最平民的杂院里,但逢年过节会跟我爸去探望外公家族的亲戚们。他们住在以往的租界里,那个街道和楼房,我记得很清楚,花地砖,楼梯的把手是螺旋的,栏杆上有雕花,窗格是菱形的,家里收拾得特别干净。我外公的继母,老太太说话细声慢语,招待我吃零食,我从没吃过那么好吃的东西,好像是他们家自己烘焙的,三角形的小脆饼奶味很足。大人们在那里说话,我干掉了整整一盘……

许:就是另外一个世界。

郑:拍《天津闲人》和《危城之恋》,我的原动力就是特别想拍天津。

天津跟上海这两个城市有很多类似的地方,比如华洋杂处、阶层丰富;当然,北洋和上海滩还是不一样的气质,气息都不同,但构成很相近。我自己更觉亲切的是天津。

我拍天津老作家林希先生的小说，第一个本能想法是，对白要用天津话；第二个直观印象，这个城市里不同的街区、不同人群的生活，完全是两个星球，各种小水土、小气候，肌理太丰富了。我想拍成双胞胎电影，故事发生在同一个时段，但这两个星球的生活简直没什么交集。这是我当时的直觉，现在咱们一聊，你帮助我理清了这个意思——我们其实从来不曾生活在同一个城市。

许：你是什么时候回到父母身边，又是什么时候回到上海生活的？

郑：从上小学开始我就生活在上海了，大概是1973到1974年之间。我妈妈所在的干校管理稍微放松了一点，允许带小孩了，我就来到了上海。严格地说还不是上海城区，是在奉贤的文艺"五七干校"，是离城区很远的郊区，在海边。文艺知识分子大多在那里劳动改造，不只有电影厂的人，还有（搞）音乐的、美术的、戏剧的。海边的盐碱地，能种出个啥来？但"五七干校"对我来说是很奇特的记忆。

许：那里成为你的一个大课堂了。

郑：那些老头老太是特别好玩的。白杨的床铺就在我妈妈的对面。白杨跟我外公外婆是同一代人，彼此很熟悉。她跟外公合作过《为了和平》，我当然要叫婆婆，她不许。那时候白杨还不到六十吧，她很严肃地要我叫"阿姨"。后来她每年都说自己五十九。我长大以后才知道什么是老牌明星，就是永远没过六十，永远不允许把她叫老了。她的枕头底下藏着蛤蜊油，装在贝壳里的那种，很棒的工业设计。每天晚上睡觉之前，温水洗完脸，从枕头底下拿出蛤蜊油，调匀了，轻轻地摁在脸上、手上，收拾得干干净净才睡觉。第二天早上同样的流程再来一遍，头发一丝不乱，到门口拿起锄头，香喷喷地下地去干活。

那时什么都没有。其实只要是我妈带着我，基本上我们俩过得都很简朴，很多年都这样。比如，她到食堂打两份青菜，一份是菜，还有一份倒上开水，就是汤。后来回到电影厂的宿舍，仍然如此。我小时候最不爱吃的就是菠菜，咽啊咽啊咽啊咽，揪住嘴里的叶子能从嗓子眼儿里抽出来一整根，因为没切开！干校食堂的大师傅是舒适和刘琼，这俩是超级大明星，哪能弄得来啊。比较神奇的一个人，是孙道临，他当时表现比较好，被委任管手扶拖拉机。拖拉机啊！突突突突，很神气的事情啊。他一生为人谨慎，一定不出错的，很严肃，也很酷，他不肯让小孩子坐在拖拉机上面兜圈，连碰都不让我们碰的。

我们小孩子最喜欢的人是赵丹，他跟电影里的那种感觉一样，疯疯癫癫的。他是重点监视对象，但他那个性格呢，工宣队拿他也没辙。我们只要听说赵丹晚上又在吃黄豆了，第二天一准会去看他挨批斗，这是个保留节目。在挨批前，他会弄点炒黄豆吃一晚上，等第二天，我们找到开批斗会的那个大土房子，趴在窗台上往里看：

"不许抵抗！"

"不许搞两面派！"

"老实交代!"

赵丹也不说话,只听,"卟",一个屁,"卟",又一个屁,响得很,黄豆崩出来的。批斗会上大人们只能保持严肃,但我们就乱开心一通。

赵丹会在地里跟我们疯跑,玩捉迷藏,捉住以后咬屁股。现在想想,挺心酸的,他是无处释放啊,宁愿跟小孩玩。这个形象成为我第一次拍片,也就是《阿桃》的模板。我想拍干校。有个城里女孩,她的妈妈被分到乡间去做老师,她跟邻居家的小女孩成了朋友。片子里有个疯婆子,小孩子都害怕她,其实她对小孩很好,是个伤心人,那个形象就源于赵丹。

其实干校是成立了一个幼儿园的,因为大人们得下地干活,就想要把我们圈起来,并派专人看管。可为什么我们这帮小孩还能在外头野呢?因为幼儿园的阿姨是王丹凤,大美人,她根本管不了我们。"小朋友们,不要吵了好不好呀?"这么温柔的声音,怎么可能镇得住我们!我们把枕头、被子乱扔。"小朋友们,不要闹了好不好呀?"还是这么和颜悦色,而我们早就跳窗散出去,去河边泥塘里找甲鱼了。

张瑞芳和秦怡的表现还是不错的,被指派去帮助当地公社生产队的宣传小分队排练节目,还算是干点本行,指导农妇们排成斜的一行,站丁字步,提气,握拳,瞪大眼睛,朗诵诗篇——很长的排比句,慷慨激昂的。我们看看就没劲了,还是去找赵丹。我那时过得特别开心。长大后想想,对那些大人来说,应该完全是另外一个世界，他们得多压抑啊。

我爸很少来，他来得申请，工宣队批准了才能从他的劳动队过来看我们。我爸那一队要帮着贫下中农办生产成果展，做瓜果、蔬菜、鸡鸭的标本，写标语。有一次，他声音很低地说，跟我走。我就跟在他身后转啊转，穿来穿去，来到一面篱笆围成的墙内。篱笆透着风，里面是一座杂货间一样的工棚。看进去，里面有个瘦老头，鬼鬼祟祟的，穿一件已经洗得发白的蓝色中山装。他头发蓬乱，戴副眼镜，眼镜腿儿已经没了，只一边绑着根白线绳。工棚里有很多农具，扒开农具，里面藏着个小小的案几，上头有张宣纸，有支毛笔和小半罐墨汁。这老头明显是在等我爸，我爸给他带了点颜料，他就画葡萄给我爸看。我记得很清楚，因为他画出葡萄表面的反光，看上去亮晶晶的，好像上面有水珠似的。然后他又开始画藤，像写字，捏着笔的手像在跳舞。我一直不知道那个老头是谁，上高中时，上海画院办老画家的国画展，我看到有一幅水墨的葡萄，我认识他的画法。

许：干校的生活持续了多长时间？

郑：好像有一年多。我从小对时间特别没概念，我都上到小学三年级了，还搞不太清什么时候要期中考，什么时候要期末考。别的同学开始复习了，我才感觉到最近大概要考试了。我不知道寒暑假都是什么时候放的，反正其他人说明天不用上学，放假了，我就知道是放假了。但什么时候开学？我不知道，也不管。我对时间的概念是很差的。

许：你对改革开放初期这段时间有哪些记忆？

郑：对我来说，最大的裂变是1976年。那一年是我们这茬儿人哀乐听得最多的一年，周恩来、朱德、毛泽东，一个接一个。当然，最大的震惊是毛主席走了。

许：那个时段也是思想风潮刚刚吹起之时。

郑：正好是我从初中到大学这段时期。太热闹了，跟冲浪一样，从社会风云到思想风潮。我们这一代大概是这么长大的：初中时，启蒙读物是李泽厚的《美的历程》，太好看了。原来教科书之外还有这么一个世界！到读高中时已经目不暇接，"走向未来丛书"，中国的和西方的，古代的和现代的，我们像当下的人追剧、催更一样追这套丛书。我其实没什么辨别能力，纷至沓来一锅烩，脑子里乱七八糟，不求甚解，就开始跟同学争辩，好像很有思想的样子，其实完全是混乱。

许："老三届"像葛剑雄等人，曾在乡间锤炼得很艰苦，所以他们回到大学后非常明确地知道自己要什么。

郑：我们则是懵懂，瞎起劲儿。我对改革开放的印象就是变变变，七十二变，每天都有新鲜事儿，每天都可能被改变。很多人说现在很浮躁，怀念八十年代，可是我感觉浮躁从那个时候就开始了。

许：我看了你给的资料，二十世纪八十年代中期，黄家搬回泰安路旧居。你在那个房子里的生活是怎样的？

郑：我的高中就在外公家的斜对面。我高中没能考到华东师大二附中的高中部，因为理科太差。我读文言文、英文不费劲，理科却是费了劲都没用。数理化三门课，老师在黑板上演算公式，对同学们来说那是语言，是思维过程，对我来说则是图案，我完全无法跟它们对话。华东师大二附中是全国重点，初中时各科用的是实验性的强化教材，并且同学们还超前自学，他们都是奥数选手，相当于我跟一帮"爱因斯坦"在一个班。也因此，我高中实在是无法直升上去了，就落到一个区重点——复旦中学，一百多年前是复旦公学。先有复旦公学，后有复旦大学。

许：我们昨天路过的徐汇中学，最早好像是徐汇公学。后来创办了复旦公学、复旦大学的马相伯，就是徐汇中学的学生。

郑：马相伯是我们的创校校长。区重点高中发下的统一课本，我瞄一眼就扔一边了，因为在魔鬼初中的数理化高级班早就学过了。功课太简单，就有时间去打篮球，搞文学社，谈恋爱，才有了一个所谓真正的青春期。

每天去外公家吃中饭。我外公家在这条马路的当中，我的高中在这边，我后来的大学——上海戏剧学院——在另一边，它们都在华山路上，是原来法租界最西边的一条马路。我大学时有一半多的时间没住宿舍，外公家汽车间后边的一个小房间以前是帮佣住的，就给了我，那是我跟外公最亲近的时期。他是一个话很少的人，一直在埋头做三件事：阅读、写作、排戏，一直闷声不响的。我从小以为导演都是那个样子的。

搬回泰安路不久，过去被没收的那些书可以去认领了。我爸、舅舅、姨父，他们仨借来三轮车，去库房运了好多趟。有标签写着

"黄佐临"的就可以领回来，但有好些找不回来了，管事的说你们自己看着拿吧，就领回来四千多本书，绝大多数是英文的。我外公后来告诉我，那只是被抄走的四分之一不到。其中也有一部分不知道是谁的书，他自己的书才领回来三千多本。

我是第三代中最大的，带着弟弟妹妹们花了两个半月时间，利用每个周末帮外公整理归置这批书。最小的两个拿着抹布抹灰，大一点的把书大致分分类，一本本传送给爬在梯子上的我。书架很高，我外公坐在底下，大妹妹和我把书名报给他，他就说"这个是戏剧史的，放那一格"，"这个是戏剧理论的，放这里"，或者"这个是舞台技术，搁在那一栏吧"。

我很吃惊的是，在整理的过程中，外公会时不时地说，"这本书写得非常好，以后还会再翻翻，要放在下边一点，一伸手能够着的地方"，"这本书写得很坏，很陈腐啊，往上搁"，或是"这本书，现在还非常有用的，往下搁"。这个过程让我非常吃惊，三千多本书，他每一本都看过。

改革开放以后，他第一个给中国戏剧出版社写信，呼吁组织好的、专业的翻译家，赶紧翻译彼得·布鲁克的《空的空间》，赶紧翻译耶日·格洛托夫斯基的《迈向质朴戏剧》。这是当时欧洲最先进的戏剧思想。很多人很吃惊，他在乡下被隔离审查那么多年，国门稍微一开，怎么最先进的东西他全知道？我发现他和他周边的那帮老头都有这个能耐，被下放劳动这么多年，一旦被摘了"帽子"，最先领会世界潮流新动向的还是他们。他们触角灵敏，视野开阔，一直张望着全世界的动向——不知他们是如何做到的。

他不断地写作，写戏剧论文。好多时候是用英文写，自己再翻译成中文。他的字很潦草，出版社和报社很难认得出来。我妹妹心细，书写卷面又干净，我小时候也练过毛笔字，所以我们就轮流帮他誊抄中文和英文的文章。从高中到大学，我干了好几年这个事儿。

外公的第三件"功课"就是去排练场。那个时期，他总是骑自行车去上海人艺的排练场。所以我一直以为导演只做三件事：读书、写作、排练，不是在书房就是在去排练场的路上。我外公寡言，有一天突然说道："一个导演，如果能死在排练场，那是最幸福的事。"这样的话，他不会跟我妈妈、阿姨或舅舅说，只好隔代流露吧。

我考上海戏剧学院导演系，家里人是不知道的，我没告诉我妈。当然也没告诉外公，是主考官悄悄告诉他的，但他当时没给我一点态度和意见。就像我妈妈当时去考北京电影学院导演系，他也不置一词，甚至还劝阻过。我妈对我考上戏也没态度，你是高中生了，自己愿意，考得上就去上呗。但我竟然考上了，外公还是很高兴的。主考官叶明先生曾经是我外公"苦干剧团"的演员，文华影片公司时期的副导演，我妈妈考电影学院时，他还辅导过她，但他面试我的时候，比对其他考生更加严格。老派人就是这样的，不能让人说闲话，为避嫌，不偏袒，反而更严，能过三试那就皆大欢喜。我考上后，外公只跟我说过一句关于学业的话："不要相信天才，不要相信灵感，要有真才实学。"等我去美国读研究生，临行之前去跟他告别时，正赶上他出门去投递一封信，邮筒就在门口不远处，我陪他从泰安路一起走出来，分手时他回头跟我说了一句"多读书"，转头就去寄信了。

我后来体会他先后两次对我说的话。第一次，一个高中生考到一个文艺院校，很容易觉得新鲜新奇，同学之间会标榜、炫耀所谓文艺范儿，所以他跟我说"要有真才实学"。等我出国那次，他知道我会看到很多眼花缭乱的东西，所以跟我说要"多读书"。

许：当时跟文艺界的交往如何呢？

郑：改革开放初期，这帮从各地被放回来的老头重新聚在一起打起了网球，他们很多都是青少年时代天津租界里的朋友，有金融、外贸、建筑、城市规划等不同行业的。当时上海唯一的网球场在乌鲁木齐路上。回力的白球鞋，半长的白袜子和白短裤。他们虽然做了这么多年农活儿，但回到上海后，还是不忘聚到一起打网球。

有一天，家里忽然来了帮老头老太太，冬天，都穿着灰扑扑的中山装，还有那种中国扣的老棉袄，鼓鼓囊囊的裤筒子，千层底、黑色灯芯绒鞋面的棉鞋，跟街上所有人一样，很土很臃肿的冬装，围巾也男女不分，淡灰色的，手套是只有一个大拇指的那种雷锋式，挂个绳。他们在家里悄悄地说话，我跟妹妹负责给他们倒水。有个老头不知道从哪儿弄了几块咖啡糖，铁罐装的那种，大概是咖啡精。一个老太太带了两包杏仁饼，一块钱大小一个的小饼干，我们觉得怪好吃的。他们小时候都是天津租界教会学校的。聊的第一个话题是这些年各自的经历。第二个话题是各家的孩子。这帮精英，他们的孩子是"老三届"这一代人，全部少年失学。所以到了我们第三代,就明确一点,必须读书。后来我们家把老房子卖掉,我外公说绝对不要纪念馆、故居之类的东西,送我们这一代六个人去读书。

改革开放之初,这帮老头都挺活跃的,想把失去的时光补回来,走动特别频繁,家里来了很多文艺界的人。有位老先生,立马申请去香港探亲,那人就是林风眠。他早先曾答应给我外公外婆画一幅画。他是我外婆的"粉丝",一直看他们剧团的演出,赞美女主演。他离开上海去香港前,也没敲门,把画叠了叠,直接塞到门口信箱里了,第二天我们取报纸时才发现。那大概是他离开上海前画的最后一幅画吧。他画了一对白鹭,身后是芦苇,(是)他标志性的画境:阴着天,起风了。

还有一天,来了个老头,对我们来说那是教科书上的名字:曹禺。我外婆那天特别高兴,外公也是,他们是少年时的朋友,都是天津人,十五六岁就在一块儿玩了。我外婆管他叫"家宝儿",我跟妹妹偷笑,"家宝儿",万家宝。他从北京过来,一进院子,大呼小叫,就是十五六岁的神情,跟我们语文课本上节选剧本的那个名字简直是两回事。曹禺喜欢耍宝。很多年以后在北京,我陪我妈或者替她去看杨绛老太太,说到曹禺,老太太说得特别含蓄,她跟我说:万先生小时候很好(hào)玩,后来写了陈白露这个角色,大家应该都不会觉得意外。

在我小时候的感受里,这些大艺术家们更像是家人,跟我外公外婆是同道、同仁、老伙伴。你们昨天路过的武康大楼,孙道临以前就住那儿,他遛弯就到我外公家坐坐。我外公散步也会去看看柯灵、师陀，他们以前合作过很多次，都是壮年时期"苦干剧团"的亲密搭档。这帮老头都住在那片街区，彼此只隔着三四条街，散着步互相串串门，走动很多，还有巴金、张乐平。

许： 黄佐临先生在戏剧、电影方面的创作，以及他提出的写意戏剧观，你大概是从什么时候开始真正接触的？外公有没有跟你在艺术创作，包括艺术观赏上做过一些交流？

郑： 在戏剧学院，这些是必修的戏剧理念之一。但我对它们有更深一步的认知，是在留学回国之后。

将近世纪之交，上海人艺要给老院长黄佐临做一个纪念专辑，用当时的新技术做成多媒体光盘 CD-ROM，一种综合图、文、视频，热键跳转，多维交叉检索的网状阅读模式。我在美国读书时接触过这种技术，芝加哥艺术学院有个艺术与科技系，我旁听过，就来给上海人艺做这个专辑。

这一次外公成了我的课题。我查找了所有找得到的资料，把他各个年代的剧目、文章，从创作到理论、从戏剧到电影，尤其在改革开放时期，由他激发倡导的戏剧观大争论、大讨论，其他评论家、学者的评述，等等，统合梳理，深度阅读。

这时，我突然想起读大学时跟他的一次闲聊。我问：世界上的戏剧理念这么多，您为什么就选了布莱希特和斯坦尼、梅兰芳相互比较呢？中国戏曲的代表除了梅兰芳还有别的很多人，西方也不止斯坦尼和布莱希特呀。

外公跟我吐露了一个原因，不见于他的任何文章。他说：斯坦尼是受苏联推崇的，布莱希特是民主德国的，而梅兰芳是新中国从党和国家到普通观众都高度认可的，这样的三个人在那个年代可以放心研究。

1962年他第一次提出来这个比较，看起来是超前了，因此当时并没有引起广泛讨论，也没来得及付诸剧场排演。选择这三人是很智慧的，他们代表着截然不同的戏剧世界。黄佐临想展示一种多元并存的戏剧认知，可以这样也可以那样，破除唯一才是他真正的用意，并不是"唯三论"。

到了二十世纪八十年代初，上海的外文书店重新开张，可以直接买到英文原版书了。国外的亲戚给他带回来一个随身的小收音机，后来成为他的心爱之物。他每天醒来的第一件事和入睡前的最后一件事就是把世界新闻听一遍。他们的思维总是领先于当时的国人，能很快（地）跟国际接轨。

我外婆的最后一个翻译工作与"贫困戏剧"工作坊有关，是外公委托她做的。翻译的内容不是理论，而是肢体训练的教程，一步一步很具体，是配插图的详解，连载在上海人艺的院刊《话剧》上，用作训练青年演员。肢体剧场是后现代戏剧最重要的起点之一，把肢体从文本中解放出来，把戏剧还给身体，一切都要落实到对身体的刻苦训练上。"贫困戏剧"去掉灯光，去掉舞美，甚至可以去掉剧本，减之又减直至无法再减，便回归到戏剧的原点：人的肢体行动。格洛托夫斯基曾游历东南亚、东北亚，也访问过中国大陆，从东方古戏剧的资源中汲取了很多东西来建构他的身体训练法。我外公赶紧让我外婆译出肢体训练的部分，全是实操，先怎么动，再怎么动，脊椎，呼吸，调动肌肉，弯曲到多少度，坚持多少秒，再做什么动作……以这个为教材，外公给上海人艺的年轻演员开了一个工作坊。很多年轻人一开始很好奇，上过几次课以后就坚持不住了，因为太严苛。但有两个人坚持了下来，就是后来《中国梦》的男女主演。如果不借鉴这套肢体训练，《中国梦》就不会是那样的演法了，它很不像中国以前的话剧，因为有大量的肢体表现。现在肢体剧在国内已经遍地开花，成了时髦，国际交流打开，引进了更新晋（的）更综合的身体训练，从日本到欧洲，林林总总的各种方法和流派。可在当年，国内戏剧界有谁会理解后现代戏剧？连现代主义还很难接受呢。

我外公以国际视野比较研究三种演剧体系，以中国立场构建、实验他的写意戏剧观。他总是能率先向同时代人推介欧洲当时最先进的戏剧理念；他真正想抵达的不仅是话剧这个舶来艺术的在地民族化，他的"中国梦"是从戏剧观、表演方法到舞台呈现，创造出整体的中国学派。

许：讲讲佐临先生担任艺术指导的昆曲《血手记》吧。

郑：这是他第二次排《麦克白》。1945年，"苦干剧团"上演了柯灵先生改编的《麦克白》，那是第一次。那个版本是将《麦克白》翻写为以中国五代十国为背景的《乱世英雄》。民国时代的这一辈戏剧人都在做同一个时代课题：话剧的中国化。昆曲《血手记》首演于1987年，是中国戏曲演莎剧的开端，惊艳了爱丁堡国际艺术节，

访谈（上） 21

获得了成功。

他不仅想把欧洲戏剧的丰富资源融进来,也想从中国传统戏曲出发通出去,两个向度互相应用,互相转化,最后能形成中国演剧体系。在被隔离审查的时候,他也在闷声不响地琢磨这个,他跟我说过,利用反复坦白历史问题、反反复复写交代材料的机会,他梳理自己的求学、创作经历和戏剧观念的演变轨迹。除了写交代,专案组不给用纸笔。他最遗憾的不是大部分的专业书没能领回来,而是丢失了十六七本笔记,全被抄走了,一本也找不回来了。他本来想写一部世界戏剧史的,列了全书的提纲,找资料,做笔记,有好几章已经写出了初稿,但统统没了,只好放下了。但他的思维方式是一以贯之的。

许:黄佐临先生的这些戏剧和电影作品,你接触过哪些?你怎么评价他的戏剧和电影作品?

郑:他只有一篇文章还没有被全文翻译过,但我觉得特别重要。现在上海文艺出版社正在为他编一个全集,有他早年改编、翻译的剧本,更多的是关于戏剧观、戏剧史的专题论文,第一篇应该就是1937年他在剑桥大学的硕士学位论文《莎士比亚戏剧在英国的演出简史》。最近有位任教于中央戏剧学院的青年学者也做过类似的题目。

许:应该是沈林。为了纪念莎士比亚四百五十周年诞辰,沈林写了一本书,他也是留英回来的。

郑:我外公并不喜欢他在剑桥三一学院的导师,那是一位很老派的老教授,莎剧版本学的大专家、大权威,为人、做学问端严方正。可是年轻的黄佐临不喜欢考据功夫，不喜欢抠字眼，他更爱看演出，把各种剧团、各种风格的莎剧演出看了个遍。

他真正的戏剧教育是来自法国戏剧家圣-丹尼在伦敦开办的戏剧学馆，以及契诃夫的侄子，也是斯坦尼斯拉夫斯基的高足迈克尔·契诃夫在达汀顿庄园的表演学馆中传授的斯氏方法。他的硕士论文研究的不是莎翁剧本的版本考证，而是舞台演出，从那时开始，虽然他还没有明确要做一个导演，但指向已经非常鲜明——不做书斋里的学究，他真正的志趣是在剧场、在演出。

留洋归来，他本来是要进大学教书的。那时候海归就业一般都是当老师，西语系的英国文学科目中有一个重要部分就是莎士比亚戏剧，他以为他会走那条路，结果还是走向了剧场、排练场。

我做了导演，有了切身感受后，会不断地回想、体会他随口说过的话。终其一生，他就是个导演艺术家。他从来不是一个从术语到术语、从概念到概念、从理论到理论的理论家。后人对"三种戏剧观的比较"有误读，大意是：黄佐临只标举出这三个戏剧体系，是一厢情愿，国际上并不认可。可他们没仔细读，黄佐临从未说过世界戏剧只有这三种，他早早地在欧美看了那么多，当然不会"唯三"。当年他举出这三个例子，为的是打破斯坦尼体系在中国话剧界的大一统。误解的原因，是没能体会他当时的不得已和用心深远。

黄佐临是个导演，但也是一个有着高度理论自觉的导演，一个学者型的导演。

许：他这一辈子创作的戏剧，包括戏曲和话剧，还有电影，你通过拷贝或者录像的版本，看过哪些，对这些作品有着怎样的评价呢？

郑：直到2018年，我才看到他的剧情片处女作《假凤虚凰》。因为中国已经没有拷贝，现在能看到的是从法国回流的，那也是桑弧先生作为编剧的成名作，是文华影片公司一系列精心的市民电影的开始。《美国之窗》是在1952年为了配合抗美援朝拍的讽刺喜剧，我是在哔哩哔哩上看的，真逗！电影超前地运用了特效化妆术，硅胶做的尖鼻子和高眉弓，假发套，还搭建了微缩模型拍摄纽约街景。一众好演员演美国人，全程说好听的北平话，竟也惟妙惟肖，有着别样的、当年预料不到的喜剧效果，现在看来别有意味。他担任上海人民艺术剧院的院长后，大时局已进入文艺作品必须执行宣教功能的时代，他就尽力在每一次的宣传任务里完成一个艺术上的实验性想法，借这个机会去做很"形式主义"、指向戏剧本体的一次次实验。

许：新中国成立之初的知识分子改造运动，文字的史料是最具代表性的，像杨绛先生的《洗澡》。去年（2020年）我看黄先生拍摄于1950年的《思想问题》，其实也是一个主题先行的宣教片，但确实以影像的、戏剧化的方式，真实地把那段时间上海知识分子改造的东西体现出来了。后世社会文化史学者要研究的话，这部电影值得被好好研究，很有意思。

郑：那部电影虽也是他一生钟爱的喜剧，但并不简单，意趣复杂。旧社会过来的知识分子是自愿配合思想改造的，真心觉得新的中国充满希望和未来。他们积极投入自我改造中，但"思想问题"远不像黑板报上的口号那么简单。我们发现这片子的编导对思想有问题的几个角色，态度不是阶级斗争式的非黑即白，（而）有着下意识的温情，有着同情的立场在里面。

许：很有同情心，远没有后来的剑拔弩张和敌我分明。佐临先生的这些戏剧和电影对你个人的创作影响大吗？

郑：我自己倒没这么想过。我是到二十世纪八十年代初才在现场看过他的话剧，排练的时候也陪他去过。但之前那些他借着政治宣教任务尝试大写意、诗意、浪漫的戏，现在只能看到几张剧照了，比如《激流勇进》。解放前排的戏，更是只留下了剧照和传说。我外公外婆藏了三大本相册，收藏了"苦干剧团"时期每一台戏的演出剧照和当时报纸上的剧评剪贴，这些资料我们捐给上海图书馆了。

许：通过梳理，你觉得佐临先生不管是写意戏剧观，还是他的一些创作观念，是怎样影响到你母亲的电影与戏剧创作的？

郑：我妈妈更加不善言辞。她只会说：电影能不能拍得再"虚"一点？她的意思是：电影能不能克服与生俱来的照相写实主义，能不能做到写意一些？她在《人·鬼·情》里拍戏中戏的空灵境界，可以说是写意戏剧观带来的方向性指引。

在舞台上实现写意，比拍电影自由多了。舞台表演，本来就是以假定性为前提的，在"假定"的前提下，戏剧几乎是无所不能的，无"意"弗届。但这一点，在电影里可就太难了，写实主义的本性使然。要超越这个本性，就要有更高级的通道才行。所以我当时特别不想拍戏曲片,因为这是最难处理的一种电影类型,也是中国独有的电影类型。这个题目太难了,"虚/实"美学问题一直没解决,是个深坑。2007年我刚结婚不久,新娘子的话还管用。沈昳丽跟我说:"你拍啊!虽然投资不高,但不要求商业回报,你用这个机会做实验,失败了也不用承担商业压力。"我一想,对啊!就接了京剧电影《廉吏于成龙》。

接了之后,整整一个礼拜我没怎么睡过觉。清醒地困倦着,二十四小时连轴转,我把能找到的戏曲电影从年代最近的往回倒,重新看了一遍。从二十世纪八十年代初、中期的戏曲片,到"样板戏",到"文革"之前"十七年时期"的新中国戏曲片经典,再到民国时期费穆先生的拍摄札记,一直看到二十世纪二十年代商务印书馆影戏部拍的梅兰芳早期默片的剧照。到了第八天,恍惚了,白日梦游,忽然有扇门就打开了。此前我百思不得其解,走投无路,只因为这样一个魔怔:电影是写实的,戏剧是写意的,怎么和合?一迷瞪,忽然就亮了:电影就一定是写实的吗?大不必。我在芝加哥艺术学院研习实验电影,体会到,不管看着是写实的还是抽象的,不管是纪录片还是动画片,电影的本质是活动影像,是投射出来的光影运动。从这一点来说,电影是最虚幻的。而剧场却是观众和表演者同在的物理时空,真人对活人的直接的能量交换,是最真实的。所以所谓电影"实"、戏曲"虚",是个伪命题。忽然越过了二元对立的预设,我才知道怎么拍《廉吏于成龙》。我妈来摄影棚看过两次,她说,你倒是找了一条能把电影拍得写意的路。

许：你对母亲黄蜀芹和父亲郑长符的艺术创作是从什么时候开始有系统地接触和了解的？

郑：我自己真的不知道。从小我也没觉得他们是艺术家，认为他们就是工人，我们是双职工家庭。我的小学离江南造船厂不远，附近有很多工厂，同学们的父母大多是双职工，只不过我爸妈的工作单位叫上海电影制片厂，是造电影的工厂。我愿意认为他们就是工人。小时候填身份表格，有一栏"家庭成员政治面貌"，我很不愿意被别人看到，因为我只能写"职员"。我外公的父亲是买办，现在讲来是外企中的华人高管，我外公第二次留英学戏剧之前也是。当时全社会几乎都是无产阶级，我家里却是"职员"，这并不是一个光荣的身份。

大概在1977年、1978年，我爸妈回到电影制片厂，开始做副导演、副美术。他们很珍惜，终于能做专业工作，频繁出外景。电影制片厂的厂区非常大，分很多区域，大大小小的摄影棚、录音棚，拍特技用的巨型天幕和水池，许多的仓库和车间，摄录美化服道木漆泥，五花八门的工种。我记得上课时惦记了一整天，一下学就飞奔去纸扎车间，看老师傅用纸做青铜器，鼎、簋、爵放在眼前看，跟真的一样，一上手，没分量，多神奇，满架子的编钟都是纸做的。那是谢晋导演正在筹备的一部戏，《大风歌》，后来没拍成。

许：我前段时间在南京一家旧书店里看到陈白尘先生写的一部剧本，《大风歌》，就是那个电影吧？

郑：应该就是，借古讽今，篡权的吕后是野心家，"老干部"周勃和陈平"拨乱反正"。服装车间里在做长袍大袖，战旗、帷幔，主色调是红黄黑，我还批评过铠甲不如连环画上的好看。

这个梦工厂里有食堂，我常年在这里搭伙儿，爸妈在各自的摄制组忙活儿。还有澡堂子，夏天有冷饮，就是冰水兑糖浆，我们小孩都爱喝，相当于后来的可乐吧。当时大家都积极地拎着暖壶去食堂边门，拿券换一暖瓶冷饮。

有一架没有翅膀的飞机，是从朝鲜战场下来的。机械师转业成为管理员，经常能看见他拆卸零件，浸在汽油里，用猪鬃刷子洗。拍电影的时候，飞机头的螺旋桨一转起来，飞沙走石，大家把它当作鼓风机。

许：我觉得在你父亲的画册里面，有很多跟家族其他成员互动和致敬的成分，比如黄蜀芹导演拍的《人·鬼·情》，其中一个核心意象是钟馗，这个形象在郑先生的画册里出现过很多次。你外公的《血手记》里的那三个女巫我觉得也让人印象深刻。

郑：和家里的其他人比，我爸当然更像个工人，采景、搭景、营建布置，工作领地总是在工地上，更接近建筑设计。在拍片之外、在电影美术之外，他给自己留了一个纯绘画的小天地，用彩墨和高丽纸，双面着色，画自己喜欢的京剧脸谱，以电影的特写、大特写取景构图，于是线条、色块介乎于具象和抽象之间。

在《人·鬼·情》之前，我爸爸就画了钟馗好多年。他喜爱京剧，我舅舅也特别爱看戏，还特迷大花脸，他们经常结伴去看京剧演出。我爸随身必带速写本，眼睛望着台上，手下凭直觉勾勾画画，记录下当时那一刻的直观印象，回到画室再结合着画成大尺幅的彩墨画。从速写怎么一步步画得更"虚"、更意象，他就摸索了好几年，我妈也评说了好几年。钟馗的彩墨舞蹈一路在变化，没想到，最终成了好几年后《人·鬼·情》的概念海报。

《麦克白》中的三个女巫在东方戏剧里竟然由丑角扮演，男扮女装，走矮子步，这一点欧洲观众完全没有想到，他们当场就被征服了。我外公很为"彩婆"的表现力得意，丑角儿演员身上的高超功夫赋予三女巫戏谑弄人的怪诞喜感，迥异于西方舞台上常见的暗黑恐怖形象。我外公认为这正是中国戏曲更有智慧、更高级的地方。我爸爸的画，就是想捕捉这种丑得很美、乖张得很奥妙的感觉。

我父亲带回家的功课，更多的是建筑图纸。细密的网格，立面图，剖面图，右下角标着比例尺，给置景部门用的施工图比好看的彩色效果图更花功夫。上海人家大都很狭窄，吃完了晚饭，把折叠小圆桌抹干净了，我占一小角地盘开始写作业，大部分桌面让给他。直尺，三角尺，半圆仪，圆规，橡皮，各号铅笔一堆。没地方给我妈写分镜头剧本了，我爸就给她一块写生的画板，人靠在床头，蜷起腿架着画板当台子。大家各做各的功课。

我爸出外景之前，会把节省下来的白纸裁得整整齐齐，用帆布刮浆做成耐磨的封面封底，手工装订成一个速写本，每一页标上日期，第一页是他出发的那天，最后一页正好是他回来的那天，他要求我得画满。头三天我还能硬着头皮画，往后就跑出去"放飞"了，觉着过两天赶一赶肯定能追回来，再往后，就扔在脑后了，等到最后三五天，一看都是空的，才赶忙应付。他一翻就知道哪几张是老老实实对着真人实物画的，哪些是想当然的急就章，我挨打基本都是因为这个。每天放学做完了作业，还得临帖，写一张大字，还不许用墨汁，必须自己磨墨，还得悬腕，不许胳膊靠在桌子上，多耽误时间！这样我就更没时间玩了。等我一笔一画熬完这套苦役，别的小朋友也该回家吃饭了。

许：其实这种童子功式的书画训练功底，对你现在的作品还是有潜移默化的影响的，包括对色彩和构图的注重。可能你意识不到，但我们作为观众还是能感觉到的。

郑：高中毕业前，我最喜欢的是历史、考古、建筑设计。我爸说，来，画一下。我就画静物写生，苹果啊，罐子啊，有质感的纺织物啊，等等。他看了一小会儿，说不错，但全国比你画得好的太多了，如果考中央美院或浙江美院（现中国美院），你进不了复试。我就心心念念地想考同济大学的建筑设计，结果因为好奇，被一个发小拉去悄悄报考了上海戏剧学院，竟然过了，瞬间压力就全没了，我的高考结束了！经历过三年魔鬼初中，文化课成绩不是事儿，我就这样完全"放飞"了。

这点半吊子的童子功，现在能帮到我的就是自己画分镜。当我跟美术、摄影讨论场景和运镜的时候，用语言很难说清楚，就自己画，看了速写他们秒懂。我现在坚持手写拍摄日志，要不就提笔忘字了，并且尽量写繁体。

许：你母亲代表性的影视作品问世的时候，是你的青少年时期。

郑：他们的完成片做出来后，没有刻意让我去看，我看到的时间跟观众也差不多。偶尔去他们的拍摄现场或拍戏之前搭景的工地，去送个杯子或者让家长在考卷上签字什么的。等我读了导演专业，后来开始学着做导演的工作，也没怎么跟他们交流过拍电影的事儿，还是各做各的功课，他们没有特别要听我的意见，反过来也一样。等到我开始有自己的完成片做出来，他们也没有特别表示要看一看，如果是刚好看到就看看。

我们家一直都是这样。不光我父母，我的阿姨、姨父、两个表弟表妹，都在这个领域工作，互相看到就看到了，错过也就错过了。我爸妈这一辈跟我外公外婆之间也是一样，看到了放映，想起来就说个一句半句，没想起来也没人在意你有没有意见。家里人顺口而出的一句话影评，最不客气，因为没必要客气，挺煞根[1]的，也因此大家最不想听这个。

我妈妈拍过一部《超国界行动》，惊险悬疑谍战暗杀，还发生在未来，是当年上影厂卖得最好的一部片子，全国发行了三百多个拷贝。她翻成录像带拿回来给我们看看热闹，正好是礼拜天嘛，一大家子人在外公家吃午饭，外公听说是老大最近拍的，就没去睡午觉，坐下来看了一会儿，十来分钟吧，转头就上楼了，还自顾自地嘀咕了句：什么东西。我们觉得挺好看的呀，片子里有好几款最先进的

---

[1] 上海方言，意为"绝对的，极致的"。——编者注

微冲,是比利时送给中国的礼品枪,还是从中央警卫局借出来的呢。打圆场的人就是外婆咯,陪我们看完,说,哎呀,不错,真不容易。外婆说这话一点权威性都没有,因为我们小时候不管考得多差,回家找外婆,她都签字,永远是这两句:哎呀,不错,真不容易。在外婆那儿最好混,她本科学的不是戏剧,在纽约哥伦比亚大学读的是青少年心理与教育,就是美式的那套"你太棒了,你真棒",鼓励、鼓励、再鼓励。

很多年以后,刚巧看到我的《天津闲人》在电影频道播出,我妈就说了一句:"嗯,你开始有幽默感了。"对《危城之恋》,她只问了问:"这女孩是从哪儿找出来的?她很像那个时代的人。"

我看了《人·鬼·情》,说老家村口的那块石碑太新了吧,整个村子的造型感和质感都特别好,只有置景做的那块碑,一看就知道是加进去的。说完接着吃晚饭。

当初做《王勃之死》的后期,我自己剪,住在机房,醒了剪、困了睡,一镜一镜、一帧一帧地抠饬,我妈来给我送点吃的喝的,看了一小段,给我来了一句:"你这么个弄法,别人怎么看得懂。"当时真是把我气死了!

一个导演究竟是怎么想的?只有看电影才能知道,这跟日常交谈不一样。内心褶皱处的那点气泡没办法跟第二个人说,哪怕是至亲,也不好意思的。写作或者拍片子是抒发的窗口,而这种传递又很微妙。因为从事的是同一领域的工作,所以熟稔这个领域的语言和语法,有时候摄影机往这边或那边偏了偏,剪接点的收放只在一两秒之差，镜头的潜台词就完全不一样了，跟写文字的语气和用标点一样。这些微妙的差别，让我觉察到，原来是这样啊，原来她是这样想的。看在眼里，也没法向导演求印证，只能一个人悄悄地体会。最深层的交流就是不交流，不过这又好像一个悖论。

2021年5月4日于上海徐家汇郑大圣工作室

访谈（下）

许金晶（以下简称"许"）：你的家族，外公外婆、父母都曾因为艺术创作而遭受种种磨难，那你是什么时候决定延续他们的路径，继续从事电影、戏剧创作的？是什么时候有这样清晰的意识的呢？

郑大圣（以下简称"郑"）：我外祖父母从"文革"之前到"文革"期间，经历了很多次挫折和打击。等我懂事了，"文革"快要结束了。我从未听到过他们的怨言。他们那一辈人可能就是这样的，连不经意的言辞流露都没有。我一直在想：他们的内心到底有什么样的东西在支撑着？他们小时候家境都很好，很年轻就去欧洲留学，抗战爆发，又立马回国，颠沛流离，也没有怨言；后来随着社会的变迁和国家的变化，他们经历了多次动荡，但还是没有怨言。家里也没人聊这个。"文革"结束,我父母这一辈人才开始有机会回到他们学习的专业,从场记、副导演、副美术做起。

对我来说,拍电影这个工作没什么特殊的,我爸妈是电影厂的双职工,上海有的是各种各样的工厂,我同学的父母有的是轴承厂的,有的是造船厂、纺织厂的,电影制片厂就是造电影的,就这样。他们总是轮流出外景,去一些犄角旮旯很有意思的地方——就是工地。我谈不上是自觉地接续家族的职业生涯,就是凑巧。高中毕业考上海戏剧学院也是临时起意,那一年北京电影学院和中央戏剧学院都不招,只有上海戏剧学院招生。四年本科其实挺懵懂的,我根本谈不上有什么真正的认知,就好像只是知道了书架是什么样,哪个格子里有些什么书。真正觉得自己跟拍电影建立起一个深刻的关系,是在美国读研究生的时候。亲自上手,摆弄实验电影。实验电影是"独人电影",自己打光自己拍,自己冲洗胶片、收音、剪辑、混录,连套底也是自己做,感觉不一样了。我跟胶片、摄影机、录音机、剪辑机有了直接的物理关联,才开始自觉起来。

许: 你有了清晰的认知后,你家人对你的选择是怎样的态度呢?

郑: 从来都是听之任之,不阻拦,不鼓励,随我自己选,包括对我去美国后想读实验电影,也没什么额外的建议。他们觉得我已经大学毕业了,读研究生要自己选方向。我去的芝加哥艺术学院是一个极其散漫放纵的"魔法学校",我可以注册别的系上课拿学分,只要自己喜欢。

许: 虽然主观上没这个主动意识,但客观上确实形成了家族三代的艺术传承。在艺术世家的三代传承中,你认为哪些东西是不变的?从外祖父母到父母,到你这一代,每一代人又有哪些自己的特质?这种特质跟时代背景之间又有什么关系?

郑:从小到大,家里基本不谈什么艺术创作,各做各的,偶尔说到,一两句话带过。我姨、姨父、叔叔,还有弟弟、妹妹也是做这个领域的工作的,我们这一代在初中时开始显露出兴趣,长辈们就会提醒我们:不要相信所谓"艺术家",不要相信所谓"灵感""才气"。这是我们最朴素的家族教育,算是家训。

许:可能是"当局者迷,旁观者清"。我长期观看你的作品,为了准备这本书,又系统阅读观看了你们这个家族三代人的作品。在我看来,传承还是非常明显的。黄佐临先生有一整套理论架构,写意戏剧观;你和你母亲的作品里都体现了写意戏剧观,有丰富的留白,用通俗的话来说就是不把话说透。我印象比较深的《青春万岁》,有一种青春洋溢的感觉,但很多东西是点到为止的。你监制的戴玮导演的新作《柳浪闻莺》,里面最触动我的也是这样一种写意手法,以戏曲式的手法来处理当代背景下的这种题材。男女主角的一些对白和交流,第三性的设定,都是有充分留白的。影像语言表达的这种神韵,跟昆曲"一桌二椅"那种极简的布景和表达手法是相通的。我作为第三方从旁观察,觉得三代人的传承还是很明显的,也想来激发你的新的感悟和思考。

郑:我外公主要致力于戏剧。"二战"以后,好莱坞电影在中国大举发行,上海租界里的话剧演出相应退潮,"孤岛剧运"的繁盛生态不再，电影业起来了，他就从话剧外延到了电影。我母亲是学电影的，但她和我姨从小进出剧场后台，在化妆台上写作业，在道具间、服装间里玩儿，对剧场天生亲近，戏剧不是另外一个领域。到了我这一代，第三代，自然而然不觉得电影和戏剧是割裂的。潜移默化中，我也感觉这两个领域是长在一起的。

许：你跟徐枫的对谈里，你把电影与戏剧一体化相通的那种观念阐释得特别到位。

郑："一体化相通"，这个概念是你帮我说出来了，我自己可提炼不出来。在我有学理认知之前，它就发生了，影和剧从来是合在一块的。对我来说，更像是一体两面吧。

你谈到"留白""写意"这种审美趣味，在戏曲里最具代表性的是昆曲，一桌二椅；在国画里是文人画，笔简意赅；在文学里是唐宋传奇；在史学传统里是春秋笔法。这是一整个体系，中国的体系。

在"诗家谷"[1]——这是康有为、梁启超的翻译——读实验电影的时候，我才真切地体会到，为什么外祖父母年轻时在欧洲学的是当时最先进的戏剧，从理念到工作坊的训练法，但回国后自己创办剧团时，尤其是1949年以后，以及改革开放之后，却更热切地寻找"中国的"演剧形态。只有在异域，在跟自己的文化背景相差甚远，甚至直面相撞的地方，作为一个"他者"，才能更敏锐更鲜明地体会

---

[1] 即Chicago，现译作"芝加哥"。——编者注

到,被我们熟视无睹、被忽略的文化基因,会刺激我们从不自觉到自觉。我们这才发现,这些基因其实融在骨血里。每个人都是某种文化、某种文明养成的结果。不成为一个异域中的"他者",未必能这么直观、强烈地辨识到。辨识到之后,才变成自觉的了。

许:你这段话让我想到我在《中国独立电影访谈录》里对你做的书面访谈。当时是笔谈,有段话我印象特别深,就是说生活里有太多的极具戏剧性的时刻,如果没有主观上的影像记录或者说影像建构,可能就这样白白流逝了。你这样的艺术家,把这些自在的影像转化为一种自为式的记录和创作,我觉得这就是作为影像艺术家的价值。

郑:从自在到自为,是很重要的转折点。每个艺术家都希望自己能找准这一刻,并且能够坚持吧。

许:接下来我们聊一个对你来说比较沉重的话题。你外祖母和母亲先后身患认知症,最亲密的家人的这种遭遇对你的人生、对你看待生死的态度有没有产生一些影响?这种影响有没有体现在你自己的艺术创作中?

郑:家里人,有一个挺长,也挺不容易的接受过程。我外婆,那么一个慈爱活泼的人,语言衰退,话变少,最后几乎不说话,但奇怪的是,她还会说英文,最后能说的也就是英文。外公外婆的思维语言是英文,我外公每天在外婆的床头握着她的手说话,两个小时。我们小时候听不懂他们在聊什么。

家里嘛,过程就是过程。此前十几年,我也是看着我母亲一点一点变成小孩,变成我的"婴儿",她睡回摇篮里去了。好在我还可以把她安排在医院,她需要专业的看护。现在上海疫情这么严重,她所在的医院前两天又被封了,我也进不去。

曾经有师长很认真地跟我谈过,说"大圣,你应该拍一个阿尔茨海默病的片子,纪录片、剧情片,或是小剧场,都行"。但我一直很小心地不去触碰这个。

许:有不少关于阿尔茨海默病题材的电影和图书。去年(2021年)有电影《困在时间里的父亲》;我也推荐过广西师大新民说的一本书,《给妈妈当妈妈》,作者是一位老记者,将自己陪伴母亲走过的最后这段历程,写成非常动人的随笔。

郑:我知道那本书,也知道有好几部这样的电影。《困在时间里的父亲》是导演根据自己的同名话剧改编的电影,男女主演都是英国最好的,但整整一年了,我都没去看这部电影。

许:你作为晚辈,同时跟外祖父母和父母是同行,能不能点评一下你眼中外公外婆、父亲母亲的艺术创作历程,包括他们作品的特质?

郑:我从来没想过去评价他们的创作,那不归我管。一代人有一代人的命题,这是时代给出的,或是创作者自命的。时代出的题,和创作者自己设立的命题之间,若能找到一个对应点,是创作者的幸运。但更多的时候,创作者认为有价值、有意义的,不一定就对应了时代命题;时代命题也不是对每个创作者都适合的。在这一点上,我的外公和母亲都是幸运的。这种对应,有自觉的成分,但大部分是不自觉的反应,碰上就碰上了,撞不上也没辙。至于我自己,我还不知道是否能撞得上。我也不管那么多,尽力去试试自己在乎的吧，如此而已。

许：每个作者的创作，包括每一部作品的诞生，确实跟其所处的时代有对应的关系。但我也看到，不管是你的外祖父还是母亲，他们在顺势而为的同时，都体现出自身主动跟随时代的自觉意识。比如佐临先生1947年的《夜店》，是以剑拔弩张的态度，来揭示上海底层劳苦民众的悲惨生活的。在当时的国统区，这是一种革命的力量，或者说是"不合时宜"的声音。但三年后，进入新中国的语境下，《腐蚀》以独立知识分子的态度，展现国统区一名女特工觉醒的历程，这也是一种"不合时宜"。你母亲的《青春万岁》，我觉得其重要性不亚于《人·鬼·情》和《画魂》，当时王蒙先生也对其给予了高度评价。《青春万岁》在改革开放之初大家反思"文革"的语境下，以青春昂扬的基调去回忆二十世纪五十年代初期的状态。你的作品也是这样，《村戏》是你第一部在院线跟大家见面的作品，但这部作品不能归到主旋律电影的范畴。

郑：创作者以一己之念去传达他自认为重要的价值，不一定正好就是时尚。《青春万岁》也好，《夜店》《腐蚀》也好，发心并不是对时流的呼应或顺应，而是来自最朴素也最真切的出发点。这个出发点在当时是否被认可，事实上，创作者并不知道。

许多片子是应时而生、顺势而行，还有些片子要等时间的考验。一切看机缘。一个导演只能以自己天然局限的认知，以感性的本能做动力，去跟时代命题博弈。

我的外公黄佐临先生，终其一生只是一个知识分子的立场，他不算左翼的人。在二十世纪四十年代末把高尔基的《在底层》改编成中国的话剧《夜店》，又翻拍电影，拍一群"蚁居"在上海最底层的边缘人，倒不是出于左翼戏剧、左翼电影那样一种意识形态的发动，只是一个知识分子在当时的社会状况下自然生发的思想感情。

《腐蚀》的改编、拍摄是在1949年之前，后期制作和发行是在1949年后，新中国、新政府正肃清反革命呢，这部片子却带着同情心拍失足女特务。

应对时代命题不是表面轨迹和姿势的顺应与否，不是"顺时者昌、逆时者亡"，是有时间的考验在后面。

许：卡夫卡生前写的小说，是自己放在抽屉里的自说自话，没有好友对他的"背叛"，就没有他今天的经典地位，这是二律背反，是一个博弈。

郑：更多的人是被淹没。每一代作者都深陷于各自的时代。我们读艺术史，读到的都是最好的例子。而每一个具体的创作者，其宿命是和时代"摔跤"，绝大部分人摔不过时代，更摔不过时间。这也算计不来，没法投机，是不是？我们只能以自己微薄的力量去摔跤，摔成什么样就是什么样。

许：这么多年来，我做口述访谈，一直觉得作者的生活史跟创作史是彼此互动的，不管其身份是学者、导演还是作家。下面我们聊聊你的生活史。你跟沈昳丽老师是怎样相识相爱的，选择戏曲演员作为自己的伴侣，是不是受到家庭背景的影响？

郑：我从2000年开始就"漂"在北京了，刚刚开始当一名导演，拍了《王勃之死》。拍片子就是一个组接一个组，后期连前期，拍摄再到后期，接二连三，在北京的时间越来越多，拎着个箱子流转在北京的各个角落，住在各个剧组的招待所里。有一天，我忽然接到一个通知，让我回一次上海，才知道我被列为"上海文化新人"的候选人，让我去做陈述。我不知道这种陈述应该怎么做。是要表扬自己做了什么吗？我觉得很尴尬。在北京我要谈剧本，要筹备或者熬后期，所以工作时间多是晚上，上午基本在"昏迷"。

记得那天老早就要去候场，只好睡眼惺忪地去报到，我觉得浑身不自在。所有的候选人都在那儿候着，有来自剧团、乐团、舞团、交响乐团的，一个个进去，每人大概三分钟。我都不知道自己在说啥，被打断的时候觉得好轻松。中午管饭，大家留下来吃，一桌人里有一位唱昆曲的姑娘，挺特别的，她不像是唱昆曲的，挺现代的一位上海姑娘。大家都互相留电话，我很快又回北京了，没联系。

过了两年，她有个小剧场演出，我收到了首演邀请，是昆曲第一次改编近代小说，鲁迅的《伤逝》。我非常好奇，昆曲还能演鲁迅？我充满兴趣地看完了。我发现这个姑娘演得很有味道，但又并不古老，她演的子君很具现代感，对鲁迅原著里的某一种气息把握得非常准。她是怎么做到的呢？有意还是无意？是基于古典技巧的训练还是出于直觉本能？我很好奇。就开始交往，其实是访谈。我又推荐父母去看，他们看完也很有兴趣。我母亲跟沈昳丽的老师们都熟，后来沈昳丽告诉我，谢幕完，她们的老师说这位是黄导，黄导没点评演出，却莫名其妙地说了句"你好，我是郑大圣的妈妈"。

又过了一年半，我给沈昳丽排一个小剧场昆曲，《长生殿》。《长生殿》有很多种节选版；也有全本，连演三个晚上。我当时就想试一下：只用三个人——一个生、一个旦、一个丑，小剧场，能不能演这出史诗剧？我把一折一折的原剧本切开，重新嫁接与架构，用的是电影的剪辑概念。丑是太监高力士，也是串场人，跳出跳进的评点人。我还给他再造了一个身份——一只喜鹊，给他安排了两把黑扇子，用改装过的程式化舞蹈模拟翅膀扇动，挺好玩的。

许：你们在"上海文化新人"评选会上第一次认识，她评上了，你没评上。

郑：因为后来排戏，才跟她有了交流和相处。排练是真交流，躲闪不了的，句句见真章。我们是2007年6月1日领证的，也没有刻意选时间，就是很凑巧。

许：你俩结合后，在艺术创作上有没有合作互动和交流呢？

郑：成了夫妻就很难在同一个现场工作了。2016年年底，我又给她排过一次戏，也是更具实验性的演出，在音乐和戏剧、戏剧和昆曲之间，当中形态的一个清唱剧，《浣纱记》。那一年是莎士比亚诞生四百周年纪念，我们就决定剪裁镶嵌《牡丹亭》和《哈姆雷特》，用昆曲的言辞改写莎士比亚剧。在中国古典园林里，有一个少女对自己易逝的梦境寻寻觅觅，一转身，是一个孤独王子在纠结，自问天问，沈昳丽一个人演俩。我们请了一位在德国读哲学的朋友，她写古体诗词，也写过昆曲，把哈姆雷特的独白改写成合曲律的唱词。我还请了我表弟，他本科是在上海音乐学院学的古典钢琴，后来去美国读爵士乐的研究生，在上海组乐队，也是中国爵士乐的积极发动者、策演人和爵士学校的创办人。我们把这几个元素揉捏、重构在一起，音乐形态有昆曲、爵士，有现代音乐、钢琴和古琴、笛、箫，也有自由式的鼓。这不是传统概念的昆曲，也不是常规的音乐会，就是一个"演出"，performance。这在西欧和北美很多的，我一直想做。

我在客厅里给沈昳丽排戏，桌椅排排开，一个人的独角戏。成为夫妻后再一起排练，可就较劲多了，不像以前那么轻松。

许：结婚这么多年，对于各自的创作，你们在家里面有没有互动和交流呢？

郑：会聊的。以昆曲为代表的传统戏曲，我一直喜欢看，但我是在戏的外边。沈昳丽是场中人，从九岁开始就浸在其中，像炼丹一样，她对昆曲和剧场的感知、切身的感和受，跟我在外边张望是完全不一样的，就像作者与读者完全不一样。所以在家里我访谈她很多。她从小学戏，师从多门，现在是她各方面最均衡、最成熟、最黄金、最勃发的时期。

传统技艺，真的需要锤炼很多年。由外及内再返还到外面，反复吐纳，自我训练很多年。我一个局外人，很多最粗浅、最原始、最不值一提的问题，也是她完全不曾想过的。我们谈恋爱的时候，我爱看小生小旦的戏，结婚后很少看了，一看咿咿呀呀磨磨叽叽的恋爱戏就走神，像鲁迅说的那样，还是爱看小丑戏和武打戏。我就问她：为什么昆曲里小生要勾搭闺门旦，开口都是叫"姐姐"？

许：这个问题很好啊，你真的有他者化的观察眼光，这是一个非常精彩的问题。

郑：你看，我们现在也流行叫"小姐姐"。昆曲舞台上的所有书生要约会，张口一定是"姐姐"，现在叫"撩妹"，那为什么没有叫"妹妹"的呢？她被我问蒙了，说从九岁学戏开始老师就是这么教的，没人解释过。隔了一个礼拜，她说："我想明白了！开口管闺门旦叫'妹妹'，轻浮；叫'姐姐'，是爱慕。"

许：沈老师回答得非常好。

郑：叫"妹妹"，是轻佻浮浪，浪漫的闺秀大小姐怎么可能喜欢这样的小流氓？知慕少艾，少年人表达对女神的爱慕，自然就会叫"姐姐"了。

她看我的片子，又回到了我说的那个艺术创作者家庭的魔咒：一句话影评。我筹备、拍摄往往是在很远的地方，她看不到，成片之前的小样我也不愿给任何人看，她第一眼看到的一般就是完成片。沈老师评价我的作品，就三档："有点意思""小有意思""意思不大"。

许：她怎么评价《村戏》呢？

郑："挺有意思"，这个评价相当高了。

许：沈老师还是很客观的，跟我们作为观众和评论人的评价也是一致的。

郑：一拍起来，每天就是处理各种意外。看电影、看戏，就像去饭馆吃饭，没人想看厨房。我回家不愿说摄制组的事情，她也不愿说剧团的事。我就问她关于演戏本身，她在台上对灯光的感应，如何呼吸，等等。她说，在台上的最佳状态，表演不光是唱、身段，还有呼吸律动、整个肢体，会都在一个点上，觉得从脚后跟发热，到小腿肚，到腰和背，直到后脑，整个暖融融的，很充沛。这个经验我们局外人永远无法知道，她也不晓得为什么会发生，我就帮她记下来。现在我明白了，庄子说过很玄妙的一句话，"真人之息以踵，众人之息以喉"——"真人"是用脚后跟呼吸的。奇妙的共振，她在台上有过几次那样特殊的体验，可能无意中叩开了道家某个奥妙的门。我告诉沈昳丽，这非常重要。我以前读过一篇访谈，读不懂，是马友友在一个音乐论坛上跟一位爵士音乐家交流，他问："你演奏的时候，音乐是从哪儿发生的？"爵士音乐家说："从我的脚上。"马友友马上说："对，我拉琴的时候也觉得，音乐是从脚后跟开始的。"这就是场上人真正的体会，他们之间能相互明白。

我在拍片现场整天盯着监视器看，还没有过这样的体会呢。剧场、戏剧先天比拍电影更接近那个神秘性，戏剧源本就是祭祀，究天人之际的现场，与鬼神往来呼吸。

许： 沈老师上次送我的那本书非常精彩，里面有个章节专门写参与当代剧场的体验。

郑： 她参与很多当代剧场的工作坊，比如香港荣念曾老师的"进念"。早从半个多世纪前的后现代剧场开始，当代演剧有一个基本理念和训练法，就是要重新找回我们的身体，所以引用过打坐、冥想、太极。

许： 能不能简单梳理一下你自己的艺术创作历程，对自己迄今为止每一部作品做一个简单的点评？

郑： 做完片子我就不回头看了。拍的同时就要做初步的剪辑，等关机了，我得跟我的素材搏斗太长时间，推倒重来无数稿，无数版本，还要做声轨，一遍遍，一道道，对白、动效、音乐、混录，直到整个片子的调色、校字幕……完成片做好以后的两个月甚至小半年，每一个剪辑点、每一个视听元素我都能背出来。我每次给自己不超过半年的时间，要把片子全部忘掉，清空。

前阵子有小朋友给我发链接，说网上有人讲《村戏》，挺有趣的。点开一看，有两段，一个是七八分钟，一个是十来分钟，点评非常到位，把我隐藏的意思全说出来了。做视频的人为了讲述方便把片子重新编辑了，我看着也觉着挺顺溜的，还挺新鲜，又亲切，我认得这些画面，但看着又挺陌生。也有朋友给我发来《王勃之死》和《古玩》的点评小视频，我有种"恍如隔世"的感觉——我以前拍过这个啊？

我希望自己能够自由出入影像与剧场之间。在不自觉的阶段，影/剧对我来说是长在一块的，这是家庭的原因；现在则是我的自觉意识，也是一个目标。

许： 你怎样理解这两种艺术形式以及它们之间的关联？

郑： 一般认为剧场是假定性空间，在舞台上能有更多写意化的表现，（写意）比在电影里容易实现得多；而电影的原点、基准点则是照相写实主义，时间复刻和空间记录，即物理性。我读书时也是这么学的，但后来深入体会剧场排演和影像拍摄，想法就发生了变化。现在我的看法跟普遍认知是反的，我认为剧场更实在、更真切，观、演同在一个物理时空,是真人表演给活人看,有真实的能量交换。"场"真实不虚,是在第一现场同步发生的能量对流。

而电影,只是呈现真实感,当然不是真实,它是关于真实的幻相。从物理学的角度看,电影是一连串的影子,光影在流动。《金刚经》结语的"六如"——"如梦幻泡影,如露亦如电"——就是最精辟的电影本体论。电影实是这个世界的明喻,声色光影的曼陀罗。耗时费工十数个月,五彩沙粒堆积成美轮美奂,最后,必须一挥破相……

剧场里的一切,在所有的时空运行里是唯一性的,没有一个瞬间是可复制的。而电影放映,在南京、上海,或者北京,拷贝都是一样的,典型的机械复制时代的产物。多古老啊,电影已经一百二十六岁了。以后再去影院看电影,会越来越接近一种"非遗"行为。我跟沈老师在家说闲话:"我就要变成你了,我们电影就快变成像昆曲一样了。"电影的这一又四分之一世纪,发生了多少次浪潮,猛烈度和频繁度超过其他艺术品种的总和。现在欧美最新的电影,不管是作者向的洞见还是大商业片的科技魔术,都看不到真正的革命性了,依然是线性叙事的三维幻象,能做到合适恰当、妥帖准确已属难能可贵。经过了那么多裂变,电影已经老熟,熟透了,看不到颠覆的余地在哪里。

出门看一场电影得花好几个钟头的时间成本,刷手机多好玩。我觉着啊,影院观影已经是一种古典行为了。我只会为两种电影再去电影院:一种是大制作,只有在那个"场"里才能体会到电影所特有的古典式视听沉浸，就像看大歌剧；另一种是作者电影，古法手工制作的电影，就像看昆曲。

电影大概是我们唯一能在墓碑上标明生卒年月的艺术形式了。十年前柯达在产业意义上宣布破产，我觉着还有缓儿，film原料死了，film品种依然活着；但若是cinema影院消亡的话，cinema电影可真就悬了。

我非常向往剧场感和观影感共生于一体，比AR、VR更升级的混合体验。我在德国的三家实验室里体验过4K输出的VR，效果非常好，技术研发已经完成，只是还没进入商业体系，因为民用码流有瓶颈。这不，马斯克已经起步技术革命，从脑后植入芯片对接神经元。我们将不再只是在鱼缸外观望金鱼游动，而是下场介入，跟金鱼互动，如同上台跟角色共同生成、共同经历"剧情"……在场感和影像之流结合，再加上智能讯息的输入，直接作用于我们的感触末梢……这就不再是传统意义上的电影和戏剧了，是另外一个维度、下一个世代的命题。

许：《1921》是你最新的一部电影。你为什么会跟黄建新导演合作拍这样一部主旋律电影呢？

郑：我就一个朴素的动机：跟黄导学习。这是一次特别好的学习机会。第一，"重大革命历史题材"这种独具中国特色的主流类型、大制作，是如何运作的？我以往没有这个经验，很想知道。第二，黄建新导演曾是第五代当中最先锋、最实验、最具批判精神的，他对中国当代电影语言的创新是革命性的；而正是这同一个人，又再造了"主旋律"电影，给出新方案、新模式，转变成新主流电影的旗帜性导演，我非常好奇——他是如何做到的？！

许：在具体的拍摄过程中，你跟他是如何合作的呢？

郑：我准备了一个问题清单，一点一滴地观察，趁拍摄间隙提问。我问得认真，他也乐意回答。每天收工不管多累，我都会把监视器前的问答记录下来，坚持了三个月。有一天我说："从作者电影、艺术片转型到主流电影、大商业片，在概念上好像很容易完成，但……"他说："不行，得从内心里转过来，得真这么认为才行。"我马上就明白了，完成脑子里的概念转化是最容易的，好像想通了，但一上手创作依然不是那么回事，得真心就是这么想，才行得通。黄导在理论上很强，是一位学者型的导演，有着非常自觉且自洽的学理认识。他说："我从来只拍创建者、拍第一代，那都是些很牛的人，真正的理想主义知识分子，并且他们会真的付诸行动，要求改变中国，最重要的是他们相信自己能够改变中国。"他处理的"重大革命历史题材""献礼片"是中国独有的主流类型片，但也隐含着他的个人立场，还是有他作为一个知识分子的寄托的。

许：作为电影、戏剧导演，作为艺术家，你如何看待艺术跟政治之间的关系呢？

郑：像我外公那一代从旧社会过来的人，他同时代的朋辈，中国现代戏剧史、电影史、文学史上那些闪耀的名字——他们的下半生各有各的轨迹，跟时代之间的互动、博弈各有各的姿势。我外公作为上海人民艺术剧院的院长，排了很多完成时代要求的剧目，但他借着每一次的命题作文，尽量做自己的艺术实验，不断积累对表演语言和舞台形式的探索,不浪费任何空间。这对我有现实的指导意义。

许: 你母亲这一代呢?跟外公这一代是不是又有一些变化呢?

郑: 她跟我流露过自己的感受,说他们第四代最委屈,只有1979年到1989年这十年。1978年,他们刚回到专业岗位给上一代做助理、做副手;二十世纪九十年代后,社会全面扑向商业化,他们的教育和训练都跟不上了。这当中只有十年是留给他们的。商业电影大潮来临时,作为女导演,她就更不会了。那十年是最自由勃发的十年,各个领域都生机勃勃,赶上就赶上了。

许: 你自己呢?你的创作以历史题材为主,像我们几年前做的访谈,标题引用了你的原话,"历史是我表现现实的一种方式"。你跟时代氛围之间是什么关系呢?

郑: 我们这茬人,1965年后出生的,起码亲历了电影的三个重大转变。第一个,就是改革开放的全过程,刚好是从初中到大学毕业,人格养成和三观确立就是在那十年。现在回想我外公的轨迹,从旧社会进入新中国,我们现在也一样,人到中年进入"新时代"。

许: 我这两年一直在看改革开放之初的历史文献。作为艺术工作者,是不是会有关注时代命题的自觉?

郑: 做完《村戏》是在2016年到2017年之间,我发现有几部片子不约而同地拍了"改革开放"。大家没互相通气,却都选择回头望一下。王小帅的《地久天长》在一个家庭里演,我的《村戏》是在一个山村里演,娄烨的《风中有朵雨做的云》在城市一角,贾樟柯的《江湖儿女》是在小县城的街头。这几部片子算是一种自然反应吧，作为个体创作者的本能反应，这就是我认为的时代命题。

我的个人化创作，到《村戏》算是一站。现在都处在"新时代"，得重新研究，重新学习，重新博弈。

许：最后想聊的一个话题是家族三代的传承。到你的下一代，是不是还有一些接续和传承，能不能介绍一下？

郑：我们家对小孩从来是听之任之，没人去刻意培养才艺。但是呢，比如我大外甥，小时候也没什么特别喜好，读工科大学了忽然参加一个话剧社，是个积极分子，很踊跃。他对这个不陌生，很亲近，就去做了。小外甥女从小就喜欢阅读、画画，这也不稀奇，所有小孩都喜欢涂涂画画，现在长大了，非常认真地一定要学纯美术，准备去英国皇家艺术学院。她对戏剧也有兴趣，梦想是在"纯艺"和演出之间找到一个交会点。

许：谢谢大圣导演。

郑：应该感谢你的提问，给我机会试着回答自己那些不太过脑子的问题。还要感谢尊夫人小鱼，你们二位有心了，费心了，谢谢！

2022年3月12日于南京家中跟郑大圣导演上海徐家汇工作室视频连线

第二部分

文选

| 黄佐临
| 戏剧家、电影导演

往事点滴[1]

弃商从艺

现在有些家长，对儿女的兴趣总是横加干涉，我不由想起了我的家长执意让我学商的经过。

我被送往英国，原是指定我进商科学校的，父命难违，我就进入英国第二大工业城市伯明翰的伯明翰大学，读商科，虽则，我对此道是格格不入的。在学校里，会计学科老师很不喜欢我，说没见过比我更笨的学生，甚至骂我"白痴"！我对数目字一点儿都记不住，

---

1 本文原载于《往事点滴》，上海书店出版社，2006年版。

真是无可奈何！而经济史老师却最喜欢我，夸奖我很会动脑筋，逻辑性强。学期考试时，我的会计学考了三十八分（及格分为四十分）。教务长让我不要灰心，请了一位老师为我补习，每星期两小时，每小时十先令。补习了一个学期后，我又去考试，这一次，会计学考了二十八分！于是，我只好改科了，我进入了社会研究科，在这个科目中，要去参观工厂，写社会调查报告等，我的成绩倒不错。这是个重要的转折。它自然地引导我偏爱易卜生、萧伯纳、高尔斯华绥等社会问题剧的戏剧。所以，可以说从1927年起，我对话剧的兴趣已经开始了。我乐得把补课的钱用去看戏，获益不浅。

于是，我想——我毕竟是学过经济学的！

受宠若惊

1935年8月，我和丹尼在美国结了婚，乘船去英国莫文山，参加英国戏剧家协会举办的暑期戏剧班。同时，莫文山还举行了萧伯纳戏剧节。

莫文山是英国风景秀丽的游览区。小山丘一个接着一个，圆圆的山头，在明丽的阳光下，显得分外可亲。我和丹尼一到那儿，就遇到了怪事，街上男男女女见了我们俩，都十分恭敬地给我们行礼，绅士们向我们行鞠躬礼，而女士们呢，提起裙裾，行十九世纪下蹲礼，隆重极了。

我们惊讶极了，问暑期戏剧班同学究竟发生了什么事。同学们笑着拿来了当天的报纸，原来，报纸上报道了"暹罗国的国王和王后今天到此一游"的消息（暹罗国即泰国）。在外国人眼里，亚洲人都长一个样儿，他们大概是把我和丹尼误当成国王和王后了。

果然，第二天的报纸报道暹罗国国王、王后离开莫文山的消息后，我和丹尼在街上走，就再没有人向我们行礼了。

我们和暑期戏剧班的同学一起，在萧伯纳戏剧节上，观摩了萧翁的六出戏。还听了萧伯纳、保尔·罗伯逊等在戏剧班的讲课。我们就以这种方式，度过了我们的"蜜月"。

"小道具"与"大道具"

抗战胜利前，我在孤岛"苦干剧团"。

一天下午，来了位客人。同团的同仁介绍说，这是一位对话剧极为热心的观众，极想结识我。这位陌生的先生一经介绍后，就拉着我，执意要请我去"白相"[1]。我看他五大三粗，一脸横肉，唾沫星子四射，典型的"白相人"模样，而况，据了解，他是靠制造香烟发财、地地道道的暴发户，我不愿与他交往，就谢绝了。谁知，他死赖活缠，就是不走，一定要让我赏他面子。无可奈何，本着当导演的应该熟悉三教九流的想法，我随他来到一家扬州饭馆。走进门去，只见八仙桌上早已准备好满满一桌酒菜，讲究极了。我很惶惑，不清楚这个陌生人为什么热衷于请我吃饭？

---

[1] 上海方言，意为"嬉戏游玩"。——编者注

这时，主人从里间引出一个女孩儿来，约摸十八九岁，长得很秀气，穿一身浅色旗袍，显得十分文静。他洋洋得意地介绍说："这是我的小妾。"

我禁不住打了一个寒战。（他已五十开外，秃了顶了！）

他接着说："你看她十分漂亮吧？"

那小妾只是低垂着头。

"她好看极了，可以和电影明星比美了！"

那小妾头垂得更低了。

"黄先生，有机会让她上上台，不用化妆，一定比那李丽华还要红！来来来，上前头来，我给你介绍介绍，这就是上海鼎鼎有名的佐临大道具！"（确是"大道具"，并非排版之误！）

那小妾吃惊地抬起头，看了他一眼，我这才看清楚，那女孩儿的眼睛宛如一汪秋水。

我真成了"大道具"，愣着不知说什么好。只是事后想起那个"小妾"深受暴发户的摧残，总为她感到惋惜和愤慨。

牛、鬼、尸、神

我们"苦干剧团"，演出大型神话剧《牛郎织女》（吴祖光编剧，黄佐临导演）。

大幕拉开，只见牛郎骑在老牛背上，悠悠地吹着一支短笛。老牛摇晃着憨厚的牛头，迈着迟缓的步履，驮着牛郎，一步一步地踏进后台。一到后台，老牛立刻直起腰来，把牛头从头上一脱下来，任它套挂在脖颈上,像今日宇航服的帽子那样!他快步跑到台前乐池,拿起指挥棒,指挥乐队。指挥后又钻回去演他的戏。这个指挥不是别人,就是现在中央乐团的大指挥李德伦。

李德伦是搞音乐的。可是,苦干苦干嘛,就得一个人顶两个,甚至顶三个人用,所以,搞音乐的也得演戏。记得演出古装话剧《楚霸王》(姚克编导)时,李德伦扮演一名太尉,无非是吆五喝六地跑跑龙套。可李德伦一上台,非常紧张,还不轮到他,他早早地就等在边幕旁,站立不安,左脚换到右脚,右脚又换到左脚……好容易该他上台了,他一迈腿,"扑通"一下,就绊倒在台上,跌了一个"大虎趴"。原来,他脚上缠紧了边幕的绳子,哪能不跌跤呢?把太尉的帽子都跌掉了!怎么办呢?他只好回到后台,重新穿戴好了再上场。

演出根据匈牙利喜剧改编的话剧《梁上君子》(黄佐临改编、导演)时,李德伦扮演一个向律师夫人求爱的大鼻子巡长,为了向律师夫人献殷勤,他每场都必须送上一杯冰激凌。每天临场时,李德伦总把冰激凌吃掉四分之三,剩下四分之一,"殷勤"地献给律师夫人(丹尼饰),还哈哈大笑说:"哎,冰激凌都化了!"

而白文恰恰和李德伦相反,他在台上胆小,又极认真。他演《王明德》(李健吾根据《马克白斯》[1]改编)一剧中的鬼,真被自己演的鬼吓怕了。而演《福尔摩斯》一剧的华生时,因台后一间屋里"死

---

1 《马克白斯》,系黄佐临先生对莎士比亚戏剧《麦克白》的译称。——编者注

了人",按剧中规定情景,他无论如何不肯走进去。谁想得到他参加解放军后,竟常常在战场抬死尸呢!

人不如马,马不如鞭

那也是在"苦干剧团",演出《大马戏团》(师陀编剧,佐临导演)。我们在跑马厅租了一匹真的白马,每天,这匹白马都要上台。它在台上转一圈,不到一分半钟,却要十元租金!为此,石挥在小报上写了一篇"随感",悲叹人不如马。当时,石挥在《大马戏团》中扮演慕容天锡一角,戏很重,演出从头至尾四个多小时,也远赚不到十元钱。记得一次演出中,他累晕过去,医生到后台诊治,听了听说:"不要紧的,他就是年纪大了点儿。"大家听了,都很心酸,他在戏里演的是老头子,可他实际年龄才二十八九岁呀!

不知是石挥那篇《人不如马》的文章反响太大了,还是怎么回事儿,从此,我们租的那匹白马,竟然在台上抢起戏来,竟敢与石挥"别苗头"[1]!一天,当它转到台前,竟忽然当众撒起马尿来,闹了个满堂彩!而那一场戏,正是剧中女主人翁要离开马戏团,来向心爱的白马告别,气氛应是很沉痛的。它一撒尿,观众哄堂,完全破坏了这场戏的悲剧气氛。我这个当导演的气愤极了,也无可奈何!这匹白马也神了,头天得了彩,第二天到这时候又撒尿了,自后,

---

[1] 上海方言,意为"相互竞争"。——编者注

竟天天如此！除了我怒不可遏外，直接受害者是乐池里的乐队，马尿在台前乱溅，难免点点滴滴地落在他们身上，而指挥黄贻钧面对舞台，更是狼狈不堪，叫苦连天！

我们决心整治整治这匹白马，给它挂了个铅桶上场，谁知，尿声更大，彩声愈烈！

最后，我们只得将白马"五花大绑"，缠上"尿布"上场。这才算平息了这场骚乱。

白马得不到彩以后，闹情绪了，垂头丧气，倒很符合剧情的需要呢。

一匹真马上台，把我们搞得手足无措！想想中国戏曲里，手持马鞭上场，多么干净利索，又美又能表达意思，而我们呢，自找苦吃！我的写意戏剧观的念头，大概就是从那时萌发的吧？

这以后，"苦干剧团"中，谁要不顾戏的整体乱抢戏，都被嗤之为"马尿"。

灵感椅

1925年，我在英国伯明翰大学读书。次年春天，我到离伯明翰约二十英里的莎士比亚故乡斯特勒福特去游览。故居是一幢伊丽莎白时代的建筑，坐落在艾文河上，是莎士比亚女儿的家。英国人称它为茅屋。屋里，陈列着莎士比亚用过的书桌和椅子，他曾坐在这张椅子上，写成了三十六个剧本，所以，英国人把这椅子称为烟斯皮瑞纯椅（Inspiration Chair），即灵感椅，并规定一先令坐一分钟（当时，理发只需花半先令）。都说，坐一坐这张椅子，就可以得到创作灵感。

椅子前排着长队，大都是美国的百万富翁、战后的暴发户和旅游者。我也排在队伍中，虽然我知道，另一个说法是，莎士比亚所有的剧本都是在后台边演戏边写而成，但总想能侥幸得到些莎士比亚式的灵感。何况，我才二十岁，很想当一名剧作家。

当时，我在伯明翰大学二年级读书，借宿在林溪学院。林溪学院是各国留学生的宿舍。在周末晚会上，我自编自演了独幕话剧《东西》，同学们说，很有点萧伯纳的风味。我就斗胆把《东西》的剧本寄给了萧伯纳，并写信告诉他，我想当一名剧作家。萧伯纳给我复了一张明信片，劝我不要当什么剧作家，剧作家是最担风险的，<u>生活朝不保夕</u>。

都说萧伯纳是预言家，我慢慢打消了当剧作家的念头。后来我想，萧伯纳究竟没能预见到，我们国家今天的剧作家是有大锅饭吃的。然而，现在要打破大锅饭，所以，看来萧翁还是有预见性的。1937年7月7日卢沟桥事变以后，全国抗日战争爆发了，我准备回国。7月10日，我去萧伯纳家向他告别，请萧伯纳为我题词留念，他写道："起来，中国！东方的未来是属于你们的，只要你们有勇气、有毅力去掌握它。"现在看来，他确是很有预见性的。

我在伯明翰读书时，一共去过斯特勒福特三次，第二次去英国（1935—1937），又去过两次，在灵感椅上一共坐过五次，加在一起有五分钟。到现在我已年近八十，还没能成为剧作家。可见，成功的百分之一靠灵感，百分之九十九靠汗水是确实的。

牛郎织女

一夜间,我和丹尼都成了"牛鬼蛇神"。我们在同一个地方劳动,但规定了,相互之间不准讲话。

我是不准许回家的,与外界全部隔绝了,而丹尼还可以回家,我渴望从她那里了解些孩子们的情况。由于"不准讲话"的规定,一直没有机会。

一天,我在小河边劳动,看见丹尼在小河的另一边劳动,小河虽然很窄,但还是把我们隔开了。我忽然想起,今天正是七夕,是天上牛郎织女一年相会一天的日子。我不由得叹道:"唉,牛郎织女一年还能相会一次,我们牛公织婆连这一次都没有,只能隔河相望。"

第二天一早就开会,他们问我:"牛公织婆是什么意思?你是影射谁?在牛郎织女中间用金簪划成一条银河的王母娘娘,你们中间隔着一条河,你指的是谁?"在当时,我是无法回答这些的。

1968年春天,丹尼想办法给我传来一只小玻璃瓶,等周围没人注意时,我打开玻璃瓶,发现里面有一张小纸条,告诉我,我已经当了外公,家里添了一个小外孙,名字叫"大圣"。我很高兴,趁打扫卫生的机会,塞了个纸条在她茶杯里,我说,"大圣"这个名字起得很好。牛公、织婆在牛棚里的秘密联系,也算我在那个非常时期里的第二件乐事了。

《中国梦》
——全球两种文化交流的成果[1]

《中国梦》一剧实际上是由三个梦组成的：

第一个梦讲的是热爱家乡，颇有才华的表演艺术家、上海姑娘明明。她最终去了美国，成为一个富有的中国餐馆老板。

第二个是一位美国年轻的律师的梦，他是研究中国哲学的博士，信奉中国古代哲学家——庄子。

第三个是中国山区一位年轻的放排人的梦，他的愿望是建好水坝和水库，用轮船替代原始的竹筏。

梦中，明明于数年后回到中国，发现深深眷恋的故土发生了巨大的变化："喔，哎呀！……这么美的景色，都要叫高压电网罩起来，叫冒黑烟的轮船拖走了吗？……我是来寻找我失落的回忆……一生中第一次死的威胁，第一次爱的温暖，生和死的搏斗，又甜又苦的

---

[1] 本文为黄佐临先生于1988年5月18日发表的英文演讲，由蔡学渊翻为中文。原载于《佐临研究》，中国戏剧出版社，1990年版。

回味……"明明初恋时的情人志强回答道："回忆毕竟是回忆，未来才是未来……我们不能为了个人的伤感情调而牺牲我们的集体财富。为了我们的现代化，我们需要大量的资金……"明明道："在美国有我的生意，你们正需要那儿的美金。"志强答："给我们寄美金来，别带任何教训。"

明明回美国后，律师约翰·霍奇斯对她谈到有关中国梦的看法："道的主旨乃《逍遥游》。须摒弃一切物质利诱，如鹏之翔于高天，鲲之游于浩瀚。"明明问道："道给你钱付房租吗？"约翰答道："道的报偿是将你引到那至高至乐的境界。在那儿，你最大的快乐是任你自由的灵魂去做你喜爱的事情。"

明明道："我决定了，我得继续经营我的餐馆，还要尽量扩大发展。你呢，辞去律师工作，全心全意去研究、宣扬中国哲学。怎么样？对，我会对付经济问题。让你的灵魂逍遥自在……你的未来会比我的更有意义，你的工作比我的更有价值。约翰，快去写你的书，做你的报告，说你的中国梦去！让更多的美国人了解中国哲学，喜爱中国文化吧。让世界上那些向往着美国梦的人们，也做一做中国梦吧。"

最后，这一对异族情侣终于结合在一起了。

在大幕落下之前，他们直接向观众说道："欲知下文如何，请来看我们下一个演出剧目——《未来梦》吧！"

《中国梦》是一出充满了一系列对比的戏剧。其中有一位活跃、能干、富于进取心的中国人和一位沉默寡言的美国汉学家之间的对比，有东西方之间的对比，有现代化经济落后的中国和工业化了的美国的对比，有追随杜威实用主义的中国姑娘和追随庄子的逃避现实的美国律师之间的对比。为了所有这些对比，我把发言命名为：《〈中国梦〉——全球两种文化交流的成果》。

好，现在让我们谈谈《中国梦》的舞台演出吧。一句话，舞台几乎是空的，活动区域是个圆形的舞台，略有倾斜。另一大小相同的圆形作为天幕。就这样，非常简单，但剧中却有二十个以上的活动地点，"还是我们这个木头的圆框子里塞得进那么多将士？"（莎士比亚《亨利五世》）我们依靠表演艺术家来帮助观众发挥他们的想象力。

对于演员来说，非常困难的任务是表现内心感情。明明在年轻的生命历程中经历了许多坎坷，她虽是一位冲劲很足的姑娘，可还是有她的困难和痛苦。她无比热爱歌唱和表演，但是在考试时，她失声了，不能再唱歌了。直到有一天，她突然又重新开始唱歌。她说："我怎么也抑制不住自己了，一旦那昏睡了多年的艺术细胞重新复苏以后。"

和明明一样，约翰·霍奇斯也曾为许多挫折而苦恼。在越南战争期间，他只是个不满二十岁的青年，可当他议论到如何憎恶肮脏的政客和战争贩子们时，他把手腕插入富有弹性的带子里，绕几下，然后用全力挣扎着脱出，似乎试图为自己解除禁锢。此后他就开始研究庄子哲学，为的是能去游，去飞，去逍遥自在。

志强在山区，也有他的盛衰浮沉。他第一次出现时，是位朴实无邪、放木排的乡下人。在明明的梦里,他再次出现时,穿了一件裁剪得很蹩脚的西服,意味着现代化。他的梦就是中国必须有轮船去替代原始的木排。

为了表现上述人物的激情和复杂感情,我们必须求助于斯坦尼斯拉夫斯基体系。但是内心世界是不能"捂进口袋里"的,必须使它"外化"。所以同时我们必须转向布莱希特的间离效果,为的是使观众沉着镇静地去理解舞台上发生的一切。但我们有一种方法比上述两种更有表现力,那就是中国传统的表演技巧。为了方便起见,我就称之为:梅兰芳表演技巧。这是四百年来逐渐发展形成的。但话剧演员的形体训练并不太严格,凡是古典剧演员能做的,他们都做不出来,所以在《中国梦》里,我采用另一种表演技巧——优动学。

在第二场放排的场面中,有许多外部动作,它既不是古典芭蕾,也不是传统的中国戏曲身段。暴风雨过后,二人顺水漂流到一个荒凉的河岸上。青年醒来时发现姑娘在他身旁熟睡着,她浑身湿透。青年解下自己的白绸腰带,捡了些树枝,架起一堆篝火,把腰带烤干,想让姑娘取暖。逐渐,二人坠入爱河。但是如何表现中国内地山区人民的爱情呢?纯朴的谈恋爱方式该是怎样的呢?我一无所知。我们探索又探索,最后我决定要求青年演员们即兴表演,因为他们才三十岁左右,对于谈恋爱的艺术肯定比八十岁的老头要驾轻就熟!他们碰头商量后设计了一套动作,这个你们在录像里已经看到了。他们完成的表演动作是这样的:先是小伙子用食指从明明的鼻子指向她的心窝,然后明明以同样方式指向志强,于是他们亲密地拥抱在一起。用这样非常独特的方式表现微妙的感情，我认为比好莱坞明星那嘴唇对嘴唇的"猴崽子"把戏高明得多，不是吗？

《中国梦》这样的戏剧，在中国并不是独一无二的。在过去的几年间，大量当代的探索戏剧已经问世。具有代表性的两集作品已经出版。人们称之为"探索戏剧"。因为这些是八十年代的作品，涉及当代的主题是按照新的戏剧概念来创作的，摒弃了"熟悉"的一套。我选择了从1980年到1988年十个上演过的剧本，由于时间限制，这里我就略去不谈了。

我想请教诸位一个问题：像《中国梦》这样写法，这样演法的作品，我们将如何称呼它的戏剧风格呢？在文艺上，中国是信奉现实主义的，而《中国梦》无疑是现实主义的，但似乎又不尽然。现代西方戏剧从日本介绍到中国已经八十多年了。确切地说，是从1906年开始的。在那个时期，人们信奉框架式舞台以及无形的第四堵墙，并创作出了许多优秀剧本。

新中国建立后，特别是在五十年代，邀请苏联专家到中国来讲授斯坦尼斯拉夫斯基体系，举国都专注地吸收这种"方法"，甚至戏曲也不例外。不过在1962年，全国话剧、歌剧、儿童剧创作座谈会在广州召开，有一百八十位剧作家参加。我趁此机会提醒我的同行们，他们惯用的框架式舞台并不是独一无二的舞台样式，只是众多样式中的一种，创始于左拉和安图昂的自然主义。在我的讲话中，我强调指出布莱希特在1935年于莫斯科看完了梅兰芳的演出后，立刻写了《间离效果和中国戏曲》一文。这位德国戏剧家特别赞扬《打

黄佐临　67

渔杀家》,剧中渔家女表演时手握一支齐膝的桨,站着划一只假想的船在行进。

接着,我又举了斯坦尼斯拉夫斯基的《奥塞罗》演出的例子。他处理威尼斯的小船(gondola)驶过台面是这样的:船下要装小轮子,小轮子上必须妥善地装上一层厚橡皮,使船能平稳地滑动……小船要十二个人推着走,用鼓风机向口袋里吹胀了气,以此形成翻滚的波浪……斯坦尼斯拉夫斯基还细致地介绍了:使用的橹是锡制的、空心的,在空心的橹里灌上一半水,摇橹时里面的水便会动荡,发出典型的威尼斯河水的冲击声。

不用说,哪一个在艺术上更为优越呢?是梅兰芳的假想的小船,还是斯坦尼斯拉夫斯基真实的gondola呢?在同一个讲话中,我另举了两个不同的学派作对比。在京剧里,有一出折子戏叫《李白醉写》,戏里的李白是唐朝的大诗人。他喝醉了酒躺在床上,这时朝廷的官员到来,召他立即进宫。剧中的一个情节是描绘他急速地骑着马。用陈腐的手法描绘醉汉,就让演员在舞台上摇来晃去。但是正宗的中国传统表演却不然。因为剧中的诗人虽然喝醉了,可演员却不能忘记他是骑在马背上。所以他的两条腿不属于诗人,而是属于马的,而马并没有喝过一滴酒!关于这段戏,当伟大的演员汪笑侬在上个世纪演这场戏时,他身体的上半部分,包括面部表情,完美而彻底地扮演喝醉了的诗人,下半部分身体所扮演的马,却是清醒而步履稳定的。因此,我们是不是能说他上半部分是斯坦尼斯拉夫斯基体系,而下半部分是布莱希特的呢?再者,两个部分,上半部和下半部加在一起，这就是绝对的中国传统的表演方法呢？

换言之，如今我探索的，是斯坦尼斯拉夫斯基-布莱希特-梅兰芳戏剧艺术原理的结合，而《中国梦》正是这种探索实践的具体例子，我期望把斯坦尼斯拉夫斯基内在的移情作用和布莱希特的外部姿态（gestus）以及梅兰芳的"有规范的自由行动"（斯坦尼语）合而为一。我并不是说我的戏剧观已经在《中国梦》中完全实现了。但我希望至少能给我的同行们和反对我的戏剧观的人们看一看，这是我曾为之奋力追寻的一个戏剧品种。我坚信未来的中国话剧将沿着这样的戏剧观发展。

那么我们如何来称呼这种类型的戏剧呢？"写意戏剧观"在外语里似乎没有。我曾请教过许多外国同行，包括阿瑟·米勒，也找不到恰当名称。最近我突然发现一个较为满意的专门名词——ideographic，以此来和写实戏剧 photographic，realistic 形成对比。[1] 写意戏剧结合了西方优秀的戏剧——斯坦尼斯拉夫斯基、雅克·柯波、布莱希特，以及中国传统戏曲中的优秀部分。

我认为中国戏曲由下列显著的特征构成：四个外部特征和四个内部特征。

四个外部特征是：

---

[1] ideographic, photographic, realistic 分别意为"会意的""照相式的""现实主义的"。——蔡学渊注

黄佐临　69

流畅性；

伸缩性；

雕塑性；

规例性。

四个内部特征为：

生活写意性；

语言写意性；

动作写意性；

舞台美术写意性。

四种内部特征加上四种外部特征形成中国戏曲的美学精髓。如果我们把这些特征和斯坦尼斯拉夫斯基、布莱希特的融合在一起，如同我们在《中国梦》中所尝试的那样，我希望产生一种有血有肉的、和谐的艺术。我听说西方正流行着"中国戏曲热"，这是好兆头。在我们中国，由于开放政策，各种西方戏剧开始陆续演出，从莎士比亚到布莱希特，从莫里哀到契诃夫，从奥尼尔到贝克特，从阿瑟·米勒到田纳西·威廉斯，从彼得·谢弗到迪伦马特……

我认为阿诺德·汤因比是正确的，他和一位日本学者交换意见时说："如果我们仿效发达国家的特有文化而脱离了生活，那么文化改革将一事无成。至于一般人民的生产力和生活方式问题，我们不应忽视亚非人民流传下来的古老的人类智慧，如是，文化的改革将会形成。"

阿诺德·汤因比并不是唯一持此见解的人。为了支持汤因比的结论，让我来引用梅耶荷德的一段话。这位苏联导演，于1935年和布莱希特同时在莫斯科看了梅兰芳的演出后，热情地作了如下评论："我们的艺术远远不如它，二十五年到五十年之后，未来戏剧的桂冠将在此基础上产生。到那时，甚至不用到那时，将由西方戏剧和中国戏剧之结合而产生盛极一时的戏剧艺术。"

真是巧合，在梅耶荷德预言的五十年之后，《中国梦》于1987年7月1日呈现在中国上海的舞台上，又于同年10月1日在纽约上演。但我绝不是本着狭隘民族主义的思想引用梅耶荷德和汤因比的话，正相反，我到这儿来是学习的。因此，我谦恭地、真诚地请求你们对这种类型的戏剧，像同行对同行那样，坦率而无保留地提出意见。有这么多来自各国的有造诣的戏剧艺术家，为了一个共同的课题聚集在一起，这是难得的。确实，"整个世界是一个舞台"，我们中国有句谚语和莎士比亚的非常相似："舞台小天地，天地大舞台。"我敢说，不用多久，一个戏剧奥林匹克盛会将会创立。因为多种文化的交流，不管民族与肤色，通过戏剧的媒介，将促进世界人民的相互了解，相互友好，相互和睦共处。

这就是我的中国梦。

我的"写意戏剧观"诞生前前后后[1]

我的"写意戏剧观"是从何而来的呢？回忆起来该有五六十年之久了。具体地说，可以从我的恩师圣-丹尼的教导算起。但我在半个世纪的舞台生涯中从来还没有提起过他。因为当时还没有全面掌握他的戏剧论述和教学方法，唯恐传授出去，歪曲老师，误人子弟。最近他的遗孀寄来一本《圣-丹尼的教戏方针方法》，还有圣-丹尼逝世前出版的《戏剧风格的重新发现》，使我比较有系统地理解他和他的学说。目前我正在编写一本二三十万字的册子，书名为《介绍我的恩师米歇尔·圣-丹尼》，其中第一章为《我的恩师的恩师柯波》。

柯波在法国影响颇大。法国著名小说家加缪对他曾有过这样的评价："法兰西戏剧史可分作两个阶段，柯波之前和柯波之后。"圣-丹尼是柯波一手抚育成才的外甥。柯波是个文人，圣-丹尼是个实干家，他在舅父创办的"老鸽巢剧团"中充当大助手兼重要演员——重要，不是主要，主要演员为查利·杜兰、路易·柔维和1987年来

---

[1] 本文原载于《我与写意戏剧观》，中国戏剧出版社，1990年版。

上海人艺导演《三剑客》的马雷夏尔等。但在"老鸽巢"解散后，柯波回到他的剧评工作，由圣-丹尼另组一个"十五人剧团"，演出《诺亚方舟》等名剧。我和丹尼就是看了他的《诺亚方舟》而崇敬不已的。接着他在英国开办他的第一个教学机构——伦敦戏剧学馆——丹尼加入表演班，我在剑桥大学读研究生的同时，参加他的导演班。之后，圣-丹尼在英国、法国、加拿大和美国办过一系列学馆或戏校。时间、地点不同，但教学方针是一致的，都不脱离柯波的构想，只不过随着岁月的变迁，逐渐自我完善罢了。现在手头得到一些有关资料，结合求学时及多年实践中的心得体会，我敢说是将我恩师介绍给国人的时候了。

与柯波同时代的另一位法国戏剧大师就是自由剧场创办人安图昂，即自然主义戏剧的鼻祖。

大家都知道，十九世纪末、二十世纪初自然主义的影响非常广泛。如果说柯波是法兰西戏剧的分水岭的话，那么安图昂则是世界戏剧发展史的分水岭。他的影响波及德意志、英格兰、北欧、俄罗斯和美利坚，直到好莱坞电影。我国话剧由日本引进时也正逢自然主义戏剧鼎盛时期。柯波对安图昂钦佩之至。他们的目标是一致的。二人均反对当时巴黎剧坛的商业性"拜金主义"和浪漫主义余音的佳构剧，例如斯克利布、萨尔都等。萧伯纳谑称之为"傻肚嘟吨"（Sandoudledarm）。柯波与安图昂站在同一战线，但二人之间存在着本质上的差异：对空洞无物的演出，他们是同仇敌忾的；但在戏剧观上，安图昂主张"戏剧就是生活"，而柯波则主张"戏剧就是戏剧"。前者的第一个戏是左拉的《雅各·达摩尔》。大幕打开，观众哗然。一切都是真实的，道具是原封不动从安图昂母亲家里搬来的。柯波的第一个剧为莎士比亚的《第十二夜》，充满幽美雅趣，诗情画意。

柯波非常喜爱日本能乐，他的外甥圣-丹尼还喜爱我国的京剧。一次（1936年），我请了曹禺的启蒙老师张彭春教授到圣-丹尼学馆讲授中国戏曲特征，听众除学生外还有伦敦当时话剧界的一些红人。张彭春口才极好，把观众说得神魂颠倒，轰动一时。圣-丹尼后来还托我回国替他物色一位毯子功教师。但由于抗日战争和第二次世界大战爆发，这事没有实现。

受了圣-丹尼影响，加上1936年读到布莱希特在莫斯科看了梅兰芳表演后所写的那篇文章，我的"写意戏剧观"便油然而生了。当时并没有戏剧观这个词汇，是我1962年杜撰的。其实在我内心深处，这个观念的本质早已潜伏着。1931年我写《萧伯纳与高尔斯华绥作一比较》一文时已经隐约地显露出这个追求。萧伯纳的作品政论性甚强，偏于说教，而高尔斯华绥的作品却富于诗意。萧是哲学家，高是诗人。我本能地偏向后者，不赞成前者，虽然萧翁是我的启蒙老师，因为他，我才开始走上戏剧道路的。

什么是戏剧？对我来说，戏剧是反映现实生活的。实际上我十四岁就开始读易卜生的《社会栋梁》（英文本），尽管一知半解。继而接触到萧伯纳，就从大学商科转到社会研究科。不久发现文艺不该说教，因而转向高尔斯华绥。

现在认识到，"情与理，形与神，不可分割"——马克思这段简短的话是至理名言。等到拜圣-丹尼为师之后，联系到布莱希特对梅兰芳艺术的欣赏，就形成了现今的戏剧观念，姑且命名为"写意戏剧观"。

但冰冻三尺，非一日之寒。罗马也不是一天建成的。回顾解放前"苦干剧团"的剧目，如《大马戏团》《夜店》等，就是在"演戏就是演戏"的方针指导下排出来的。解放后，《抗美援朝大活报》是个初探，《新长征交响诗》或多或少有一些进展。《大胆妈妈和她的孩子们》是原版照搬，让国人品尝一下布莱希特的风味；《伽利略传》就敢放胆二度创作了。《激流勇进》，周恩来同志看了两次，并用"风格高，形式新，可以推广"十个字予以勉励；《中国梦》则开始接近"梅、斯、布"综合的追求和愿望。

我认为这样的"综合"或"三结合"对世界戏剧发展有重要意义。这是中西文化击撞的必然结果。人间距离越缩越短，来往越来越密切。有这样的结合，保持民族特色，取长补短，人类精神文明才能有所提高。莎士比亚的《马克白斯》变成昆曲《血手记》，元代李行道的《灰阑记》改成布莱希特的《高加索灰阑记》，《中国梦》中的美国功利主义与中国庄子哲学的击撞，等等，都是中西文化交融的明显实例。

毋庸讳言，我对戏曲毫无研究，但经过五六十年的熏陶，对它深湛艺术的欣赏能力还是有的。我认为，这样的三结合才能创造出带有民族特色的话剧来。我指的不是从表面形式而言，而是从整体美学工程观点出发。

有人反对这样的"综合"。其实程式化并非刻板化。梅先生自己不是也说"我看我，我也非我……装谁像谁"吗？斯坦尼斯拉夫斯基不是赞扬梅兰芳的程式化为"有规律的自由活动"吗？

反对这个观念的人当然有，应该有。反对总比当面奉承好。英国诗人雪莱早就写道："把一件艺术品分析得七零八落，分解成若干元素，就犹如把一朵鲜嫩的紫罗兰扔进坩埚一样荒谬。"有个布莱希特的崇拜者对他说："您的学说真好，二加二确实等于五！"我不禁想起黄宾虹大师的话："绝不似物象者，往往托名写意，此亦欺世盗名之画。"对隔着一面透明的"第四堵墙"，把生活照搬的自然主义，川剧大师张德成的话最有说服力："不像不成戏，太像不算艺。"所以我们必须按照毛泽东主席"比普通实际生活更高，更强烈，更有集中性，更理想，更典型，因此就更带普遍性"的讲话去进行创作，才能产生与时代相称的伟大作品。

应该声明，我一直认为戏剧学是一门科学。戏剧有它一贯的规律性，忽视它则不能成方圆。我不赞成的是"戏剧即科学"的说法。布莱希特的贡献不是什么"陌生化效果"，而是他的"辩证唯物法"的论断。1987年我出席国际布莱希特第七届年会所得的最深切感受就在这里。"为科学而科学"就和"为艺术而艺术"一样的荒谬。但我们处在科学时代，必须以科学的态度对待生活，对待艺术。

文学即人学，我们得理解人，认识人。但树人必须先树己。做戏先做人。为此，我在《振兴话剧战略构想十四条》中把提高人的素质和文艺修养摆在第一和第二位。

"人是个多么骄傲的字眼"！（高尔基）"啊，人是件多么了不起的杰作啊！"（哈姆雷特）。我们必须要在中国共产党的领导下，通过戏剧媒介，为自己，为观众，培养出"有理想、有道德、有文化、有纪律"的社会主义新人。

写于1989年国庆日

萧伯纳赠给我的纪念品[1]

我手头上保存着萧伯纳赠给我的三件纪念品，现在趁他诞辰一百周年纪念日公开出来，和读者鉴赏。

第一件是他三十年前的亲笔字迹，只有六行，可惜已经有些残缺不全了。1926年，当我在英国读大学一年级的时候，我在学校的一个晚会上演出了我初次试作的两个短剧：《东西》和《中国茶》。前者是写东西文化沟通的问题，后者是一出讽刺一个不懂装懂的英国老处女如何歪曲中国生活的笑剧。演出后，英国同学中有人指出它很有些萧伯纳味道，建议寄去给他老人家一阅。那时候我不知天多高地多厚，对萧翁的著作还接触得有限，只知道他是古怪老头，我就大胆地寄了去。出乎意料，过了三五天，萧翁把剧本寄回来，在上面批了六行字：

---

[1] 本文原载于《我与写意戏剧观》，中国戏剧出版社，1990年版。

> 一个"易卜生派"是个门徒，不是个大师；
> 一个"萧伯纳派"是个门徒，不是个大师；
> 易卜生不是个"易派"，他是易卜生；
> 我不是个"萧派"，我是萧伯纳；
> 如果黄想有所成就，他切勿做个门徒，
> 他必须本着他的自我生命，独创一格。

这六行字对我影响很大。从那个时候起，有萧伯纳的作品我必读，有他的剧本演出我必看，有关他的文章我必不放过；我对戏剧的兴趣便是由此开始的，并得到巩固。

我似乎不应该将私人的事情放在读者的面前。我之所以如此冒昧，是为了要说明萧伯纳对新生力量是多么爱护，多么关心。他永远劝告青年人不要模仿，不要盲目崇拜，要开动脑筋，独立思考，独创一格。

第二件是一本采用了极精细的摩洛哥小羊皮，绿底金花，手工制纸、装订的对开本贴照簿。

这是他1935年，当我第二次到英国专门学习戏剧时送给我的。他听说我要学导演，表示很高兴，为了勉励我，他送给我这件礼物。他说："我要送你一件东西，留作纪念。什么呢？贴照簿吧，可是不能是件普通商品。"他老人家兴致很高，另约了时间亲自带我到一位精装订书老艺人家里去。这位老艺人是柯克鲁尔先生，是提倡手工艺的社会主义者威廉·摩瑞斯的徒弟，手艺非常卓越，但因识货人太少，生活难以维持。萧翁为了照顾他，时常找借口向他订货。他的家兼工房离伦敦五六十英里。到了那里，萧翁向他明确要求，商定样式，并叫我用画笔当场写了一个中国字"萧"字，以便铸印在封面上。这工房很有意思，仍保持着极浓厚的中世纪气氛，和解放前的荣宝斋有着同工异曲之处。

在归途中，这位八十岁高龄、红颜白发的老者还目光闪闪地嘱咐着我说："将来你回去，有了满意的演出，剧照就贴在这上面。"提起来真是惭愧，到现在为止，这个簿子仍是空白的；二十年来，演出的剧照倒是不少，但是一张也未曾贴上去过。这件礼物太珍贵了，它不该为我独有。我准备将它捐献出来，以纪念这位世界著名的戏剧家、思想家、和平战士。

第三件又是一页手迹，是在我离开英国前最后一次访问他的时候请他题的字：

起来，中国！

东方的未来是属于你们的，只要你们有勇气、有毅力去掌握它。

那个未来的圣典将是中国的戏剧。

不要用我的剧本，要你们自己的创作。

萧伯纳
1937年7月10日书于伦敦寓所

访问的那一天正是卢沟桥事变后的第三天。他对日本帝国主义所发动的侵略战争表示万分愤慨。同时他对我国人民的英勇抗战满怀信心。我们都知道，在反对帝国主义的活动上，这位爱尔兰作家是不遗余力的。从这简短题字中，我们不但看见萧翁的预见性，并且可以意会到他的国际主义精神。1931年他到过我国。虽然逗留不久，但他对中国这个民族已有了一个正确的评价。记得在他到达北京之前，有些外国记者去访问胡适，问他将如何欢迎这位世界著名作家。胡适发表谈话说："像萧伯纳这种人，我们最好置之不理！"我对这事感到无比气愤，立刻写了一封公开信给萧伯纳，向他表示欢迎，并说："虽然像胡适这种高级知识分子对您冷淡，中国的无产阶级将向您高呼！"后来萧伯纳到上海，以鲁迅先生为首的文艺界对他的热忱，正好和胡适的傲慢态度作了强烈的对比。通过那次的接触，目光敏锐的萧伯纳必定看到我国人民的雄厚力量从而爱上了我们，使他这句话——"东方的未来是属于你们的"——有了依据。

瞿秋白同志在《萧伯纳在上海》的序言上写得好："所以真正欢迎他的，只有中国的民众，以及站在民众方面的文艺界……他们认识到，他现在是世界的和中国的被压迫民众的忠实朋友。"

莎士比亚的《如愿》
——评天津中西女中毕业演出[1]

　　演出莎士比亚的戏已经够困难的了,全部由女学生来扮演就更显困难;至于要求原来的天生语言、生活习惯及风土人物都是纯中国式的扮演者,原文原装地去演莎剧,则属于最最困难的了。但是上星期六晚上(5月10日),当本市中西女中表演《如愿》时,我们看到了什么?倘非亲临目睹,你简直难以相信她们会取得如此惊人的成就。

　　首先是她们的口音和发音。如果你闭目聆听,根本不可能分辨出她们的天生语言会是中国语言。除了一两处小地方外,那种对学好标准英语障碍最大的"天津腔",几乎全部都不存在;我们观众所听到的,只是纯正的英语。尽管说得慢了些,但非常清楚,虽说在某些地方也还露出一些美国音调。

---

1 本文原载于《我与写意戏剧观》,中国戏剧出版社,1990年版。

我曾有机会在莎士比亚的故乡观摩职业剧团演出的莎翁的戏。当然，将专业的名演员和本市的女学生相比，是不公平的；但就说词方面而论，这批女学生都比专业演员有一个有利条件，那就是她们没有职业艺人那种油腔滑调的陋习。她们好像避免了英国著名的莎剧导演N.蒙古在我所听到的一次学术报告中所指出的弊病。他说："在英国，诗朗诵的方法几乎和教学里读圣经一样糟；他们的目的是要设法离开正常人说话，离开得越远越好。"但这些女学生没有这个毛病，她们说的是正常的生活语言，而不是那种无精打采、单调而勉强的课堂中的背书。

关于布景、服装，我认为寒碜了一些。但这也无妨，因为这个作品本身就是伊丽莎白时代的嘛！

给我印象最深的，是这些女学生的表演能力。从技术上看，我觉得"他"把这个丑角演得很完美了。"他"演的是个丑，"他"抑扬顿挫的台词是个丑，"他"活蹦乱跳的形体动作是个丑，所以，"他"正像戏中所说的，是个"难能可贵"的丑。其他角色刻画得也很鲜明。两位公爵，庄重稳重，恰合身份。那"一口亵渎牙齿"的杰奎斯（虽然忧郁不足，哲学气味亦尚欠）和"枯干、凋谢的黄"的亚当，都是称职。还是让我一对一地谈吧！

首先是那又小又甜的一对：菲苾和西尔维斯。扮演西尔维斯的女同学成功地给人留下了"他是一个无能为力，感情用事，既钟了情又羞涩不已"的牧人的印象。至少"他"是一个"由叹息和泪水"结成的青少年。而菲苾的扮演者，把这个既平凡又有雄心的小女孩演得多么天真可爱啊!

我们再进一步看看第二对情侣。奥列佛似乎显得太年轻了些,但"他"的口音最准确。西莉亚极可钦佩地完成了她配合主角的任务,她以甜蜜的微笑贯串全剧,使人看了真正相信她就是罗瑟琳的堂妹妹,"一直都睡在一起,同时起床,一块读书,同游同食,无论到什么地方去,都像朱诺的一双天鹅,永远成着对,拆不开来"。

最后一对情侣,罗瑟琳与奥兰多。我记得有一次暑假在牛津大学上莎士比亚课时,听过戈登教授讲课,他在讲到"莎翁的能干少女们"时,有这么一段话:

> 莎士比亚喜剧中的青年尽会讲话,但到了高潮,紧要时刻时,他的少女却动脑筋和行动起来。在莎士比亚喜剧中,每当戏前进一步,少女们便出来收拾残局。就好像生活里丈夫在谈论度假,而妻子却正在收拾行李一样。青年们处于极其不利的位置,因为他们都钟了情。其实少女们也钟着情,但不知为什么,当女性钟了情后,她们就越实际,她们的判断力也越果断。男青年越是闹恋爱,他们则越是傻乎乎的,越显得无能为力……

这正是天津的罗瑟琳所表现出来的,她头脑清楚,抉择力果断,就好像是莎士比亚本人要她那样做的一样;她对不同戏剧场合的掌握,对各种情感、情调变化的表现,对爱情场面的喜人体现,温文尔雅,风度自然,毫无自我意识和造作之感——所有这一切,都使

黄佐临

以下原著中对罗瑟琳的描绘增添了意义和说服力：

> 从东印度到西印度找遍奇珍，
> 没有一颗珠玉比得上罗瑟琳。
> 她的名声随着好风播满诸城，
> 整个世界都在仰慕着罗瑟琳。
> 画工描摹下一幅幅倩影真真，
> 都要黯然无色，一见了罗瑟琳。
> 任何的脸貌都不用铭记在心，
> 单单牢记住了美丽的罗瑟琳。
>
> （朱生豪译）

至于奥兰多，"他"也演得很好，但还可以更好些。我不知道其他观众看法如何，我个人的感觉是"他"不太爱罗瑟琳。我认为奥兰多对罗瑟琳的爱情应该更好地得到表达，至少要能与罗瑟琳对"他"所花费的力气相称。比如，在摔角场面中，罗瑟琳为"他"提心吊胆地晕倒了过去，这是一个天真无邪的女学生所固有的真实感情，但是奥兰多却似乎无动于衷。尤其是在结尾的一场，当罗瑟琳不再是女扮男装，现露原形，滑翔上场时，"他"应该是两眼发光，充满了诧异与兴奋，但奥兰多并没有这样做。或许"他"这个处理是对的，完全证实了戈登教授所说的："男青年越是闹恋爱，他们则越是傻乎乎的，越显得无能为力。"或许如此，但我不敢说一定。

在结束这篇短文之前，请允许我加上一点。那天晚上纵有许多精彩之处，但有一个地方特别引人入胜，那就是在婚礼一场：导演用了六个仙女一般的儿童形成的舞蹈场面。从这些满面春风的儿童身上，从她们的小白手臂的轻巧旋转上，从音乐的旋律、节奏中，我得到了无限的快乐与希望。对了，快乐，当她们看到她们的姐姐们表演的成功时，希望她们还想到有朝一日还要创造出比姐姐们更美更好的造诣！

《马克白斯》中国化
——从"苦干"演出剪报摘录中引起的点滴回忆[1]

1945年4月"苦干戏剧修养学馆"[2]在上海演出了李健吾从莎士比亚《马克白斯》改编的六场话剧《王德明》(公演时命名为《乱世英雄》),连演六个星期,是我从事戏剧五十年来最难忘的事情之一。但毕竟事隔四十年之久,印象已模糊,细节想不起来了,只好依靠当时演出过程中的部分剪报,从客观反应中去追索一些凤毛麟角。

办戏剧修养学馆的计划,在佐临心里酝酿了三四年,有时也常和戏剧圈子里的熟人谈起,却始终没有办成。这次"苦干"解散,他闲了下来,终于毅然决然,把学馆的理想实现了。名字叫"苦干戏剧修养学馆"。

"苦干"重要的演员,差不多都参加了"学馆"的组织。学

---

[1] 本文原载于《我与写意戏剧观》,中国戏剧出版社,1990年版。
[2] 1945年,"苦干剧团"改名为"苦干戏剧修养学馆"。——编者注

馆的规定是：参加者都须受严格训练。课程切实而合用，计有"身体锻炼""声音锻炼""节奏感锻炼""摹拟力锻炼""想象力锻炼"诸项目，另有"剧人须知"，专门讲授有关剧艺的各种知识，偏重于学术方面。演员每天除排戏外，必须上课数小时。在新人训练方面，不预备公开招生，但有可造就的人才，随时都可由同人介绍，加入受训。至于学馆的开销，仍然用演出来维持。

学馆预定排演的戏，将尽量提高水准，专以提供富于研究性的剧目。第一个戏是李健吾的《乱世英雄》，佐临导演，石挥、张伐、丹尼、史原、白文等都参加演出。该剧系根据莎士比亚的《马克白斯》改编，写的是五代的史实，张伐的戏最吃重，演出地点仍然在"辣斐"。姗姗来迟的《夜店》，则将继《乱世英雄》后演出。

（摘自《海报》，题为《苦干戏剧修养学馆的内幕》，署名"辛人"，1945年4月）

从这段剪报，我回忆到办学馆目的之一，就是"想象力锻炼"。其实选上《马克白斯》也包含这个目的在内。马克白斯的悲剧核心是他的野心狂与他的诗人般想象力之间的搏斗。例如"空中悬匕首"一段就是一场发挥幻觉的有名片段。夫妻密谈一段更为精彩。解放初期（1950年）在一些英语爱好者面前，由英国文化协会在上海主办的莎翁纪念会上，石挥和丹尼专门表演这段折子戏，甚受欢迎。苦干学馆的目标是戏剧学术探讨，《马克白斯》是极好深入挖掘的教材，但不能关门钻研，可以说是开门办学，一边研究一边放在观众面前检验。当然，学馆与剧团有所不同，后者必须赶戏，前者则可以从容不迫地推敲，不成熟不拿出去。除了"密谋"一折，还有"设宴""班柯鬼魂""梦游"等段子都下了极大的功夫，虽则《王德明》中"梦游"已被删掉。我们研究的结果是"梦游"与"密谋"是分不开的，没有它则无法了解马克白斯夫人怎样从意志坚强的"女强人"走向她的悲剧下场的完整性格变化过程。

在这时局和剧坛的霉季里，看到了《乱世英雄》，不能不说是很大的愉快。

莎士比亚剧本的改编在近年来我们看过了顾仲彝的《三千金》（根据《李尔王》改编），即是一个极卖座的好戏，可是我们再找不到莎氏的影子。《乱世英雄》原是莎氏的《马克白斯》，李健吾把它中国化了，却依然有着莎氏的灵魂。……《乱世英雄》这样的一个剧本，诗化的剧词，冗长的独白，如果导演较弱，就会有一败涂地的结果。佐临不愧为导演的巨匠，他对《乱世英雄》的处理，使我明白一个尽职的好导演，他的工作完全是在进行至高的艺术的创造。

全剧六场，自始至终贯穿着一种洋溢的力，如暴风雨，震山撼岳，紧紧抓住观众的情绪。我们只看见一个狂暴的枭雄，从他弑君犯上，杀戮无辜，直到身败名裂，一直在战斗着。跟外在的反对者战斗，特别是，跟内在的良心战斗。我们禁不住跟着他挣扎，冲突，气也透不过来。

气氛的浓厚是《乱世英雄》导演的一个特色。沉郁的背景的色调，变幻的灯光，令人堕入远古的风雨声和鼓声钟声，还有，作为效果的独白的重复——犹如万山中的巨大的回响，可以说是一种"心声"吧？一种瞽乱的情绪弥漫着，再加上鬼魂一再出现，显示主角内心的惶惑，有一种粗犷的，然而动人的力量。

石挥、丹尼是演员的两根支柱，若干重要的场面——几乎都是念白——全靠他们撑……这是个古装戏，然而跟过去所有古装戏的风格不同，这是值得一提的。

（摘自1945年5月2日《海报》，题为《〈乱世英雄〉观感》，署名李荃）

文中提到"跟内在的良心战斗""心声"在当时的剧评是难得可贵的，因为在排戏中，在导演阐述中，我们的确是着重地强调这一点的。另一个剧评写道："这敲门，敲的乃是心门啊！"这些都证明演出者的主观意图与客观反应是一致的。这对导演而言是莫大的欣慰。

另一篇评论也说明同样的道理：

观众最吃的永远是两种戏，"刺激戏"和"苦戏"。"刺激戏"，易触时忌，不易多得，所以剧坛上只好老是向观众卖眼泪。最近看了苦干学馆的《乱世英雄》，才算有了一次吃川菜的滋味。它的特点是：浓和辣，富于刺激性。是李健吾、佐临继《金小玉》

后又一次有重量的合作。导演方面，可以比《金小玉》更见功夫。

……演出上充分保留莎剧的韵味，色彩强烈，气氛浓厚，导演演员对观众的纵擒始终有力。这样的古典主义的演出方法，笔者浅见，在中国舞台上似乎还是初次。李健吾曾说想用纯东方的、旧剧的分场法介绍莎士比亚，而这戏里最令人有亲切感的却是旧戏的灵魂的采撷。我可以指出《乱世英雄》的两场戏：第四场王德明（石挥饰）大宴宾客，而席上一再出现为他所谋杀的王熔鬼魂，以显示其内心的挣扎，令我们想起《伐子都》；而第五场李震（陈平饰）献子殉主，更像《搜孤救孤》的情节了。以艺术的感染力来说，话剧到底比京剧强，看完这一场，观众竟鼓掌雷动起来。从这里还可以看出观众心理的一斑：忠心爱国的激烈场面，还是最容易受到欢迎。

（摘自1945年5月6日《光化日报》，题为《评〈乱世英雄〉》，署名金人）

这里我不禁想起苏联莎学专家莫洛佐夫在《莎士比亚在苏联舞台上》小书中的一段话：至于莎士比亚在战争（指卫国战争）中对人们起着什么影响，可以用下面一事件证明——德军已开到莫斯科郊外，一队从前线刚回来的苏维埃空军正在开会。一位空军在发言。他突然停止发言，翻开一本书朗读了《马克白斯》中的几段台词，这立即造成了巨大影响：悲剧中充满血迹的人物点燃了听众的想象，人们联系到万恶的希特勒匪徒所带来的噩梦……

下面一段剧评正好表现同样的心情：

在这兵荒马乱的今日，看到《乱世英雄》一类的作品，真具有无限感慨，无限惊叹！

《乱世英雄》是"苦干戏剧修养学馆"的首次演出，也可以说，是苦干改组后"复活"第一炮。……

主题明确："有花堪折直须折，莫待无花空折枝"是投机家们心理彻底的暴露，他们不顾良心、体面与道德，只知道对于自己有利，但是终究能不能保持永远的成功？能不能避免自己良心的谴责？

全剧演出过程极为紧张，戏剧气氛始终饱满。第一场，是故事的导火线，王熔逃出重围，张文礼（即王德明——马克白斯）解救迎君，充溢杀气腾腾之象。有过因战祸避难经验的观众，无不称首同情。

第二场，张文礼之妻独孤秀邀巫占箕，燎火运用甚好，黯淡的红晕似的，富有神秘性，可望而不可即，独孤秀激夫一节，台词密凑，一步紧一步，显示狠毒妇女的心肠，泼辣阴刻。……末场，张文礼兵败身死，石挥（饰张文礼）中枪从扶梯上支持不住，滚到地上而死一节，逼真异常，惜中枪前鬼影再度出现，虽能加强气氛，但过于"侥幸"了。

演技最出色者首推丹尼，几番心理表情，简直无懈可击；石挥次之，饰叛将张文礼，凶险奸谋，惟妙惟肖……

（摘自1945年5月13日《中国周报》，题为《〈乱世英雄〉观后》，署名思明）

以上的评论说明《乱世英雄》的成就不仅在艺术上。《大上海报》1945年5月7日有一篇短文，署名为若沉的作者写道：《乱世英雄》有权获得高评价，它好在各方面的同时发展。编剧、导演、主要演员、灯光、配音、效果、舞台装置，各自都有独特的成就，合在一起又这样惊人地和谐。

不仅如此，在时代意义上，可以说它也是有一定现实意义的。

李健吾的《乱世英雄》和莎士比亚的《马克白斯》，不但风格和结构完全一样，而且内容及意义也相同。独白同样写得节奏和声调非常之美，如一首无韵诗。皆利用鬼魂出现表示良心之谴责。《马克白斯》乃是根据英国历史杀邓肯王的事迹……而写成的。而《乱世英雄》却是根据五代时常山王熔为其义子王德明所杀的一段史实写成。两者的意义都是描写罪犯的心理，由野心，而踌躇，而坚决，而恐惧，而猜疑，而疯狂，对这一连串的心理变化，描写得极深刻透彻。……

导演于该剧的处理非常恰当，人物地位布置妥当，而整个节奏也安排得非常明朗；对于钟声及幕后人声的处理都非常妥善，使整个戏剧的演出一气呵成，气氛浓烈，且充分保持莎士比亚的韵味。布景始终一景，只是变换道具以表示地点的不同。

灯光更是运用得好，第二场王德明妻与巫婆占箕时配以黯红的灯光，更显得情节的神秘性。第四幕鬼出现时只是当中有灯光，四周黑暗，以表示这鬼影众人不见，只是王德明心中的鬼影而已。这种小的处理可显出导演的成功。

配乐方面虽采取唱片，但其演出之功能却绝不在乐队之下，且更有胜之者。此次的配乐放弃了裴多芬或其他名家的交响乐而采用日本古乐曲，东方古戏配以东方古乐，在演出上不但能增强戏剧气氛，且令观者发生了深深的亲切之感。……

《金小玉》乃李健吾改编歌剧 La Tosca，而按以民国一军阀之事迹。《乱世英雄》乃改编《马克白斯》而按以常山王熔之史实。这可说是以外国优良剧本的风格写中国戏，也可说是把外国戏变得中国化，无论如何说法，总之这两个剧本都成功了。

（摘自1945年《新世纪》第3期，题为《评〈乱世英雄〉》，署名江湮）

这篇评论文章说明了许多问题，最突出的是舞美设计，包括灯光的运用。"苦干"条件很差，那时聚光灯只有四只，然而还可"耍"一通。有时连电都没有。因为我们演出的所在地是法租界，什么"巴黎""辣斐"便可自明。法租界电灯房很"缺德"，用电超度，便勒令停电三天以示处罚，那就等于停戏。但我们不甘示弱，做到电停戏不停，改用汽油灯。即便如此，照样"耍"一通，照样可亮可暗，哪里需要光就有光，哪里不需要就没有，运用自如。有一次，张伐演王德明时（张伐原主演此角，临上演那一天，他突然泻肚了，由石挥顶上，戏共演了六个星期，前三星期是石挥，后三星期是张伐），正如报上所载："不知是否汽油质地较次的关系，演员在台上都觉得头晕不堪，而戏极重的张伐在台上竟告晕倒，演员中'灯光'之毒而晕倒，倒是创闻……"（摘自1945年5月27日《光化日报》，题为《汽油灯下张伐晕倒》，署名飞山）没有电，我们只好自我安慰说，莎士比亚时代连汽油灯都没有，然而他照样演出好戏。

另一件事也是值得注意的，舞美设计师是孙浩然，现任全国舞美学会名誉主席。《乱世英雄》是一景，以道具的变换表示地点的变换，这也是"苦干"穷干办法之一。圈内有"黄一景"之称。但这绝非偷工减料，而是从戏出发。《乱世英雄》既是莎士比亚戏又是中国古装戏，两者均须在有限的空间中进行无限空间的创作。

最后要指出的一点是音乐。"苦干"不像费穆有个大乐队，由黄贻钧指挥，而只有一个配乐人。这个配乐人不是他人，正是当前赫赫有名的中央乐团指挥李德伦，李在"苦干"充当选曲配乐兼演员，艺名为企洛，即大提琴[1]之意！存在六年中，"苦干"只有一次用过乐队，就是吴祖光的《牛郎织女》，由李德伦指挥，同时他在戏中演牛，台上演戏，台下指挥，忙得不亦乐乎；指挥时还穿着牛的服装，一时在圈内传为笑柄！

---

[1] "大提琴"的英文cello发音似"企洛"。——编者注

振兴话剧战略构想十四条
——在中国话剧研究会颁奖大会上的发言[1]

诸位同志：

今天我感到万分高兴，万分激动！这是我从事话剧五六十年以来第一次，也是唯一的一次获奖，心里不免有点范进中举的滋味！我的高兴，不仅仅是因我个人获得了这个"振兴话剧"的"荣誉奖"，而是许多导演也获了奖。导演这一行向来不被人重视，至少还没有被承认。社会上只知道有演员、编剧，而对导演和舞台美术设计这些幕后英雄就不够注意。这次舞美没有被评奖倒是个遗憾，因为他们在戏剧革新上是走在最前面的。

我认为导演是"振兴话剧、繁荣创作"中的一个重要环节。给予文字剧本以生命的是他，给予各个演员以生龙活虎的姿态活动在舞台上的是他，给予舞美以典型环境的也是他。我本人年事已高，

---

[1] 本文原载于《我与写意戏剧观》，中国戏剧出版社，1990年版。

今后不可能导演多少戏了,所以我应当为重视导演而呼吁。

振兴话剧是一件大事,说来话长。我现在简单地提出以下几点个人的看法,请指教。

一、增强话剧工作者的人品素质:我们要做一个像话剧老前辈斯坦尼斯拉夫斯基、丹钦柯、千田是也、杉村春子以及我国的话剧开拓者那样,以赤子之心,不求名不求利,终生献身于话剧事业的真诚艺术家。

二、增强话剧工作者的艺术修养:吸收全球文化精华;广泛阅读世界古今名著,尤其是小说;继承祖国戏曲传统;提倡经常写日记、笔记和经验总结。应有鲜明的戏剧观念,树立创造民族的、社会主义话剧的雄心壮志。

三、增强戏剧技巧:系统地学习斯坦尼斯拉夫斯基体系,学习布莱希特、葛洛托夫斯基、彼得·布鲁克等戏剧理论;有计划地并经调查研究(不是盲目地)选择国外导演到院团排戏;每天划出一定时间进行基本功锻炼。

四、建立"世界名剧"(包括"五四"以来我国自己的作品)展览演出:有计划地排练世界著名剧本,实现"百大剧目"的夙愿。最好能通过全国协商,统筹计划,分工合作,在可能的条件下,举行汇演,使观众有步骤地浏览二三千年的话剧宝库中的代表作。

五、展开话剧普及工作:有意识地把专业知识传授给话剧爱好者;大力展开辅导工作,使业余剧社全面开花;开办系列话剧欣赏讲座（由浅入深）；撒开观众网，吸引他们为职业话剧基本观众，票房给予特别优惠。

六、培养剧评队伍：规劝他们批判地、认真地学习亚里士多德的《诗学》、刘勰的《文心雕龙》、李渔的《闲情偶寄》、莱辛的《汉堡剧评》、劳逊的《戏剧与电影的剧作理论与技巧》，让他们认识到戏剧既是艺术又是科学，它的规律性是不可忽视的。

七、建立保留剧目：做到每天至少有一台话剧可看。莫斯科有三十几个话剧场，场场客满——这是测量一个国家之文明程度的标志。

八、争取早日实现话剧剧场的建造：没有场地、工厂不能生产，要专场专用。

九、联络本地作家（小说家、诗人）：莫斯科艺术剧院有高尔基、契诃夫，北京人艺有老舍、曹禺。

十、争取领导关怀：周恩来、陈毅等同志非常关心话剧创作，主动到剧院谈心——这给话剧工作者极大的鼓励和推动。

十一、经常下乡、下厂、下校：为此，应专门创造一套"送上门"的好戏；要针对当地的具体情况，反映他们的心声才能取得他们的共鸣，打动他们的心弦。

十二、发掘、培育剧院经常管理人才：管理是专门学问，人员要精简。

十三、培养接班人：有计划地、成批地按本院团需要和风格培养青年一代接班人，传宗接代。

十四、与戏剧学院配合：为学生们提供实践场地。

以上十四点应视作一个整体，相辅相成，缺一不可。不过这仅仅是根据多年经验、探索的个人设想，一管之见不可能全面。

为了响应"振兴话剧、繁荣创作"的号召，现在姑且将观点亮出来，请大家批评、指正。

1989年1月6日

1974年，黄蜀芹与郑长符从"五七干校"回到上海

二十世纪八十年代中期的黄蜀芹

1991年，郑长符在自己的彩墨戏画前。因为颜色绚丽，《锁五龙》中的马武脸谱是他钟爱的绘画题材之一

1987年，筹拍《人·鬼·情》期间，黄蜀芹随裴艳玲剧团巡回演出，在后台尝试戏曲旦角妆扮

1987年夏，黄蜀芹在《人·鬼·情》拍摄现场。图左是扮演秋父的李保田，获得第8届中国电影金鸡奖最佳男配角奖

1989年，黄蜀芹在《围城》的"三闾大学"拍摄现场，与饰演方鸿渐的陈道明说戏

1989年，黄蜀芹在《围城》的"三闾大学"拍摄现场，与饰演李梅亭的葛优说戏

1989年，黄蜀芹在《围城》的"上海租界"拍摄现场。前排左一是饰演方鸿渐的陈道明，左三是饰演孙柔嘉的吕丽萍，后排中立者是郑长符

1989年，黄蜀芹在《围城》的拍摄现场就餐

1992年,黄蜀芹在《画魂》的"上海美专"拍摄现场,与饰演潘玉良的巩俐说戏

1992年,黄蜀芹在开拍《画魂》前,携女主角巩俐参观潘玉良画展

2002年春节，黄蜀芹、郑长符留影。两年后郑长符去世

世纪之交,上海电影在欧洲的一次影展,黄蜀芹在《人·鬼·情》的国际版海报前。英文片名是她父亲黄佐临的译笔

黄蜀芹
第四代导演

我的爸爸——黄佐临[1]

这是小时候做过多次的作文题,现在再来做一次却又不知从何入手了。我们家第三代人常用《我的爷爷》或《我的外公》做作文,于是我向他们请教:"你们说,该怎么写好呢?"三个十岁到二十岁的外甥女一阵嬉笑,答:"写外公越来越漂亮!"我儿子也插嘴说:"我们班级女生从南京参加'小剧场会演'回来,对我说,'你猜,这次会演的明星是谁?是你外公!开幕式上他一头白发走出来,风度翩翩,立刻掌声雷动'。"

---

[1] 本文原载于《佐临研究》,中国戏剧出版社,1990年版。

我想起四年前的一个小故事。我在外地拍戏,我的一位苏联朋友,汉学家尼娜到上海去采访,见了我全家。后来她遇见我的第一句话便是:"哎呀,我简直是爱上你爸爸了,很少见到像他这样高贵的、有气质的人,这样……"她对王蒙也如是惊叹着。后来,在上海的一个晚宴上,王蒙与我爸爸第一次见面就讲了这个故事。在一片笑声中,爸爸也马上想出了答词:"那好啊,中苏友好,就有指望了!"

思路敏捷,机智幽默,越来越帅,这是熟识他的人所公认的。可是,在"史无前例"之日,也有一些人咒骂他:"'洋派'!去干干活改造改造吧!"但他在干校里就是戴草帽着布衣、低首挨斗,也没"改造好",依然那副样子。那时期,剧院的人常偷偷跟我们说:"黄院长这才叫做人,位尊不亢,位贱不卑……"现在,行情当然大不相同了,年轻人常仰慕地在背后议论他:"到底是'剑桥'出身,绅士派头……"

"我不是绅士"

他却否认自己是绅士,更是从不摆派头,倒是总不加掩饰地说:"我不喜欢在剑桥的两年,对我做人、做学问都毫无益处。"他是1935到1937年间,第二次留英时在剑桥的皇家学院读的莎士比亚,得文学硕士学位。中国文化界在这所皇家学院读过文学的先后有徐志摩、萧乾、黄作霖(爸爸原名)、叶君健等人。好几年前他告诉我们说,他的导师还活着,九十多岁了,曾通过一位访英学者问起过他。我们说:"那好啊,你写个信问候他,然后可以重访剑桥啦。"他却说:"我不喜欢那个导师——"他的导师是位莎剧导演权威,但太学究气、刻板、保守,令年轻的中国研究生黄作霖无法忍受。

在那两年里,他利用了研究生活动自由之便,每星期去伦敦戏剧学馆学习四天。当时的伦敦戏剧学馆由法国戏剧名家圣-丹尼创办,爸爸在那里学导演,我妈妈学表演,接受法国最优秀的训练方法。他们还热衷于暑期的各种戏剧、现代舞训练班,那里有着当时欧洲最先进的、新鲜的、活生生的艺术思想。

他不喜欢他所受的皇家学院教育,却喜欢他第一次留学英国时的生活。他说这才是他个性形成的关键阶段。

那是1925年,他十八岁,刚中学毕业就被学校推荐到英国伯明翰大学。伯明翰是英国最大的工业城市,伯明翰大学是所著名大学。他按家长意愿先学商科,两年后自己转学社会学科。并不是这四年里大量的政治经济课程使他难忘,令他神往的是那四年的住宿生活,在伯明翰郊外"林溪学院"里的生活。他在那里全身心地投入,充分展开着自己,真挚交友,自在自然,度过了最精神焕发的一段时光。以前,很少听他讲起这些,近几年家里常收到世界各地一些老头儿、老太太的来信,全是与戏剧无关的,一会儿是挪威七十五岁终生独身的老小姐,一会儿是美国的西班牙语退休教授,一会儿又是联合国退休女官员,还有号称日本"牙膏王子"的老头……原来,这些就是六十年前他们"林溪"时代的青春伙伴。近年来他们从报上看到了中国的"黄作霖"大难未死,不但活着,还在搞戏,还到日本、德国去演出、访问……便纷纷来了信。

瓦特发明蒸汽机就在伯明翰。二十世纪二十年代，那里就尖锐地提出了"环境污染"问题。某些具有改良思想的人主张"新村主义"，他们提倡在郊外建立一批无污染、讲究劳工福利的新村式企业。有一个享有盛名的巧克力厂的大企业主凯布瑞将一座"金色池塘"似的别墅捐赠出来，办了这所"林溪学院"，供七八十名留学生寄宿，从十多岁到六十岁的来自五大洲的各色人种都有。当然，那个时代还没有富绰的阿拉伯"石油王子"。但是，有挪威"沙丁鱼王子"，有美国"蘑菇王子"。还有日本和尚、德国牧师、苏格兰矿工共产党员，还有丹麦漂亮的女党员——说是失恋后到此来净化灵魂的……我爸爸是寄宿在这里的唯一中国学生（那时全城只有两个中国留学生），他每天骑车半小时去伯明翰大学上课，中午回到"林溪"吃饭，八人一桌随意坐，桌长分菜，过着"国际大家庭"式的生活。下午便是丰富多彩的体育活动。他本来就擅长网球，到这儿，被公认为网球高手。冬天还兼玩足球、曲棍球（不玩高尔夫与台球）。一个十八岁的生性拘谨的中国青年，在这里变得健康有活力。别的学生在这里住个一两年就走了，他一住就四年，并越过越开心，总能想出新鲜的怪点子来玩。譬如全英大学生联合会要搞募捐，他便想出点子教授"中国麻将"，收来学费捐献。那时英国已经兴起这中国麻将，他的课便很热门。其实他对这门"国技"一窍不通，是临时抱佛脚，边看书边教授的。他还与伙伴们搭档为人算命，其实是饶有兴趣地为师生们做着各种性格分析，一算一个准，为此，也募捐到不少钱。

他说那时候调皮捣蛋，什么都做得出来。经常分吃"沙丁鱼王子"

之沙丁鱼不说，还常到储藏室偷吃巧克力厂进修生的大堆大堆巧克力。我笑问："那还有日本'牙膏王子'，难道你们还吃日本牙膏？"

"不，"他说，"这位四郎刚来'林溪'的时候不说话，不跟人交往，跟我以前一样。后来我带了他一年，他变得活跃起来。第二年，二郎——他哥哥到英国看他，拉着我的手直感谢，说是我使他弟弟完全变了个样儿。"

三年前，上海人艺赴日演出话剧《家》，我爸爸与这位四郎在东京六十年后再次相会，四郎早已继承父业成为日本的"牙膏大王"，而人却又变得木讷得不行（不仅仅因为上了岁数）。我对爸爸说："幸亏你虽然经历千曲折，万艰难，也没有变回去。"

爸爸说，"林溪"的最大好处是使他从此建立了国际眼光。他在这里选修了"国际关系"课程，当过学院日志的责任编辑（他学习英文写作就是从此开始的）。期终要当着全体师生的面朗读这册日志，还要存档保留的。至今他不无得意地说："我一个不漏地把每位同学都描述一番。我认为每个人都很重要。朗读后果然皆大欢喜。我下一任的责任编辑是个德国学生，他说要学我的方法，把每个人都写到家。"

每个周末"林溪"都有文娱晚会，各国学生争相表演民族节目，就像小型的国际艺术节比赛似的。节目有音乐、戏剧、朗诵、杂耍、等等。爸爸从来没表演过，在这里却积极得了不得。先是在别人节目里客串角色。一次有个德国同学让他在戏里演个黑奴，原本是个悲剧。正当黑船驶往美洲的途中，他突然从舱底探出头来龇牙咧嘴，为的是"表现痛苦",却引起台下一阵哄笑。当导演的把他骂了个狗血喷头。后来他就开始自编自导自演了两个小戏,这该算是他的"处女作"吧,诞生于1926年春。一出叫《东西》,说的是有位工程师,把西方的自行车与东方的人力车合二而一,变成近似"三轮车"的一件"东西"。另一出戏叫《中国茶》,讽刺了一个由华归英的老处女自视"中国通",把出殡式当成结婚仪式(因都穿白衣裳),最后,把关东烟叶当成茶叶熬成汁请中国学生喝,大出洋相。这第二个小戏很受"林溪"人的欢迎。同学们起哄说他的戏有"萧"味,嗾他寄给英国大文豪萧伯纳看看。"黄"还果真天不怕地不怕地寄去了,并且表示对萧伯纳与易卜生的崇拜。没过几天,这位诺贝尔奖获得者竟然回信了,这短短几行字对"黄"此后的戏剧道路起了很大的作用:

一个"易卜生派"是个门徒,不是个大师;
一个"萧伯纳派"是个门徒,不是个大师;
易卜生不是个"易派",他是易卜生;
我不是个"萧派",我是萧伯纳;
如果黄想有所成就,他切勿做个门徒,
他必须本着他的自我生命,独创一格。

我小时候在一本烫金的大照相本扉页上看到过,有英文原信,有爸爸自己译的中文。他说,这本相册是"萧"特别赠给他的,封面中央有个烫金的汉字"萧",是他当面写给萧伯纳的,为的是有了满意的独创"黄派戏剧"的话，就把剧照贴上去。但相本是空白的，他认为在他导演的一百多出戏里没有真正使他满意的。萧伯纳信的原件——一个青年艺术理想家的纪念品，"文革"中被没收后再没有归还，说是丢失掉了，现在只留下一张照片。

"林溪"里宗教气氛很浓，可是爸爸最终也没有入教。那里办新村、办义校的人都信奉一种"公谊教"，是基督教二百多个派别中较为民主的一支，宗旨是"为他人谋福利"，特点是取消牧师制，宣称每位教友皆为牧师。星期日祈祷是人人静坐，没有主讲牧师，颇似练气功，叫"沉默的星期天"。等灵感降临便即席发言，人人可以表白自己、发表感想。我父亲去做过这种"礼拜"，却没有入会。不论这教派多么"新潮"、多么"民主"，他都不愿意受到上天意志的约束。他的三位妹妹倒都是虔诚的教徒，这真叫"人各有志"了。他的大妹妹是美国最有声望的霍布金斯大学医科的口腔科博士，与她的丈夫、有南美血统的彼得·卢佳都是天主教徒。大姑姑不宜生育，而天主教不允许避孕，她艰难地剖腹生了两个儿子，又要生第三个了，生命垂危之际，大彼得竟因不能违背教规而六神无主，急忙打电报到天津把她大哥——我爸爸（那时我已出世，是个婴儿）叫到上海，请他做主。医生问："要大人要孩子？"爸爸答："当然要大人！"这是教徒大彼得想说而不敢说的话。可是已经迟了。结果，小的活着出世了，大姑姑却死了。因此，父亲痛恨宗教的禁锢与借神治人。"四人帮"垮台不久，他就上北京与中国青年艺术剧院合作演出了布莱希特名剧《伽利略传》。1979年4月刚刚开过全国科学大会，他这出戏就是以对宗教式专制统治的痛恨与对科学、对人的极大热情献给科学的春天的一份礼物。这出融激情、哲理、智慧于一炉，糅表演、舞美、歌舞于一体的戏剧是如此地震撼着我。这是我看到的爸爸最好的一台戏，也是我看到的话剧里最杰出的一台戏。有些细节至今历历在目。譬如那位大主教是光着身子上场的，他在台上一层层地穿衣服，最后披上了红袍子，变成了一位道貌岸然的红衣大主教，这种舞台刻画是大胆而入木三分的。

"我有很多女朋友"

几个熟悉的青年记者与青年作家几次盯着爸爸，要他讲讲"罗曼史"。他说没有。别人不信。面对这种窘况，他总是苦恼得很："我已经八十多了，有什么不能说的呢？就是没有嘛！"最近，他却跟我讲："在'林溪'，我有很多女朋友，真正的女朋友。"

爸爸和几个男生是特别要好的哥们儿：他是中国"黄"，另有一个美国"蘑菇王子"——后来当了西班牙语教授的，还有一个德国小伙子。他们又有三个女朋友：一位英国胖姑娘，是"黄"的社会学系同学，又是他的混合双打网球搭档，他俩得过全校的混合双打冠军；一位瑞士女孩，是"黄"的网球对手，在混合双打中居亚军；另一位是来自英国西部的姑娘。这三男三女经常是同出同入的，而我爸爸的外号叫"淘气小鬼"，是最会玩、玩得最聪明的一个。譬如他们网球队在六校联赛中赢得团体冠军后，庆祝宴会上众人一致叫道："'黄'讲话！'黄'讲话！"他站起来，只讲了简简单单六个词：

"他们（指对手们）来了，你们看了，我们赢了！"这顿时引起一阵喝彩、欢呼与顿足。原来，此话源于有名的历史故事：希腊马其顿王亚历山大东征，千辛万苦来到了印度附近，发现这东大陆只是一片荒凉，这位君王悲壮地说了六个词："我来了，我看了，我赢了！"

爸爸一向说话不多，却常常"一语惊人"。"文革"时期我们常担心他要一语惊死自己，现在他又常能一语惊起小辈们的欢呼、雀跃。当时，"林溪"的女生们也喜欢他的机智、幽默，她们用萧伯纳的话说他："机智是别人想不到的两种互不相干的概念联在一起而产生的。"他呢，也喜欢和女生们相处，说她们的善解人意更能激发人的智慧与想象力。她们擅长对人做出惟妙惟肖的心理分析，一般男生不屑于此，爸爸却很乐于听从她们。他说，这就是人物性格分析练习。

那三位女孩中的后两位皆为"林溪"引人注目的漂亮姑娘。那位英国西部的姑娘比他们小，却总爱看些"大书"。一次她看萧伯纳的大厚本《明智女性之社会主义与资本主义指南》。于是这三个男生就轮番攻击她："你认为自己明智吗？"另一次，她跟"黄"两个"萧迷"去城里看一出长达六小时的萧伯纳写的戏《人与超人》，散戏后没车了，步行一个多小时才回到"林溪"，一路上谈论不休，十分融洽。有一年暑假，她邀请这三位男生到她家里共同度假，他们抵达的第一天，她在园子里埋下了三颗洋葱头，假期快结束时，他们发现洋葱头上冒出了小青苗，姑娘指着那三根青苗说："这就是你们，二十岁的'愣头青'。"他们立即反攻逗她："那么你呢？你二十岁时候是怎么样的呢？"那天下着小雨，他们在园子里打闹了好一阵。

黄蜀芹

当年，她才十九岁。第二年假期，她去巴黎玩，渴了便喝生水，竟得伤寒不治而死，没想到这便是她的二十岁。那时爸爸刚刚毕业回到天津，不久便听说了此事，他十分伤心，写了篇人物素描式的抒情文追念她，文章发表在当年天津的英文报刊上。六十年过后，那位退休了的美国教授给爸爸来信，还提到这篇题为《三个男生献给一位女友》的悼文。最近爸爸找到了这份报纸，重读了自己的文章，他说："没想到二十出头，我情感那么深厚，写得那么抒情。"这是他"真正的女朋友"之一。

之二呢，是那位瑞士女孩。她活泼能干，也是公认的漂亮人。当年二十八岁的"林溪"图书馆主任总盯着与她跳舞，到末了也没追上。那时候，"黄"与她并无瓜葛，无非是相互淘气，因是网球对手而相互争夺。六十年过去了，就在前年吧，她从日内瓦来了一封信，述说着自己一直在纽约的联合国教科文组织里工作，现已退休回到了故里日内瓦安居乐业，等等。随后她忽然写道："你记得当年你的被窝里有一只刺猬吗？"是的，他记得。

有天晚上他刚上床，就觉得浑身生痛。开灯一查，一只小刺猬缩在他床上，众哥们儿立即行动，挨门挨室地搜寻作案者。英国学校男女生宿舍是严禁串联的，他们查遍了男宿舍，终于有个德国新生承认了，说刺猬是他放进"黄"的被窝的。"黄"只知道他是"林溪"的钢琴高手，跟他并不熟，为什么要这样做呢？可是这位钢琴高手一口咬定是他干的。深更半夜的，大家懒得细究，就这样结案睡觉去了。那位日内瓦女孩（老太太）在信里却坦白道："……其实那刺猬是我捉来的,是我委托那德国新生放到你床上的,他一直替我扛了下来……"事过半个多世纪,才算真正破了案。一个人,能把一只小刺猬在心里放上六十年,其真诚程度可算真正的女朋友了。爸爸说,他在天津长大,按北京习惯,一直是光腚睡觉的,自从"刺猬事件"以后才穿用睡衣。

经常会有人惊诧地问我们:"你爸爸那么多外国朋友,你们兄弟姊妹怎么没一个人出国?"确实,我们儿孙两代十六个人全都在此待着没动。父亲与朋友间重真诚、讲默契,在乎自然自在,与实用、功利是沾不上边的。我们谁都开不出口向人家提出什么,谁也不忍心打破这二十岁就建立起来的情谊的纯洁性,还是让它永远保持它原有的品格吧。

我爸爸很重视自己与妇女的交往,重视自己的妇女观表达。二十世纪三十年代初在天津他发表过一次长篇演讲,题为《一个光棍论妇女》,开头就针对了叔本华《论妇女》一书。这被称为"光棍斗士"的"叔"曰:妇女是"小个子、狭肩膀、大屁股、短腿的人种"。而"黄"这位光棍却曰:"女人,没有她,男人就成了野蛮人。"他论证了自产生人类以来,是她们创造了汲水泵、农业、草药、缝纫等,所以说"创造文化的是女人"。而对历来的论调"男人是历史的创造者"一说,他认为是"那些自高自大的蠢驴"们说的。针对男子在人类活动中的功利、争夺、欺诈,他提出:"女人是已超越人类的'超人'了。"(这当然是指大写的女人,非具体个别的女人。)最后,他一本正经地异想天开,要成立"家庭工程学学校",订出若

黄蜀芹

干条章程草案，强调此工程学对孩子的教育要早于幼儿园，结婚申请要有该学校的毕业证明，这样就可以减少家庭纠纷与离婚……这是篇奇想联翩的文章，很受天津女听众、女读者的欢迎。

可是，爸爸说，他一回国就不敢交女朋友了。谈个话、点点头都会招来一堆风言风语，有些女士本人也极富敏感。譬如他在天津有位好友姓丁，人极忠厚有学问，但面孔微麻，我爸爸热心为他介绍几次女友皆不成。有一次他又介绍了一位南开中学教英文的女士，出乎意料的是约会频繁，每次皆三人同游，因为"麻丁"总拖着介绍人。不久，这场佳事也告吹了。那位女士却对别人说："'黄'猛追我，可是我没被他追上！"弄得"黄"啼笑皆非。"麻丁"呢，至死独身，终未成双。

对于社交圈的一些女名流，他常常这样形容：她们总是睁大眼睛听你讲话，然后噘起小嘴作惊讶状："真的？！"再抿嘴一笑，头一歪："嘻嘻——"千篇一律的表情使人扫兴……这种种大概就是他向往女朋友而没有"罗曼史"的客观原因。

家事

1986年，我们的三姑姑回来了，她离沪赴台已经四十年，我爸爸正好住院，这七十二岁瘦小的老太太来到华东医院，与大哥拥抱数分钟不动，他俩相对而坐也言语不多。可我爸爸日夜盼着这次会面。三姑姑更是。1946年她为谋生去了台湾，在台大教授美术与西洋戏剧史。如今丈夫去世，子女独立，她好不容易抓住一个机会回到上海来看大哥。爸爸请她在北京、上海各处玩玩，不多问她生活情况。他告诉我们：三姑姑从小受气，什么苦都吃过，他不愿重新勾起她的回忆。可三姑姑却对我们说了很多他们小时候的家庭趣事。

他们的祖父、外祖父都是广东私塾师爷，他们的父亲黄埔海军学校毕业后到天津从事洋务，他们就都在天津长大。到了读书年龄，家里请了个广东秀才来教我爸，弟妹们倒是直接进了洋学堂。就我爸一人受了正宗的古文教育。八十年后的今天，他又天天在家书写毛笔字，甚至用毛笔写英文信件，硬是把手抖的毛病给练好了。后来他又被送进天津最老的教会中学——新学书院上学。院长是英国人哈德博士，一个贵族出身的有名的物理学家，他自愿放弃一切到天津来当个传教士，办了这所八年一贯制的中学，除中文语文课外一律是英语授课。爸爸从这里毕业就去了伯明翰，等他回来时，哈德博士已八十高龄。不久，我爸爸二十五岁便接任老院长当了新学书院的名誉院长了。当时，杨宪益（中国当代著名学者，《红楼梦》《老残游记》的英译者）等就是他的学生。其实，他也大不了他们几岁。他说："我一生里第一项职务是名誉院长，最后一项也是名誉院长（上海人艺）。"

三姑姑说，他们爸爸喜欢热闹，嫌大哥话少，"对他说话像对律师一样！"他喜欢漂亮、活泼的大姐、二姐。他们母亲爱静，喜欢大哥与她。

她说，他们母亲有个糖盒子，上面盖得紧紧的，大哥专门从盒子下面抠糖出来，不让人发现，当然也可能是母亲庇护他，不揭穿罢了。反正,小时候的爸爸,看起来拘谨,不言不笑,甚至显得木讷,却蔫儿坏。

有时候,他会捉只蛤蟆藏在鞋肚里放到他父亲卧室,让鞋子一跳一跳地吓唬人。他六岁的时候,一次家里宴请宾客,他淘气地把祖父的小便倒进啤酒杯里端上席去,客人品味,却欣赏不已。那时啤酒只有日本货"太阳牌"的,属高等饮料,很少人喝。况且,他们都是祖父的商业客户,只能说好,不会说差的。怪不得,去年不少人骂电影《红高粱》的小便酿酒法时,他却不以为意地说:"那有什么,我不反对。"

当时家里较富有(天津广帮有四大家,"文革"期间,"造反派"认定我父亲是属于其中之一,以"黄家花园"为证。其实黄家花园是个区名,与我家无关。父亲离津留学前曾钟情妹妹的一个同学,遭到女方家长反对,嫌黄家还不够有钱。这个女孩就出自广帮四大家之一),但我祖父母却教子女们简朴,教他们劳动。作为长子的父亲常被差去干活,夏天浇花,冬天生煤炉⋯⋯他买物很仔细,六角的布鞋他能多跑几条街买四角一双的回来。家里修房子他自愿当小工,因为太卖力,工头误把少爷当听差,打算出三元钱工资挖他出去入伙呢。所以现在他总对我们说:"要差你们儿子多多办事⋯⋯"

他很爱他的母亲。后来这位母亲染上了猩红热,死时还不到四十岁,我们姊妹四人取名"芹",就是这位祖母名字的最末一字。

其实,他和他的父亲感情也很好。父亲喜爱京剧、粤剧,还时常票戏,唱花旦。后来当我爸爸决定第二次留英学戏剧时,这位祖父竟没有反对。戏子当年属下九流，上层家庭的孩子，特别是长子是绝不许下海的，祖父的默许算是十分开明的态度了。爸爸说："这真是我莫大的幸运。"从艺或从商，他做这种选择的时候，非常明白艺术家是发不了财的。今年，当领取到一台小戏的导演酬金一百五十元时，他说："我在人艺导演四十年还是头一回领到酬金。"他竟十分高兴，跟儿孙们说要请客。

三姑姑说起她是大哥的媒人这件事是再有劲不过的了。三姑说，大哥从伯明翰回天津不久就俨然是个小名流了，她们中西女校的毕业班要演出莎翁名剧《如愿》，她买了张票子想请哥哥看，哥哥却不屑地说："你们这种学校能演什么好戏？"但票子两元钱一张，妹妹找不到别人，最后硬把哥哥拉去看戏了。全台女生做了个英语演出。他不但把戏看完了，还写了个剧评，把每位演员都捧了一遍。我们的姑姑高兴地拿报纸给校长看，老于世故的校长看罢文章说道："这个人其实就捧了一个女主角。"而这个女主角就是我妈妈，那时叫金韵之，十七岁。直到现在爸爸还不服那校长："她怎么看出来的？其实我很公平地说了每个人的好处，甚至包括了十二个小花神。"

我妈妈生性活泼，舞跳得好（我爸爸一直学不会），会溜冰（爸爸是旱鸭子，游泳溜冰均属末等），溜起冰来两颊与鼻尖通红，姑姑等女生给她的绰号叫"三点红"。演出之后的圣诞节，爸爸提醒三姑姑，让她请她的同学们来家玩，三妹不解其意，兴高采烈地请来姓朱的一对双胞胎，就是没请"三点红"。我爸爸极为扫兴，就自己经常到冰场转悠。那所新学书院是男中，男学生们也爱溜冰，他们为我妈起了雅号叫"红苹果",后来他们渐渐发现年轻的院长也常来看溜冰,目标就是"红苹果",于是便嘟囔着:"没希望了,没希望了。"

那时的教会学校每个学生必须取个英文名字,我爸爸不喜欢这样,坚持中英文名字都叫"黄作霖"。我妈妈姊妹俩跟所有的人一样,起了个英文名,分别叫 Fleda,Elma。待交往密切了以后,我爸就取其谐音逗她们:"你们家,一个'非打',一个'挨骂'。"

后来,"非打"上燕京大学念书,我爸爸留在天津做事。1934年,我妈从燕京毕业去了纽约哥伦比亚大学,而我爸正在天津筹备着他的第二次留英。在此期间,他还为两位妹妹操办了婚事。他巧妙地安排她们在同一天举行婚礼。二姑姑一对是基督教徒,安排在上午,基督教堂里结婚;大姑姑一对安排在下午,天主教堂里结婚。客人们由此教堂走到彼教堂。然后,晚上在某大饭店举行一个盛大的宴会。祖父表扬他会办事,两桩婚事只花了一笔钱,热闹又省事。

他自己的婚事呢?那就更简单了。1935年暑假,他到纽约,与刚结业的妈妈结婚。他们与黑人们一起排着队在市政结婚处登记,只花了两美元。美国规矩是一定要到教堂去进行一个结婚仪式才算正宗,但他不喜欢教堂,也不想再花一笔钱,就没去。三个月后来了张通知单,说:你们的婚事手续不完备,宣布无效。这时他们已经到了伦敦,开始了他们的戏剧学习,根本没理会这个。到了1985年,有人建议该向他们祝贺金婚纪念,他说:"我们还没有举行过婚礼!"

我们的父母互敬互爱,共同度过了五十多年风风雨雨的日子,他们感情的深厚是戏剧圈里人人皆知的事情。干校期间,不准他俩交谈、接触，分别隔离在小河两岸劳动。一天正是阴历七月七，他竟说："唉！真是'牛公织婆'啊！"一到冬天，我妈妈"红苹果"两颊不但发红，而且生冻疮，发肿溃烂，后来人家教她，从夏天开始就要用生姜擦脸，但总不见效。说来也怪，等"文革"结束，两人团圆以后，妈妈颊上的冻疮便自然消失了。

早在《论妇女》一文中爸爸就说过，一个出类拔萃的男子，"灵魂中必有那么一点女性味，那种心肠温柔与天生具有的直觉能力……"他起码对待家人一向是"心肠温柔"的。记得我们小时候，不论他排戏多么繁忙紧张，哪个孩子病了，也都是他自己背着上医院，细心地购买食品药物，而且全是利用一天四次骑自行车往返剧院的路途中操办的。他还会很多怪游戏，经常使家里充满笑声。譬如他会伸长脖子走矮步，由于穿着长袍，使我们一直以为爸爸的两腿穿过地板钻到地下去了。

我童年的时候，家里就有了幢小房子，在一条小街尽处，一幢二层楼的房子。院落里原来有片小草地，还有一棵老桑树。春天的时候，除了爬树吃桑葚外，无锡籍保姆还带领我们三个女孩子一本正经地养过蚕，从幼小的黑虫虫养到白胖胖的蚕宝宝，最后化蛾撒子，烫茧抽丝。记得我们还用这真丝为娃娃编织过衣裳呢。"文化大革命"中，父母及我们全家离家整整十七年，等"落实"回来一看，树已枯死，草地荒芜，房子被作为肝炎隔离病房到处充满了细菌。如何整修呢？父亲的意志十分明确：一切恢复原样，包括地毯的颜色，沙发的格局。房子整修了大半年，又铺了三年的草皮，今年起

黄蜀芹

草地才又变得绿茵一片。记得刚搬回去的那个春节,我们用废木料把大客厅里那英国式壁炉点燃起来以后,全家三代十八口人围着暖和的炉火,才觉得这又是"家"了。

别人以为这家人大概张口闭口谈的都是艺术。其实,在这个院落长大的我们,从不习惯于正经讨论些什么,也从不为自己要拍的片子请教些什么。从小,我们就习惯于自然自在地发展,喜欢光着脚在地上走,在草地上滚,喜欢歪七扭八地斜躺在沙发上,说起话来没大没小,吃起饭来不等人齐就下手。总之,我们崇尚默契、真诚,一切顺其自然,从不强求别人,也不勉强自己。可是一出家门就全不适应了。我们在生人面前开不出口,不懂社交语言,不会喊叔叔阿姨,不会买礼物,不会见机行事,不会求人。在学校里个个胆小、木讷,总是朝人群后面缩。我们常常羡慕能与别人一见如故,能很快进入实质性谈话,然后提出各种各样要求,顺利达到目标的人们。当我们在生活里碰钉子以后,往往会这样抱怨:"'泰安路'出来的人弄不好了⋯⋯"可是,当我们需要喘气,需要安抚,需要听听真音时又忍不住地想:"还是'泰安路'好!"于是,仍然很珍惜那歪七扭八坐躺在那里的时光。

父亲要"泰安路"恢复原样的另一个原因是,这里不仅仅是我们的家,也是他的排练场、戏剧研究所。曾有文章提起过,当石挥、黄宗江、黄宗英刚到上海还无立足之地时,就寄居在这个"家"里。白天,父亲布置台词、形体作业让他们练习。直到现在黄宗英还记得:"那时我才十五岁,叫小妹,每天头顶水罐从你们家楼梯上上下下不知要跑多少遍。我一偷懒,黄先生就叫:'小妹怎么啦?'我只能又把罐子顶起来……"晚上,他们饿了就去开冰箱,一边吃着一边担心那冰箱灯是报警灯:"明天黄先生要知道我们偷吃怎么办?"

"孤岛"时期话剧剧团很多,但志同道合者也不易觅,一批极有才华的话剧青年经常在这里聚会、讨论,后来索性排起了戏。当时他们很明确:不为演出,只为兴趣。站在草地上,阳台即为舞台,雨天进客厅,沙发推靠墙边,中间一张地毯还可以翻打练功。他们在这无拘束的和谐气氛中排练了《荒岛英雄》《天罗地网》《梁上君子》等,后来正式成立"苦干剧团",这就成为"苦干者"们的开锣戏了。

自从他当上海人艺院长,三十年以来,排戏就从不进家门了,同事间也更多是照章办事的关系,那个时代里人的社会关系差不多是这同一模式。现在,他已不必上班,但又常常排戏,演员们照顾他不要走到剧院去,就到家里来排戏了,他们也管他叫"老爷子",又开始在一种和谐、自在的家庭式气氛下搞戏剧了。《中国梦》和小剧场演出的几个戏剧小品,都是这样排出来的。

他还喜欢在家里招待一切内外宾客,他总是这样解释:"剧院排戏都没经费,哪能经常请客?人家老远从国外跑来,不请又怎么行?"他宁愿个人出面宴请人家,把青年学者们介绍给国际戏剧友人,又把国际戏剧友人介绍给话剧团、昆剧团、戏剧学院,等等。他像个个体友协会长,运用他的"国际眼光"努力建立起全方位的国际关系。

戏剧，作为理想

我还清楚地记得小时候"跟后台"的情景。我念小学一年级，两个妹妹在幼稚园，都在永嘉路一所高级学堂里。那里的孩子时髦而活泼。我们呢，都是天津式的北方打扮，冬天穿着小棉袍，寡言，离群，时时盼着下课，一听铃响就奔向校门，爸妈两辆自行车已等在那里了。爸爸的车子前后各一"千金"，妈妈背后又一"千金"，驶向"辣斐剧场"[1]。他们每晚在那里演出。我们在后台做完功课，就去侧台或前台看戏。我最记得的是《牛郎织女》，明明是可以捏在手里的死木头喜鹊，怎么到了台上就会飞上天去，还亮闪闪地张开翅膀？每演到这里我必奔去看。我还喜欢看妈妈演王母娘娘（我们都不愿意看她演"坏人"）。舞台简直是个奇妙的仙境，演员上台后会不由自主地飘逸起来，成为另一个人。侧幕与舞台光区竟是两个截然不同的世界；它们之间没有门墙相隔，没有划界，区别却又那么分明，一切多神秘！现在回想起来，童年时对舞台的这层体味，恐怕就是我拍《人·鬼·情》的潜在情感了。散戏以后，我们又坐着父母的自行车回家。这时候，棉袍子就管用啦，无论小朋友们再怎样嘲笑，我们也不想脱掉它了。妈妈为了赶戏，常常不按时吃饭，有时饭盒是冷的，因此得了胃病，那段时间瘦得要命。别人会想，

---

1 即"辣斐大戏院"。——编者注

这何苦呢？又不是没饭吃，做先生、当太太，不比戏子强？

对于爸爸来说，戏剧不仅仅是职业，它是理想。

1962年在广州创作会议上，他作了《漫谈"戏剧观"》的学术发言，从世界范围内把斯坦尼斯拉夫斯基、布莱希特、梅兰芳这三大代表性戏剧家进行比较，从而提出了"写意与写实相结合"的自己的戏剧观。这就是他的理想。当时，如此封闭、如此"多灾多难"的情况下，此论可以说属异想天开，因而未被重视。二十年过去，开放眼界之后，人们才渐渐看重了这篇论文[1]。不可思议的是，当时他是如何获得这种开阔、概括的思路的呢？二十世纪八十年代我重读此文时也一直捉摸不透这一点。直到最近，我才知道很久以前，他还做过另一篇论文。在伯明翰与剑桥之间的那段时间，他于天津英文报上发表了一篇题为《萧伯纳与高尔斯华绥比较》的文章。他选择这两位，是因为他们都是当代获诺贝尔奖的英国文学大师。他在文中举了同一则小故事，先模仿萧伯纳手笔写了段戏剧，又模仿高尔斯华绥的手笔写了段小诗。然后论述：萧强调哲理，稍有说教之嫌；高的作品则更具有诗意。此文后来被天津《泰晤士报》转载，爸爸分别给萧、高各寄一份。不久，高尔斯华绥回信了，他鼓励"黄"说，你的英文写作很好，应当不停顿地写下去（最近此文已由他自己译成中文，准备收入《黄佐临论文集》一书中）。

---

[1]《漫谈"戏剧观"》的发言后来作为一篇文章发表在了《人民日报》。——编者注

黄蜀芹

当然，后来他改行了，没有"不停顿地写下去"。可他始终把世界级大师放在心里研究、捉摸，这一思路早在青年时代就建立起来了，只是默默地潜心蕴藏，直到三十年后他才提出了自己的戏剧观，五十年后才有了认真实践的可能。

他办剧团、制片厂，都会订一系列的章程准则及设想规划，就与当年设想"家庭工程学学校"一样地认真细致，而且充满信念，宣扬理想。

譬如，"苦干剧团"是个同人剧团，1942年他们起草的章程中写道："……戏剧是我们的终身事业。生活要有规律，修养要下功夫；台上好好做戏，台下好好做人；对外恭谦，对内和睦；彼此坦白批评，决不党同伐异；齐心合力，埋头苦干。"文华影片公司的制片方针也是他起草的，那就更加理想化了。他曾自嘲地对我说："除了起草人外谁都不关心到底写了些什么，鼓鼓掌就算通过了……"那个1947年制定的制片方针里写道："世界上每个人都应该得到充分进长的机会，各展其长，各尽所能。这个机会是由一般教育已普及、认识已清楚的群众自己来努力争取的。达到这个理想的先决条件，是一个生产工业化、财富均匀化的社会制度……一个文艺工作者必须具有高度的社会责任感，他的任务是运用他自己的敏锐感觉来反映大众生活的要求，一方面启示人生的深意，一方面提出个人与社会的正确关系……朴素、自然、明朗、健全、有血有肉、带泥土气息的才是真正的文艺作品。"他在文华公司拍的《表》就启用了大量非职业演员，并运用了在街上偷拍等新的拍摄手段。作品表现出的流浪儿的生活非常逼真，一直被西欧、日本一些电影史专家认为是战后出现的"新现实主义"影片系列中早于意大利的一部影片。

他投身戏剧以来记录了九十多本笔记，有读书札记、排练手记，以及各种心得、论述等材料，"文革"中被抄得精光。可是在漫长的干校劳动期间，他时时在酝酿、筹划要写本大书——《世界戏剧发展史》，甚至迫不及待地以思想汇报的形式出过几十页的大纲，终因九十个笔记本一直不归还而未能如愿。

去年，他兴冲冲地写了个《振兴话剧战略构想十四条》，趁上北京开全国文代会时带着想谈谈说说的，可一看，会议气氛不是那么回事，便闷闷地揣进口袋又带了回来，后来还是憋不住，在全国话剧研究所授予他"导演荣誉奖"，要他做个书面发言时，他就把这"十四条"寄了去。没料到，北京话剧界很为之震动，开了几个认真的讨论会。可也有人说："十四条好是好，但以目前的客观、主观条件没一条能做得到的……"

这个大奖的纪念品是一面精致的铜镜，他得奖有感，在镜上题了一首"自我写照"：

好一个黄·吉诃德，
呼云唤雨战风车，
傻子瓜子逗英雄，
痴心梦想正气歌！

青年时代"异想天开",可以理解。如今,八十多岁了,还"不识时务"?还"乌托邦",还……?其实,他不傻,他不是不了解现实,应当说,凭他六十年的艺龄,比谁都明白。他有他的想法,越是没做到的越是要提倡,明知一件事难实现,却又清醒确实地感觉它存在着。心里若没有这样一个角落,若没有这么一片净土,人活着,可魂呢?"什么魂?做梦!"对了,做梦就是理想。若没有梦,可算活着?六十多年来,他一直怀有一颗童心,孜孜不倦地追求着,设想着,提倡着,并身体力行地去做着。他一直梦想着上海人艺有座自己的剧场,四十年来他向上海市历任市长提出过无数次的建议与要求。今年初,人艺自己建造的不到二百个座位的小剧场总算开张了,可是紧接着,就在小剧场旁边,剧院自己的"卡拉OK"和舞厅也落成了,它将要冲没自己刚刚盖起的小剧场,喧闹声即将泛起。对,工资要发,饭要吃,钱要赚,谁都没错。而他呢?愿意继续扮演那不识时务的"异想天开"者,不放弃地开拓着人们心中的那块净土。

一九八七年冬,正值他八十大寿及从艺五十周年纪念,人们建议举行一个纪念会,他却不愿意:"我不愿意开追悼会。"因为听说这类会是悲恸哀哭的居多。后来,上海人艺新院长沙叶新立下保证:"决不会像追悼会。"他这才同意开。组织者们有心把他所钟爱的漫画肖像印在请柬上:"黄头儿"卖力地蹬着黄鱼车,车上坐着各位主要演员扮演的种种角色,表示着他所排演的众多剧目。这原是"文革"中的大批判漫画,他欣赏此位画家的才能,愿意征用为庆贺会的纪念品。

纪念会上他没有讲稿，讲了大半个小时，做了生平最长的一次发言，妙语连篇，竟引动了很多朋友如张瑞芳、白杨等即兴上台作诗、发言。曹禺、陈颙自北京来，千田是也、栗原小卷从东京到，整个二楼是上海人艺的成员，我们一家十余人坐在会场一角，大厅里时有会意的笑声、掌声响起，与会者们崇敬、亲近的情绪是显而易见的。我顿时感到一股熟悉的温馨、随和、快乐的家庭气氛充满着整个艺术剧场，而我们，只占着其中一个角落。

会后，回到家里，他把早已准备好的座右铭分发给朋友们，上面有他亲手书写的中、英文毛笔字：

开口便笑，笑古笑今，
凡事付之一笑；
大肚能容，容天容地，
于人何所不容？

卡片上还附一张他本人的黑白照片，角落一颗红印章，这几十份精致、潇洒的纪念品全不是复印，由他自己一张张亲手制成。

真诚、执着、幽默、自在自然。

从"林溪"到"大肚能容"，始终如一。

我喜欢这样的爸爸。

1989年7月31日于上海

黄蜀芹

我的母亲丹尼[1]

我的母亲原名金韵之。祖上是安徽婺源（今婺源属江西）的茶商，早几代就流向城市。我外公是天津埠花旗银行的职员，可以说是中国第一代"高级白领"吧。不过，我印象中的他只穿长衫，未穿过西服。他一生勤恳而谨慎，做了多年襄理后再也不愿升为经理，便自动退休，当时还不足六十岁。外婆是苏州人，一位老式妇女。我母亲出生于天津，中学就读中西女校，那时就用英语演出过莎士比亚的《如愿》。这次演出引起了刚从英国留学归来的青年学子黄作霖（佐临）的注意，他虽学社会经济学，但内心憧憬戏剧，《如愿》观后感成了他第一篇剧评。那时正是1930年，我母亲十八岁，他俩开始交往。那是他们俩的初恋，也是终身之恋，自始至终达六十五年之久。

我母亲从燕京大学毕业后又赴美国哥伦比亚大学攻读心理学硕士。同时我父亲再度留英，进剑桥皇家戏剧学院，硕士论文是莎士比亚演出史。他们于1935年在纽约登记结婚，然后一起进了有名的伦敦戏剧学馆，一个学导演，一个学表演。主持导师叫圣-丹尼，是当时

---

[1] 本文原载于《东边光影独好——黄蜀芹研究文集》，中国电影出版社，2002年版。

欧洲一支戏剧学派的代表。为了答谢恩师，母亲后来取艺名丹尼。她是班里唯一的亚洲学生，因灵巧、机智，很受赞赏。后来她在上海人艺演员培养学馆教授了两届，在"斯坦尼体系"一统天下的二十世纪五六十年代，她的方法还受到过异议，直到改革开放后，堂堂戏剧学院才又"引进"了这种强调直觉、解放肢体的培养演员方法。

抗战时期的上海孤岛，她在极有影响力的"苦干剧团"主演了多部话剧：《蜕变》《金小玉》《梁上君子》《大马戏团》《夜店》……多数由我父亲佐临导演，同台者有石挥、张伐等。母亲确是一位苦干者，从1939到1949十年间，她生育了五个子女，她坚持母乳喂养，视之为"法典"。每天日夜两场演出之间，骑自行车来回亲自喂奶，拒绝用奶妈。她不放弃演剧，也不放心孩子，宁可超负荷，曾劳累过度患了严重胃病。

后来，她在文华影片公司主演过唯一的电影《腐蚀》，评价很好。直到二十世纪六十年代我去电影学院读书还有不少老师主动问我："你母亲演得多好！为什么不再拍电影了？可惜！"后来我问她，她很平静地说："演电影名气是大，但还是演话剧过瘾。"

母亲是学儿童学与心理学的，除对我们身教言传"母乳喂养"法外，她还对我们分别进行过"婚前教育"。请设想一下当时的情景：在那动荡的年代，母亲能够无视窗外的喧嚣，在子女结婚前夕，和我们谈话，把人性中重要的一页掀开在你面前，解除你的紧张与无知，让你坦然进入新境界。这就是她——一位有知识、有良知的勇敢的母亲，在特定年代里对她最亲爱的孩子们的最大祝福。这种母爱令我们子女终生难忘。

黄蜀芹

影片《人·鬼·情》导演总结[1]

秋芸、钟馗与我

一个文静的淑女在舞台上扮演着鬼神钟馗，而且如鱼得水般潇洒，带着那独特的妩媚。这大反差里容纳着多大的内在力量，男与女、人与鬼、阴与阳、丑与美，统统融于她的心胸，这是一种拥有完整人格的"巨"人。

影片在京试映时，中国台湾的作家、外国记者都问过我："你怎么会选择了钟馗这个独特形象作为女演员的理想角色？"其实，我再富有想象力，也虚构不出有如此广阔可能性的天地。真实的生活存在、现实的天才女演员的创造给我们进行构想提供了一个扎实的"根"。

记得我们逝去的领袖在晚年曾对一位名记者说自己是一个孤僧。当时读到它，还是十几年前，我在干校被管着做隔离游戏。可这句

---

[1] 本文原载于《东边光影独好——黄蜀芹研究文集》，中国电影出版社，2002年版。

话是那么深地感动了我，这是巨人心灵的真实自我写照，它给我留下的印象超过了所有那些运动、口号与标语。

这次，与这位天才女演员的结交，我同样强烈地感到了这种崇高的孤独感。内心世界愈完整的人，愈会呈现出这种状态。这并不需要"玩深沉"，甚至在日常生活中看不到痛苦，她能在人群、鲜花、掌声中很自如地生活在自我世界里。她说："我嫁给了舞台。"我相信，在愈来愈重视人格自立的现代社会生活里，这是非常能够得到理解与共鸣的。

因此，我们要写心灵，沿着心理轨迹直接去表达人生，而不写一系列政治运动对人物命运的影响。说实在的，这条线索的现成素材还不少，可这回我打定主意不从社会动乱去反映人，甚至对时代背景的交代也放在次要地位（其实，就影片中人物心理的变化来讲，在新中国成立前后、现在、若干年后会是差不多的）。要深入人的内心世界，挖掘出那种民族所特有的文化心理。其中有极灿烂的部分，如艺术精粹、浓郁人情；也有极糟糕的部分，如嫉妒、窥隐癖、扼杀人的创造力等等。也许这就是那看不见、捉不着的"鬼"，它也同样应当有强烈的社会效应。

我们一稿稿地反复筛选、讨论，最后选取了那些在男权社会里最能触犯女性痛楚的事件，使秋芸每每承担着超负荷重压而向她的另一自我钟馗靠近一步。譬如，母亲的私奔、秋父的默认，对一个小男孩的打击就不会这么大，可竟将她从一个小娇女变成了一个受人嘲弄、欺侮的野丫头。这种超负荷心理重压必将潜入她心底，影

黄蜀芹

响着以后她对恋爱、婚姻、家庭、社会、人生、艺术的看法。还有，初恋受挫又被戳钉子以后，年轻秋芸的心灵也是承受不了的。我让她重彩涂脸，爆发性地呐喊着，说不清此时的她是觉得人可怕还是鬼可怕，是想当人还是想成鬼。我只知道这是必须要有的心理宣泄。我对演员说："你有没有这种心境？心中充满闷气，然后走过公共汽车站去踢汽车或用力挤车时与陌生客吵架？""我常常这样干，"徐守莉回答我，"这种喘不过气来的时候太多了。"那天夜晚她的表演必须是一次性完成的。听她狂喊所产生的楚痛几乎使我在摄影机旁难以自制。后来，秋芸成熟了，婚姻却是不相称、不如意的。她不再呐喊，而是沉稳地承受着生活。"宣泄"变成了创作激情，诞生了非凡的钟馗形象，于是最后她超脱地站在了舞台上。

我喜欢这部题材的另一方面是出自对电影假定性的考虑。

前几年，我国电影极力推崇纪实性风格，这对克服虚假有着极重要的积极作用，但我总觉得它不是评判电影好坏的唯一标准。通过这几年的实践与看片，我觉得我们并没有产生真正意义上的纪实性影片。为什么？简单的道理是耗片比低，连新闻片都嫌纪实性不足，何况故事片。复杂一点的原因，依我看是中国的文艺创作思维更多的是诗、戏、散文的传统，我们的现实主义从未发展到极为松散、客观纪实的那一步，我们与西方人创作思维的"根"不一样。

事实上，这两年的电影实践早已拐了大弯，电影的假定性一直存在于银幕间，它不同于虚假性，是电影作为一门艺术的本性要素。

说个大白话：千百人聚在一个黑洞洞大厅里盯着看一块大平布，这看电影本身就含有强烈的假定性因素。我倒是早存心于追求电影的假定性，但一直没有合适的构思与驾驭的自信。这一次电影的照相本性将遇到中国戏曲——假定性极强的艺术形式，尤其是《钟馗嫁妹》、《活捉》（昆曲）、《李慧娘》这类"鬼"戏，比才子佳人戏更能彻底释放想象力，更具艺术魅力。钟馗的"嫁妹"比"打鬼"更吸引我，他的丑中见媚，尤具现代美学观所要求的力度美。我想，若能把这一切引进电影里，不在表面构图上求假定性，而是从整体上求，将是一大乐事——当事、主体仍将是电影，而不是其他。这个题材给了我作这方面"宣泄"的可能性。

构思的形成

一年半前，我跟随剧团巡回演出，看戏、泡后台、喝棒子面粥、采访艺人们……在一次深入肺腑的交谈之后，我彻夜难眠，次日清晨便对这位女艺术家说："我想影片的结尾段应当是钟馗与女主角的对话。'你就是我，我就是你'，他们本是一个人。最后一镜应是女演员独自一人站在空空舞台上，她钟爱着她自己创造出来的人物——钟馗……"我们谈得很激动，一切都还未成形，但好像这样就对了！

虽然早就提到了这个结尾，但全片构思仍拘泥于一个女演员的生活经历的直接叙述，直到开拍前不久的分镜头剧本中，需要细致考虑影片的时空转换和电影段落结构时，我才豁然悟到，全片应是

黄蜀芹 137

两条线。秋芸世界——展示她的坎坷道路，这是叙述性、情节性的，是"实"的，这部分要尽量概括、浓聚，留出篇幅来给另一条线：钟馗世界——钟馗带着一行小鬼载歌载舞地赶路前行，去送妹妹出嫁。钟馗世界是秋芸创造出来的另一自我天地，是"虚"的，是描绘性、表现性的，对人物心情起着"宣泄"作用。两个世界在影片展开过程中交替出现，每当秋芸命运转折关头，钟馗总从另一世界观照着她，这样一个丑陋的、却充满人情味的独特形象对女主人翁的心理能起到强烈的升华作用。例如，小秋芸遭男孩们耻笑欺凌，倒地急哭时，钟馗口喷怒火地出现了，他挥剑斩恶鬼，似援救了小秋芸；当少年秋芸被省里选中要离开父亲，这位潦倒孤寂的艺人卷席离城返乡时，钟馗的唱飘过来了："女大当婚要出嫁，从此不能再回家……"然后钟馗推出花轿潇洒歌舞，预示着秋芸的锦绣前程；再比如，秋芸戳钉子以后，钟馗来到门外窥视她，她长嘶呐喊着，钟馗轻轻唱出"来到家门前，门庭多清冷，有心把门叫，又恐妹受惊……"，他满眼含泪望着门缝内低声抽泣的她。

到剪辑阶段，我们进一步把两个世界细致地一镜头一镜头地交叉起来，更加显示着"你中有我，我中有你"的境界。例如，将秋芸决心从艺后的苦练功，父女俩的颠沛流离，与钟馗的跋山涉水、翻高、滑坡等艰难行进交叉起来，尽管日夜景影调差别大，我们还是经过多种方案的剪辑，把它们融为一个完整的电影段落。在"敲门怕妹受惊"一段里，我们试来试去，最后形成了现在这样她喊、他哭、她泣、他歌的交叉剪辑的格局。

两个世界的交融对影片结构起了决定性作用：使人物心灵得到升华性描绘；使几十年的经历浓缩于十本片长，得到概括、自然的时空转换（包括换了三个演员）；使最后过渡到"人鬼对话"有了情绪上的准备。边拍边剪边理结构，只觉得这样做顺畅、有意蕴，好像是对头了。

那么开头呢？原来的设计是：秋芸化装成钟馗走到后台人群中，然后交代出她何许人也，演出获得巨大成功，等等。这头开得太"实"，与全片的构成产生了矛盾，越想越不对头。万幸的是，这次"头"是最后拍摄的。

有一天录先期音乐，我坐在音乐棚里，听着乐队的排练，然而思绪却集中到了影片的开头。我忽然想到了这样的情景：身穿白大衣的秋芸坐到镜子面前，端详着红、白、黑三只油彩碗，开始一笔笔化装，淑女变成了鬼魅脸谱。当她穿好大红袍，戴盔挂须成为钟馗后，又来到了镜子面前，不过这时已不是一面镜子，而是五面、七面，"他"审视自己，却从镜子里发现一个穿白大衣女子的背影——"他"的原来身影。于是，镜子缓缓转着、叠着，"他"看"她"，"她"看"他"，先是红黑浓彩的钟馗为多，后来又是素白淡雅的秋芸为多……然后转换为二十世纪五十年代草台班子里的小秋芸也在照镜子，故事慢慢展开了……

在这开头，观众随着化装进程能眼见秋芸"一分为二""人鬼对视"，中间是两大世界的相互观照，直到最后是"合二为一""人鬼对话"。我想，全片构想这样就"通"了，对头了。

融合两个世界的具体考虑

首先，我们想强调"钟馗世界"不是戏曲片段而是一个"世界"。以往某些戏曲影片用景片搭房子、庭院，乃至用真山真水真宇宙，常使人感到与程式化表演是那样格格不入。鉴于这是"鬼"的世界，我们用黑天黑地、斜坡黑路、黑丝绒挂满棚的内景拍摄。我们曾考虑金山金石勾线示意的方法，也曾把一氧化碳运进棚待放云烟，但讨论来讨论去，还是取消了。就是这"黑茫茫一片"，属"大虚"。从不同角度拍，钟馗一行有时由低至高，有时由高下低；有时横穿，有时纵深。化妆师为五小鬼重新设计了脸谱，不穿舞台上的尼龙紧身衫，而是全身涂油彩，一鬼一色。音乐也同样，为了表示这是一个"世界"，不是戏曲片段，所以作曲杨矛考虑再三，只保留原河北梆子的唱腔，不用其戏曲音乐，由他按电影音乐的需要全部另写。可他也犹豫，说："这是冒险！"因为我们先按戏曲音乐拍摄剪辑，等于是先有了程式化歌舞表演，他再作曲，却又要扣准那一板一眼，一招一式，还有那韵味、那情趣。更重要的是与秋芸世界的上衔下接。我只要求他一点："你是后配曲，但是最后的效果应当是好像先有音乐，是你引导着钟馗的歌舞。"我们讨论着这冒险行为可能带来的得失，剩下的，是他的勇气与连续的深夜不眠。我呢，觉得没有一部影片的音乐使我如此心焦过，它对影片的格调、影片风格的完整起的作用太大了。当然我相信它不至于是"迪斯科"式的，但会不会太现代，以至与程式化动作不协调？会不会顾了板眼而导致情感淡漠？我说："这回卖给你了，杨矛！"我剩下的只有一条，就是对他音乐功底的信任。几年前他就对我说过他收集了各地的民歌与曲调，他要深入地研究用现代方法使电影音乐民族化的课题。结果，他以河北民歌《茉莉花》为基调，用了箫，使其典雅带"昆"味儿；用了打击乐，适度地强调了它的板眼；用管弦乐队加强了音乐的厚度与表现力。最重要的是，影片有了个统一的音乐，它连接着两个世界，神秘、深情而优雅。边混录我边想，他冒险成功了。

对我们来说，最难的恐怕还不是"钟馗世界"，反倒是"秋芸世界"，临近开拍，我们意识到了这一点。该"实"到什么程度？又如何向"虚"的部分过渡？光是镜头组接上想办法还不够，该有大段落的过渡，找到一种半虚半实的境界。我在深入生活时自己化过旦装，勾过鬼脸，后台侧幕是生活与戏剧的交界地区，这里的脸谱众生相使我深感兴趣。全片有八个后台，占有很大比例。"母亲跑了""钉子事件"前后，人们不用做戏，不同的脸谱组合便是不同情绪、不同气氛，便是戏。因此，在导演阐述中我强调后台的部分属"半虚半实"。可是，秋芸生活的那些真正"实"的部分该如何拍呢？若按纪实性所强调的那种随意性拍法，一百分钟绝不够表达人生的三十五年，并且这种方法与"钟馗世界"、与脸谱众生相的表达方法也很不协调。再说，任何时代、任何地方的艺人生活总会比农民生活带有文化性与浪漫性。因此，我们想，最实也不实到破、烂、脏、灰，要相应带上一定的装饰性以统一全片。譬如说红、白、黑是钟馗脸谱的三种颜色，我们以此贯穿全片。在"钟馗世界"里是钟馗

黄蜀芹

的红袍、秋芸的白衣、黑茫茫的天地；在后台侧幕，是背景上挂满了红、白、黑的戏装或长须；在秋芸生活中是秋父与秋芸乃至群众演员的服装配色。时期、环境不同，服装的质地不同，但基本色调如初。

再来谈几场"实"戏中"实"的程度。

秋芸首次登台，我们要强调她超然的天才素质，因此想拍得带浪漫气。我们选择了一个生活里并不典型的露天草地当舞台，绿草地，蓝天蓝幕，金边装饰；秋芸打翻是用四个镜头接起来的，增加了两倍长度；一千二百名观众一律着白衣衫，一律戴河北的老式草帽（专门定制的）；最后下场时她撞到乐队身上，抬起身来，背后是夕阳，忽被遮挡忽射出光芒⋯⋯这些处理都带有"虚"的成分，但以"真"和"实"为前提，自然而然，适度而不矫情。

少年秋芸与秋父告别进省城。我们要强调这对父女的难舍难分，并且预示着他们日后命运的大差异。这场戏是深情的，又是悲凉的。如果在吉普车开出的刹那，秋父冲出来，然后相抱而哭，也许更会催人泪下。由于我本人不具备这种激烈冲动的气质，总下不了决心这样去拍，于是想到了一条狗。秋父蹲在墙角，狗来了，他喂它，它舔他的掌心，然后他起身走了，它还在嗅着，他以为它不会跟上来，回头看了一眼向城门外走去，它迟疑了一下，却跟上去了，于是，他们一前一后走远了⋯⋯这另一样子的抒情表现更适合于我，而且容易造成向"钟馗世界"（"女大当婚"唱段）过渡的半虚境界，同样又是以真实、自然为前提的。

烛火宴后一场。宴席散了，父女俩在小院里坐着，他们半醉半醒，秋芸更多的是累，秋父先是老人打盹，后呈亢奋状，他要过戏瘾，于是演起钟馗打鬼，扇灭一支支烛火，一口一个鬼，扇扇打打，最后被秋芸扶住了还欠身用筷子去够着烛火。拍完这个镜头，深更半夜，在那小小的山村中，摄制组全体竟为李保田的生动表演鼓起掌来。这里，李保田的表演是精心设计的，又是即兴发挥的，这样的表演是精彩，还是过了？舞台化了？我想，场景是意境性的，对话也不全生活化，人物本身就是想过戏瘾、半醉的老艺人，整个段落是向"人鬼对话"过渡的带"虚"成分的段落，这种表演是再适度不过的了。我喜欢有表现力的电影表演，不完全信服"无表演的表演就是电影表演"云云。

有的段落拍得不成功。譬如婚后，表现她已为人妻、已为人母，却又不和美的两场戏，就因为琐碎、交代过多，而且用了接近纪实的方法拍摄，而显得与全片其他部分不那么协调，明显地塌下去一块。

影评反馈于我的信念

短短几天的试映，给了我更进一步认识自己片子的机会。

有人更看重"打鬼"，打看不见摸不着的真鬼，有人更热衷"嫁妹"。当前者指出影片未写"文化大革命"、未能深入具体地展现人与鬼的搏斗时，后者却说不一定要直接写"文化大革命"，让女人嫁个好丈夫、男人娶个好女人也是人生的重大主题；有人说里面有性意识，有人说写了压抑、变态与呐喊；老外们着眼于钟馗这不朽的象征性形象，认为把一个女演员与她的角色融为一体是个好构思；文化界的权威们认可其写实与写意在电影艺术上的结合……渤海石油工人们在座谈会上直率地猜测着谁是那按钉子的人，是最"恶"的大金脸还是最"善"的小花旦；上海师大的同学们说这里有丰厚的人生，还说没想到戏曲还挺好看……

记得我刚完成片子时曾脱口说了一句："这部影片随便怎么看，随便从哪个角度看都可以。"裴艳玲也说过："影片好像什么都没说，可又好像什么都有了。"如今，面对这众多不同角度的评论，我想到了美学家王朝闻对影片的观感，他说，影片除了秋芸与钟馗的两个世界外，还有导演的世界与观众的世界，一共有四个世界。

如果真的存在这四个世界，它们又真的能融合起来形成一种复杂的心理活动，那是多么美好的一种电影美学理想啊！

女性电影——一个独特的视角[1]

我的父母是中国著名的戏剧导演与演员,也拍过不少优秀的电影。二十世纪三十年代时他们在英国学习戏剧,这在当时的中国非常少见,后来戏剧成了他们终生的事业。我曾有过这样的经历:小学下课,父母骑自行车来接我,然后我在后台做功课,侧幕边上看戏。他们用自己的一生教育你:热爱这个职业,创新、创造到永远。父亲生命终结的前两年,已八十六岁高龄的他还工作在排练场上,在病床上写下了想做而来不及做的事。我是在平等、开明、进取的家庭氛围中长大的。

二十世纪五十年代,我上的中学是上海最好的女子中学。我痴迷于苏联电影、音乐、文学。女子中学释放了女生们在社会上容易被抑制的天性。内向的、不多说话的我被"打开"了。中学毕业后,突然我就决定要学习电影导演了。那年电影学院不招导演系学生,

---

1 本文原载于《东边光影独好——黄蜀芹研究文集》,中国电影出版社,2002年版。

于是，我自动下乡当农民，为的是响应1957年毛主席提出的"知识青年到农村去！"的口号，改造优裕生活下不会劳动的习气。

当时，国内没有在综合性大学里设置艺术类学科，而是像苏联的教育体制一样，设立了各种艺术院校。北京电影学院是全国唯一学电影的地方，上海、北京有戏剧学院、音乐学院、美术学院等。"北电"导演系五年，也是苏联体制。每年导演系招收二十到二十五名学生，其中必有五个女学生，这是表演训练的需要。二十世纪六十年代每班五个女生的招收特点，是形成后来二十世纪八十年代中国女导演多达二十多位的直接原因。

"文化大革命"十年间，我，一个刚从大学毕业的青年进入社会，碰上了百年不遇的大动荡。从这段经历中，我认识了生活、生存，认识了人性的多面，善良与邪恶。大家住在海边自建的草棚子里面，养猪、放羊、种地，没人再想拍电影的事。那个时期我结婚生子，两个人的工资相加不足一百二十元，却能养活四个人，这完全是另一种柏拉图式的生活。

我是二十世纪八十年代初开始导演第一部影片的，那时我已经四十岁，从北京电影学院导演系毕业到这一天，已等待了十七年！

当拍完第四部片子时，已到了二十世纪八十年代中。评论界认为我的影片真诚、细致、抒情、流畅，认为这就是女导演的特点。但是，我知道这些影片还没有能比较认真深入地发掘自我特质，还不能算有个性。我停了半年时间，来总结自己与寻找自己。

电影、艺术是要强调作者感觉的，特别是电影。摄影机镜头就是导演看世界的眼睛,导演表达世界的窗口。我想做一个成熟的导演,就必定要这样去要求自己。

我在闭门思考的半年时间里,发现了一篇传记文章,是描写一位戏曲演员的。她扮演男角,而且是功夫很深的"武生",马上要演出一折新戏,叫作《钟馗》——一位化着大花脸的鬼魂。传记文学写的路子仍然是中国几十年的政治变革与她的刻苦努力,终获成功。

但我想的是寻找女主人公的心理感受,女演员——演男性——演鬼,女扮演男,人扮演鬼。她为什么,她怎么想,这是我的思路,也是我的谜。后来我去乡村舞台认识了这位女演员——裴艳玲,通过交谈、拍片,我们成了好朋友。二十世纪九十年代以后,她每年要到巴黎郊区的阳光剧场去教课与表演两个月。阳光剧场是欧洲非常有名的剧院,导演与总监是两位女士,她们是看了我们的影片《人·鬼·情》而认识并邀请了裴艳玲的。

我在构思这部电影时没有想到这些结果,只是想秋芸(剧中女演员名字),她为什么这样做,她怎么想的。

《花木兰》的故事在中国家喻户晓,那就是一个"扮演"的故事。女儿为了父亲,为了国家,扮演男子出征,胜利后还原女装,躲进家门。要在社会上站稳脚跟,你必须改变性别来扮演,这是一层意思。第二,社会承认的、理想的、希望的女性观是:在外像个男子一样的勇敢能干,在家是个女子,贤惠、听话。

社会理想是男权社会的理想,为什么这么说呢?社会的构成,它的秩序,它的教育观念等,在社会生产力发展的漫长过程中,无

黄蜀芹

论国家体制怎样不同，男权中心是一样的。这是几千年来东西方现存社会所共有的。女子受教育，在社会上工作，她必须适应的是男权意识下的秩序。女主角影片非常多，男导演也拍很多女主角影片，但遵循的故事、命运是一样的：结尾常常是接受社会的安排，回归到社会性的认可。《花木兰》很典型，它承认女子的能力，但她必须"扮演"男子才能展示其社会能力，要袒露本真，必须回家去，退出社会。男导演作品是这样，女导演作品也是这样，结尾一定是得到社会的认可。

这是现实，我不能改变它，但我想展现它。我的女主角，她扮演男子，而且扮演一个好的"鬼"：大花脸钟馗。在秋芸人生的每个关键时刻，在她与社会观点相冲撞的时刻，来安抚她灵魂的不是任何别人，而是她自己扮演的钟馗，这是她理想中的好人，好男人。《人·鬼·情》这部影片的本质是一个女人的自我对话。半个人是那个女演员，半个人是她扮演的那个角色，犹如我们的海报，她（他）们天衣无缝地贴在一起。此片我的思考是，一个女人，她的生存的尴尬、无奈，这是生存现况，你感受得到，但你无法改变。

1988年年底我完成这部电影的时候，中国影评界评价很好，从它的人性力量、叙述手段、风格样式上都给予了很好的评价，但没有一个是从女性电影的角度来评价它的。倒是1989年3月，在法国克莱黛尔女性电影节上，她们兴奋地为这部电影喝彩，破例地在电影节的一周时间里，算开幕式、闭幕式在内四次放映了这部影片。影片被评了大奖，同时她们很奇怪为什么中国会有这么一部很突出的女性主义电影。

国内影评人不谈女性电影，有两个原因。第一，中国社会女性意识的概念薄弱，大家没有这个意识。第二，好像用"女性意识"去作评论的话，就把影片的意义缩小了、贬低了。直到现在，还有人劝我，你别把自己的作品列作女性电影，应当放得更"高"些，我却觉得这里不存在高与低的问题，而只是承认它含有一种特质，一种主流以外的文化特质而已。直到1992年，我从杂志上读到了戴锦华女士的评论《〈人·鬼·情〉——一个女人的困境》，她全面阐释了影片中的女性意识，她说影片展示了一个女人视角的世界与人生。我上述所指的"主流"，是流行于社会的传统文化（含电影），因为数千年的男权中心社会必定是男性视角中的世界，也是被社会教育与熏陶而成的绝大多数观众（也包括多数女人）共同承认、共同接受的影像世界。但是如果电影要拍出个性来，就要融入导演的自我，这首先有性别，然后是个人。如果"性别"都迷失了，怎么可能有真正的个性呢？女导演们的作品，包括我的前几部作品，叙事表述也并没有自觉从女性意识出发，而是在不自觉地多多少少与主流意识形成的同化中消融了女性特征，常常会在那个千年超稳定结构的模式中徘徊，冲撞不出来。这样就不可能创造出新词汇，而只是重复并强化一种以男性为中心的既定格局。

我想，如果能打个比方的话，"视角"就像房子的朝向，中国人很讲究这个：朝南的窗户是最重要、最有价值、最宽敞明亮的，从那里能望到花园的正面与大路。如果把南窗比作千年社会价值取向

黄蜀芹

的男性视角的话,女性视角就是东窗。阳光首先从那里射入,从东窗看出去的园子与道路是侧面的,是另一角度,有它特定的敏感、妩媚、阴柔及力度与韧性。女性意识强烈的电影应当起到另开一扇窗、另辟视角的作用。作为艺术,要求独特与个性。女导演恰恰在这里具有了一种优势,也就是说,平日没人经意一个女人眼中的世界是怎么样的,但你有可能用你的独特视角向观众展示这一面。人们将惊奇地发现:原来生活里有另一半的意蕴,另一种情怀,它将使世界完整。

如果由不同的导演来拍同一部电影却拍出同一个样子来,这部电影便没有了个性,如果一个男导演和一个女导演拍同一个故事也拍成一个样子,不但没有个性,连"性别"也失去了。女性占世界人口的一半,但在社会上,她位居从属地位,文化上属非主流。如果女导演运用女性的、个性的视角来阐释一部电影,往往会有比一般主流电影(指一般以男性中心观念拍的商业化电影)更独特的表达。我想,现在世界各地把"女性文学"不仅当作女界的事,而是当作社会文化生活中一支有生命力的学派来研究,这实在是一种进步了。

我喜欢表现的中国妇女形象,是那种从自己的坎坷经历中渐渐认识到自己的存在价值的女人。《人·鬼·情》片中的秋芸,从"女人是祸水",到"我演男人",再到"我嫁给了舞台";《画魂》中的潘玉良,从"女人是千人骑的东西",到"女人为妾",再到"女人是有独立价值的大写的人"。她们随着剧情的发展,都渐渐演变着自己的价值观,树立起了独立的人格力量。

在表现这个自我觉醒过程时，我最重视表现的是那种社会封闭的抑制性，容不得女子做"人"、欲置之于死地的社会氛围，以及卑劣的国民心理。这是些无形的杀手，却又很实在，它不是个别"坏人"作难，而是几千年传统的道德价值观念。在《人·鬼·情》片中，它们化为多场出现的京剧脸谱背后的众生相，化为一枚暗钉子。《画魂》片中是嫖客群，是撞捣画室、画展的芸芸众生，是潘玉良的丈夫，也包括了潘玉良自己的内心争斗。我的女主角们都不是天生的叛逆者，她们都生长在传统的社会，她们有传统的依附感，特别是有传统的向往——嫁个好男人，向往好归宿。她们的幸运仅仅在于，在不得不选择生还是死的时候，她们选择了生——女性人格的尊严与独立。

我作为一个导演，从传统视角寻找女性视角，再进一步深入对"人"生存状态的关注。如果追溯这种变化的缘由的话，不妨让我们回过头去看看中国女性在历史和电影史上的地位、价值以及它的演变。

二十世纪初，1919年中国爆发了五四运动，在反帝反封建的大潮中开展着新文化运动，妇女解放运动也蓬勃发展。在"娜拉出走后怎么办"之后，有了子君出走又毁灭的《伤逝》(鲁迅著)；革命先锋们以身作则，建立新的伴侣关系，坦荡宣言："没有爱情的婚姻就是强奸，我是决不加入这个强奸集团的！"这是当年先锋人物的原话，我用到了《画魂》中革命党人潘赞化口中。正是这种过激的革命气氛，大大推动了妇女走出家宅，进入学堂，介入社会，甚至参与到政治、军事的斗争行列中去。当时的口号是："男人做的事我们也能做，男人不能做的事我们也能做。"同样行军、打仗、肉搏、牺牲。另外，还要怀孕、生养孩子。

1905年诞生的中国电影也在其间不引人注目地像个玩意儿般发展着。中国戏剧一向只有男人，女人也由男人来扮演。因此，中国电影一开始沿袭这条规矩。直到一个叫黎民伟的导演，拍一部默片《庄子试妻》。里面有两个女角找不到人演。结果，黎导演自己演庄妻，不得已请他太太严珊珊演他的使女，才拍成了这部影片。严珊珊成了中国第一位女电影人。1925年，有位谢采贞自编自导了一部电影，当时很引人注目，后来就无声无息了。她是中国第一位女导演。后来，随着好莱坞片子对上海的影响，很快产生了大制片厂格局和明星制的中国复制版。女演员们曾是星光灿烂，她们总体的银幕形象是传统中国妇女观的再现，悲悲戚戚、柔弱无助，这种封建男性的性感标准无处不透着男权社会对女性的审美取向。商业电影更是以塑造及强化这种悲苦女角来作为票房号召。阮玲玉就是一个典型的悲女形象，而她个人也是被传统道德观这无形杀手杀死的可怜虫——因沾染绯闻而自杀。

新中国建立以后，中国的女导演相对世界各国而言是人数众多的。战争年代过来的代表人物是王苹导演，她拍过很多优秀影片，如《槐树庄》《柳堡的故事》等。二十世纪八十年代，更是出现了一个女导演群。1989年时做过一个统计，近十年内有五十九位女导演，共拍了一百八十二部长剧情片。比如在上影厂当时的二十五名导演中，女导演占六名。有一年全厂三分之一影片是女导演拍的。

中国妇女运动与西方女权运动性质的不同，造成电影素质的不同。

中国的妇女解放运动是社会性的，由整个政治革命运动来推动，因而社会效力也最深广。新中国的法律确保了男女同工同酬，确保了婚姻自由、流产自主、妇女劳动保护，等等。社会又以妇女联合会的组织形式来监督这些法律的实施。这场运动始终在主流社会领导之下，是有政策规定的，也可以说是"给予性"的。例如，各层面要有一定比例的女代表、女官员，但这都是纳入主流轨道的，强调的是"男女都一样"的平等观。

西方的女权运动是针对主流社会的一种思考，本身处于非主流地位，她们在社会上一再争取的同工同酬、流产自主等权利很难获得成功。西方女权更主要体现在文化上、意识上，更是一种"知性"运动。例如，西方人出了很多关于女性意识、女权运动的论述与书籍。她们的功劳在于引导女性自觉意识的开发与树立。

明白了这两种妇女运动的不同，就能理解为什么我们主张男女平等多年，却很少有人讲"女性意识"，包括多数中国妇女，也并没有自觉的女性意识。我们有这么多女导演，拍了不少女主角的影片，这并不等于产生了很多女性意识的作品。在过去的年代里，以取消性别差异来达到男女平等，这是种社会需要的男性化的女性、隐藏女性特征的花木兰式女性，以"女扮男装"来证明"男女都一样"式的平等观，但战后花木兰恢复女装后，仍只能操持家务而脱离了社会。今日，中国进入了商品经济的轨道，一切文化形态尤其是高成本的电影产品，又必然会以市场价值为主要的价值标准。女人作为男人世界里

黄蜀芹

的附庸和花瓶的形象重新被纳入社会的消费系统。举例而言，过去拍战争片中的女战士，让她束胸，穿戴一律男性化，现在商业片中的女性，强调她的三围尺寸及暴露程度。事实上，这两种相反的要求，都是以男性社会对女性的审美、因历史阶段性不同而形成的两种面貌，都是女性本体的丢失和被消解。真正的男女平等观，是"男女不一样，但都是平等的"，这是承认女性特质前提下的真正平等，承认"东窗视野"同样美妙无比，而不是一律"南窗观景"才是真。

二十世纪九十年代，中国正从计划经济体制中裂变出来，迅速发展着市场经济，还在一个初期、有待成熟的阶段。几十年未见的拐卖与虐待妇女儿童现象、地下色情场所的出现，"下岗女工"群体的出现，等等，都表现出妇女运动面临着新课题，再不可能是"男女都一样"，已经大不一样了。我清醒地认识到，具有女性意识的影片，属非主流，不可能获得很多投产的机会，人有时候需要耐得住寂寞，这是一种精神。

女性自我意识的建立，是人类另一半的存在与觉醒。对电影来说，它开辟了另一种视角，探索着另一片天地。我相信，随着人类经济与文化的越发进步，女性文化将越加得到社会应有的尊重与认同。

女人的思维更感性，更直观，电影导演是要尊重自我感知的，你要用你自己的眼睛来看世界。1995年在中国举行的第四届世界妇女大会上的口号是："Look at the world through women's eyes!"（用妇女的眼睛看世界！）

非常对，我遇到了知音。

真挚的生活 真诚的反映
——我拍影片《青春万岁》[1]

"拍五十年代初期的中学生生活，有什么现实意义？难道今天还要去表现'左'的色彩和一群头脑简单的人？"

不管人们有多少不同看法，当上影厂的领导去年通过了《青春万岁》的剧本并让我担任导演的时候，我是很兴奋的。当时我已顾不上人们对剧本的各种议论，立即从自己的生活磁场里寻找着与剧本的感应。

我二十世纪五十年代初期进中学，那是有名的上海市第三女子中学，六十年代中期走出大学。从这不算短的学生生活中，经常会在我的脑中闪现出一些难以忘怀的情景——特别是当时年轻人对理想的那种专注和奋发的精神面貌。是的，我们曾经都非常真挚地生活过。

---

[1] 本文原载于《东边光影独好——黄蜀芹研究文集》，中国电影出版社，2002年版。

黄蜀芹

记得我在中学时，有一位同班女生，她在教室里捡到一封志愿军叔叔的来信，她便用通信的方式，与对方交上了朋友。后来英雄们回国了，她才发现他不是"叔叔"，而是一位小伙子；她从学校毕业后，他们便结婚了。简单吗？但这是真诚的。那时候，批评与自我批评是经常的，同学间相互交心，不但要挖出自己的"资产阶级"思想根源，也要狠挖别人的，恨不得把各种错误思想都与美帝联系起来。傻吗？"左"吗？但却是真诚的。

学生生活平凡而单调，但它自有情趣。记得我在中学时曾与两个好朋友共同记一本日记，内容全是同学间的琐事，无非是谁哭了，谁笑了，做功课啦，克服缺点啦……可我却珍爱它，以后还不时翻阅着这几个小本子。多可笑，这些芝麻绿豆大的事，但它们又是多么真诚、可贵。每当这种种情感在我心中交织在一起时，心头便会涌上阵阵温馨。

真挚、热情、充满信心，我们这些四五十岁中年人的青年时代就是这样过来的。

今天，在忙于开创新局面的同时，社会上校庆、校友会活动又频繁起来，人们都在新的基点上开始了历史的回顾。我也在这个时候，接触了《青春万岁》的剧本。历史在做着螺旋形上升的运动，我们的思想感情也相应地变化着。五六十年代，我们曾真挚地爱过；七十年代，我们也真心地悔恨过；八十年代呢？我忽然像是从跌倒的地上重新站立起来，从高处回头看了一眼。一个中年人的回顾，恨，变得冷静了；爱，变得宽厚了。对过去信仰过的，今天仍感到有它的魅力。三十年的生活本身教育着我，陶冶着我，使我想把美好的、真挚的东西从历史中筛选出来，呈现给时代和社会，留作一个纪念。

对那健康的、亲密的、洋溢着青春活力的女中校园生活做一个素朴的历史回顾就构成了我最初的拍摄动机。我们这个摄制组的主要创作人员——摄影、美术、录音、副导演都是同龄人，对那个年代怀着共同的感情。我们定下了一个拍摄原则，不要技巧，只呈现真挚的感情，并要朴实、真诚地去表现它。

引诱我拍摄影片的第二个动机，是我非常喜爱《青春万岁》这部小说。作者王蒙是于1953年十九岁时写成这部小说的。他对生活敏锐的触觉，使小说处处透着灵气。正由于它的真实，使小说经受了历史的考验。当1979年书刚出版，谢晋导演推荐我第一次看这部小说时，我就爱上了书中人物身上的时代感和青春感。那个朝气蓬勃年代的青春年华透露出来的真情，十七八岁女学生对生活所独有的特殊感觉——处于孩子与成人之间、幼稚与成熟之间，似懂非懂，乃至包括初恋前对异性的种种朦胧的感觉，可以说古今中外这一微妙年龄期的女孩子都会有。在我读过的我国小说中，《青春万岁》在这方面是写得最有味、最健康、最丰富而有特点的。

另外，小说还写出了女子中学的特殊气氛。女生们由于没有在男生占优势的压力下的自卑感、拘束感，她们的性格在女中的校园里得到了充分的展现：有时候疯得天翻地覆，有时候又严肃得出奇。同学间有强者对弱者的保护，甚至还会有近似大丈夫气概的举动，就像杨蔷云对苏宁的友情那样。有一种情况女生们是不会疯闹的，就是与男生的节日联欢。当时在学生会的主持下，男校学生到女校来参加联欢，这时女生个个都变得矜持而文雅。但是当一位男生独自来访时，无论他本领多大，也会被一群疯丫头"吞掉"的……这种种印象与感觉，使我觉得亲切、熟悉，也就是后来影片中元旦晚会、田林来访等几场戏的基调。

第三个引导我拍摄的动机是我敬重王蒙、张弦这两位作者，他们的经历赋予了作品一种特有的历史感。他们与作品中人物的年龄差不多，后来都经历了人所共知的三十年坎坷道路。他们想把《青春万岁》拍成电影的愿望，酝酿了二十六年仍热情不减，这恐怕是我国社会主义文艺史上罕有的。我珍重他们这份创作友谊，在拍摄具体场面时，我们总会不自觉地想到这两位作者的过去与现在。我更珍重他们高瞻历史的冷静态度。其实，要说对极"左"的反感，他们最有切身体会，批判极"左"，他们最有发言权。但他们不认为影片中表现了"左"，而是坚持两分法的、正确的历史观，主张把曾经有过的美好东西肯定下来，继承下去。我认为这种态度是高于那些"忿忿然"者的。

就以小说中那首美妙的序诗来说，它作于三十年前，却概括了"青春是万岁的"这一永恒主题，也是作者自己人生态度的写照。所以，我们特摘录两段作为题诗与尾诗。"所有日子、所有的日子都来吧，让我编织你们——"那样饱满的热情和豪迈的气概，是年轻的作者向同辈青年们的呼唤，确会激励起任何一代青年的热情的。而片尾，主人翁们相约十年、二十年、三十年后再见，画面中绿叶不时闪过，好像时间在飞逝，最后出现了这样的诗句："所有的日子都去吧，都去吧，在生活中我快乐地向前……"三十年逝去了，这些人物命运如何，会令人联想到类似这两位作者不寻常的经历。但是，联想不仅至此，不论生活多坎坷，"……我快乐地向前……"这是成熟了的作家向人们坦叙着自己对人生的态度。尽管经历风风雨雨，但对生活的基本信念不灭，这就是这一代人的特质。这种基本信念，也就是我们社会主义祖国在遭劫后还能振兴的、最强大的社会因素吧！

任何一部文艺作品都不负有对整个历史时期作全面结论的责任。但一部有深度的作品，却又能使人较为准确地去剖析、理解那个时代。当我们苦于探求如何来"表现"影片的现实意义时，两位作者主张，文艺现象中生活永远是第一性的，现实意义是第二性的，不要作茧自缚。这番话使我茅塞顿开。我明确了我们的任务是要真实地去表现那个时代，表现那个时代的人的精神面貌。只要是真实的，相信人们就会从中得到启示和教益。至于历史上的是非功过，不必由影片强加于人，而应该由观众离开影院后自己去思考、争辩。这恐怕就是我们影片的立足点。

人物塑造的真实性方面，我比较注重人物身上的时代烙印。忌讳孤立地、人为地塑造几个供学习的正面榜样或找几个有缺点的转变人物。我们只是想真实地表现出那个年代这些年轻姑娘身上的不成熟性，否则就没有时代特点，会失真。如果我们肯定或表彰了其不成熟的一面，是会挫伤今天观众的感情的，也违反我们自己对历史的思考。譬如说杨蔷云吧，在她与李春的几番争议中，我们并没有强调谁是谁非，也没有扬杨抑李；即使在生活态度上，杨蔷云对苏君的责备，与苏宁的断交，包括郑波对田林爱情的拒绝，我们也不是持简单化的肯定态度去渲染歌颂之，而只是表现了她们的真挚与热情，并不强调其间的是非。

"那么，你们的影片如何使人物成熟起来呢？"是啊，我们自己经过了三十年的生活才进了一步，为什么要求剧中的姑娘在一年学生生活中就要长进一大块呢？显然，我们不能把二十世纪八十年代的思维、语汇塞给人物，也不能脱离时代使人物"成熟"。但是，这个提问也有它对的一面，因为这是个敏感的问题，涉及八十年代与五十年代的"代沟"。我们应当使影片具有历史感，怎么表现？我们苦苦思索着。除了前面所说，不任意对人物做褒贬以外，我们抓住师生谈心这场戏下了点功夫。例如，当郑波谈到与李春造成隔阂的原因时，袁先生对郑波的见解感到敬佩与宽慰。杨蔷云直直地问道："那么，我是不是特别傻，专做傻事？"袁先生没有正面回答，却从自己的经历谈了时势造人的道理。这里世故与单纯之间不仅仅有个人性格的因素，更主要有时代及社会的因素。接着杨蔷云说道："我们不能总这样傻下去啊！"袁老师该怎样回答？这时，我们的副导演金肇渠同志想出了一句十分精彩的话："生活会陶冶我们的！"是的，只有生活的陶冶才能使人成熟。我们不想拔高人物，使她们"速熟"，即使在这场戏里也不表现她们完全领会了。杨蔷云与郑波听完袁老师的话后，只是慢慢沉静下来。而袁新枝呢，还一直向同伴们做鬼脸，笑话袁老师的一本正经，她还根本没听进去。我觉得这样的处理可能更真实，更符合历史些。"生活会陶冶我们的！"是我们过来人的总结，也是与当今青年相互沟通、理解的一座桥梁吧！

以上是我对这部影片的社会性的一些考虑。那么，在艺术上，应当按照什么样式、格局来拍摄呢？说实在的，刚开始时我还说不上，只是感到不能按照常规的方法去拍摄，因为它没有什么故事情节，甚至连中心事件也没有。剧中展现的全都是学生生活中最最平凡而又人人都可能经历过的事：上课、考试、吃饭、睡觉、逛街、看电影，还有就是你笑、我哭、争吵、和好……这样自然就不可能像通常那样提炼出个"通过什么、揭示了什么"的明确的主题思想来。影片中事小、人多，七个女学生，四个男学生，几乎各有各的特点，都需花费尺码来描绘。而主角们又偏偏没有通常主人翁所具有的"个人命运说"，杨蔷云家住何方，父母是何许人，有过什么经历，全都没有介绍。

特别是结构，完全是平铺的——我们排斥了不协调的回忆式及平行式。先是夏天，夏令营篝火晚会；然后秋天，新的学期，同学们与李春有了矛盾纠纷；接着冬天来临，溜冰、过元旦；最后是春天，大家快要毕业了。有人说什么内容也没有。想到这里，我不禁又想到我那珍爱的小本本，曾经记载过与此差不多的内容，一样平铺直叙。但《青春万岁》和学生日记又是那么的不同，它善于在平凡生活细节的背后挖掘出充满智慧的火花。我们的任务是要抓住这些火花，把它们组织起来。张弦同志的改编确定了一条很好的路子，即塑造以杨蔷云为主的女学生群像，着力去表现那个年代里朝气蓬勃的一代青年人。这是抓住了小说的精髓的。

我觉得这种平铺的方法，更能显现作品的朴实和亲切感。我们决定不追求情节的完整、跌宕（本来我们也曾想寻找一个高潮，但连续否定了各种方案，感到还是不去编造，不去做人为的渲染为好），索性把原来的内容再作一番加减，使之更"散"，力求从小说里摄取更多的光斑到影片中。例如，姑娘们在食堂吃饭的议论；胖子矜持地与男生跳舞；赵尘这个人物的增添……这些细节都充满了学生气，丰富了学生的生活面。又如，我们把张世群与杨蔷云的三次见面处理成偶然的，飞来又飘去，就像在生活中闪过还来不及抓住，甚至没意识到要抓住的那种美好关系。溜冰场上杨蔷云对他讲了一大段雪姑娘的故事，这一段没有什么深刻的寓意，只是展现了她性格的另一侧面——诗一般净化的心灵；而让李春为戴眼镜而哭的一场呢，完全是为了展现李春性格的另一侧面——除了小小城府以外，她也有天真的、不知所措的一面。这些片段增添了人物的色彩。再如，我们详尽地表现的一些场面，像元旦晚会，化装的新年老人送礼物，青年人对第一个五年计划的热情，男生如何到来，"青年圆舞曲"完了又是"龙舞"，三位好友同看贺年片，钟声敲响前的奔跑，听到十二下钟声时相互真诚的祝贺……全是过程、细节。那时候的迎新晚会是学生们盛大的节日，年年如此。我们想，它一定能激起人们对逝去岁月的美好回忆。还有国庆前夜的大街上见到志愿军英雄，在百货商店买糖时朗诵马雅可夫斯基的诗《好！》，以及《幸福的生活》影片中苏联老大娘的舞姿,女演员拉迪尼娜的出现……所有这些场景都是为了真实地再现二十世纪五十年代的生活图景。就这样,所有的片段、细节、场景,凡是能丰富表现学生生活的,能突出这个年龄特有心理特征的,能多侧面地刻画人物性格的,能勾起人们亲切回忆的,我们统统都要。

在拍摄时我一再强调,如果按常规电影的标准看,我们的戏可以一删再删,删到只剩下光秃秃的三条线,就成了先进同学与骄傲典型的矛盾、热情的杨蔷云帮助有不幸遭遇的苏宁、共产党员拯救天主教徒呼玛丽。但这不是《青春万岁》的本色。那些丰富多彩的闪光小水珠自然地连成串,才构成它的生命。

我们基本上是以杨蔷云的情绪起落为结构线索来串联的。从大段落来讲,营火会、夏令营只是开头,主要是为了渲染气氛、安排人物出场。秋天开学,就是以杨蔷云与李春的矛盾为主,一直到袁老师家的夜谈告一段落,杨蔷云的心情舒展了,接着就是溜冰场和迎接元旦的戏,反映了她们生活的另外一面。第三大段落,是杨蔷云与苏宁从吵嘴到真相大白和好如初。第四段落,又是杨蔷云与李春矛盾的解决。最后,是个结束段。各种小片段尽量顺着这条情绪线索走。例如,在护城河边杨蔷云听到苏宁吐露心头积郁后,真诚地抚慰她:"干吗要别人喜欢,那顶讨厌了……咱俩互相喜欢好了。嗯?……永远!"两个姑娘紧紧钩住了小拇指。过了一组无音乐的空镜头以后,紧接着的一场戏就是郑波与杨蔷云说到不再与田林来往了。杨蔷云疑惑不解地问:"我什么也不懂,可是我觉得你是对

黄蜀芹

的！"这两段戏本来不是连在一起的，原来两个姑娘钩手指以后紧接着的是苏宁指挥同学们大合唱，是用音乐进行渲染的手法。郑波与田林的一段是在另一处。后来是我们的剪辑师动了脑筋，把这两段连接在一起，强调了杨蔷云的情绪发展，她对苏宁的想法不理解，对郑波也捉摸不透，并且这种情况不止杨蔷云一人。这就把少女们的纯洁、迷惘，对生活的复杂性还不很理解的心情勾画了出来。我想，这样做比大肆渲染情绪的跌宕可能更含蓄，更耐人寻味些。

但是，还有很多与杨蔷云无关的戏。它是一部群戏，譬如郑波与呼玛丽，郑波与田林，李春投稿，等等，影片不可能用杨蔷云一个人的主观眼光或者情绪起伏来串联全片，而是使所有这些片段都在一定的总的情绪幅度内，尽量做到"形散神不散"。

这部影片靠什么吸引观众呢？没有悬念，不靠故事。我们想第一个因素就是要靠再现真实生活本身的魅力，来不断引发观众的联想。对中年观众来说，希望他们能想到自己这样做过，用很多自己的生活来补充它。对青年观众来说，期待他们感到既亲切又陌生，引发他们与自己现在的生活做各种比较。总之，影片不引导观众对别人（剧中人）的命运担忧，而希望观众能与自己的生活联系起来。时代的真实感、生活的真实感对我们太重要了。因此，在服装、道具的真实性方面，在后景群众场面的丰富方面，甚至在背景中每条标语的选择上，整个摄制组的各个业务部门都做了很多踏实、细致的工作。

真实只是基础，我们必须在这个基础上全力把那些"形散"的、小而又小的日常琐事表现得富有弹性、活生生的。正像一般粗心者浏览于生活而无所发现，但敏感的作家总会从中寻找出美来。我记得王蒙在一篇文章中说过，他喜欢表现一种活泼的、鲜亮的生活流程感，我们的影片也应当这样。众多场次的群戏，尽是一人一语，乍看起来什么内容也说不上。但是，只要怀着一种真诚的热情，就能从中发现丰富的情趣，就能在生活流程中看到微妙的人物关系和不尽相同的人物性格。使人不必"瞻前"（指人物前景）"顾后"（指悬念），而对正在进行的事情本身发生兴趣。譬如做功课、解难题，是学生每日必修的、枯燥的事，如果就事论事地拍，我想很难吸引观众的注意，可我们利用这个小片段表现了五个人物的性格。胖子为了讨教，塞给李春花生米，李春不屑一顾地走开了。杨蔷云招呼胖子，要她像对敌人似的对付难题。袁新枝憋不住地想把题解给别人听，郑波却塞起耳朵一定要自己动脑筋。两人"劳驾、劳驾"地嘟囔着，胖子又悄悄离开杨蔷云上前拉住了袁新枝。终于，一个愿讲，一个愿听，各得其所。这完全不像戏，但里面却又蕴藏着"戏"，我们试着用这种方法使表象单调的校园生活显得丰满、多彩起来。

第二，忌讳从概念的模子出发，而要靠人物本身的光彩，赋予人物多面的生活实感。我们特别强调了精神面貌的时代感与特定年龄的亲切感。譬如杨蔷云有那个时代造就的特有的一股精气神，她既有无理也要争三分的劲头，但也会有迷惘、想不通，以及爬校门，与传达室老头吵架的时候。她不客气地流露出对赵尘的反感，又不自觉地流露出对张世群的热情，这些富有年龄实感的侧面，丰富了人物形象。郑波也一样,若没有她对田林的敬佩、少年布尔什维克的挚情、少女的敏感(当田林来到女宿舍时)及最后写的那封充满温情的"断交信"里自我克制中透出的迷惘,如果没有这一层关系的变化,就会变成一个一贯正确、刻苦学习的小干部类型的形象,将会失去生活实感。就是胖子吴长福,我们也不是简单地表现她的"憨",而是表现她除了功课以外都很聪明,她对田林、郑波的关系就比别人多根弦,添油加醋地起劲极了。这是女学生生活中很典型的一笔。对那些出场不多的男生,也尽量赋予他们多个侧面。田林的严肃与腼腆,最后看信时也有一种不可名状的惆怅;苏君的颓废与上进,有时还会发发少爷脾气;赵尘的两次自讨没趣以及他那稚嫩的窘态,等等,都有助于增强人物的真实感。

第三,幽默感也是我们这部影片追求的境地之一。这绝不仅仅指胖姑娘出出洋相,还指通篇小说中王蒙的那种机智、聪明的对话,也指那种灵巧多变的结构。影片中严肃的,甚至悲怆的场面达到一定分寸时,会忽然一个拐弯,变得出人意料。譬如杨蔷云与苏宁的谈心,前面对苏宁不幸遭遇的揭示有很多的伏笔,两个好友吵翻,苏家半夜争吵,苏君找到杨蔷云,终于在荣食店向她诉说了一切。杨蔷云痛心、悔恨、内疚、爱怜地抚摸着苏宁受伤的心灵。按一般规律,戏可到此告一段落。但是没有,一个小拐弯之后,苏宁说出怕以后没人喜欢自己了,杨蔷云一转念而想出一个"咱俩互相喜欢好了"的办法。苏宁也不由破涕为笑了。结果,这场"悲剧"的结尾却又含有一种温情的幽默。还有李春为戴眼镜而哭也是这样一个例子。前面大家为演讲的事动员她，杨蔷云还钻到被窝里与她谈心，好不容易融洽了。如果，接着就是演讲，完成李春形象的塑造，也是顺畅的。但我们又设了个小拐弯，她为戴眼镜而哭了。这带幽默感的一笔丰富了这个人物的形象，很有少女心理的特点，是个出乎人们预料之外的细节。

我为什么喜爱这些"小拐弯"？从生活体验来看，今日看昔日，中年人看待自己的年青时代，常常是带着微笑的。在历史回顾的影片中，具有这种幽默感可以使观众不沉溺于剧中。相反，笑可使观众与剧中人拉开距离，使观众更带一种温馨回忆的感觉，笑自己的幼稚，笑苦难已经过去，宽容年轻时的缺点，以及重新认识过去。

第四，我想这部影片应当有种特殊的节奏。要自有一股精气神。明快的、跳跃的，起到点燃热情、焕发情感的作用。它的张弛与常规概念中的张弛有所不同，是严肃与幽默、哭与笑、群戏与内心戏交叉呈现，来构成一幅校园生活图景。总的说，必须一鼓作气。这样结构的影片，一泄气，就不能热情洋溢，一贯到底了。

影片完成之后，接踵而来的是各种遗憾。这也是电影创作的一种规律吧，这部影片，说实在的，遗憾颇多。

从构思上说，原来有种不成熟的想法，想拍出点言外之意的味道来。不论人物在说什么或做什么，都希望给人的直观感觉要超出这些内容本身，直接创造出一种青春美的意境来。但是由于探讨不足，追求不力，未能达到。

镜头运用上，在几处季节转换、情绪转换上缺乏舒展的过渡镜头,使全片显得匆忙。我很后悔的一点是,结尾时绿树叶闪过的镜头还应当放长,让观众思考一下,再出现"所有的日子都去吧,都去吧,在生活中我快乐地向前……"的字幕,这样,观众对这尾诗的含意的理解会更充分一些。现在却显得匆忙了,容不得观众有喘气、思考的余地。

最后,我借此向《电影新作》编辑部的同志表示敬意。是编辑部介绍我读这个剧本,并转来了上百封中学生评论剧本的热情来信,鼓励了我们拍摄的士气。一个电影杂志编辑部能与创作人员交朋友,对电影生产的发展也是有益的。愿我们的创作友谊也能长存!

让我们更崇尚直觉，更轻松些吧
——谈《围城》的表演[1]

艺术直觉的可贵，常被看作理论上不屑一顾的简单常识。可是，在做导演已十个年头的今天，我却常常想起它，想说点什么。写下题目以后，又一个月还理不出个头绪来，事情是如此矛盾，戏谑地学一下丹麦王子："生还是死，真是个问题！"那么，崇尚理性剖析还是感性直觉，也"真是个问题"。在今天我们的很多作品中，剧本符合编剧法，导表演符合"方法论"，起承转合，过程、高潮、激情……应有尽有，挑不出任何毛病，可就是缺点灵气，少点魅力，为什么？怎么改变？——我不想做理论上的阐述，只是从零星感悟，有感而发。

从远处说起，我想到斯坦尼斯拉夫斯基体系，他的一整套严格训练方法几乎是我国艺术院校的唯一方法，几十年来培养了我国一

---

[1] 本文原载于《东边光影独好——黄蜀芹研究文集》，中国电影出版社，2002年版。

代又一代的导演与演员,不可否认,它在二十世纪五十年代初起到了积极作用,使演剧事业提高到专业化和文化化的程度。可是,它太"唯一"了,在运用中我们偏偏又强调了它那层层分析的一面。例如,强调演员必须写角色自传,分析得头头是道,厚厚一叠像篇小说。那时候表扬一个只有一句台词的演员,他分析了角色的三代家史,痛哭流涕。一个导演不写下几条干巴巴的主题思想、人物分析、情节发展线、风格定义……好像就不算进入了创作状态。至于是否能恰如其分地落入实处,那就另当别论了。作品呢?常常过分严肃、冗长,有时近乎呆板。再看近年来的一些苏联影片,不难发现他们作品的风格多数深沉、缓慢。导表演非常规范化,除了让人觉得正宗以外不免又嫌沉闷,风格样式不很丰富。喜剧有,可是不灵巧,很费力;青春片,也让人觉得气喘吁吁……与同类型的法国片、美国片是大不相同的。也许这里有民族性格的因素,但是否与形式化运用斯氏方法有关呢?其实,斯氏的方法只是手段,他的目的是释放演员的天性,我们偏偏忽略了这个目的,苦苦陷入形式化程式之中还自认为正宗,结果,适得其反。

再说近一点的,新时期十年。这是中国电影史上几个高峰期之一,在观念上有大的突破。主题的多义性、人物的复杂性、风格的综合性,特别是主观心理结构的出现,使现代影视能直接(而非通过戏剧性场面)切入人物的心理世界。这个世界与传统文艺所表达的客观外部世界比较,竟是个更加丰富多彩的感觉性世界。这时,对艺术家来说,仅靠分析进入创作的方法就不那么贴切,更需要的是靠自觉、靠心灵撞击。需要直接由感觉表达感觉（这时的形体、语言动作已成为感觉的表象）。开始，这新时期的电影革命切入点是造型语言、影像效果，那些导演们（我不愿说是"几代"这种外国影评人说中国电影的词儿）用土地、肌肉化作色块、惊叹号，刻画出了他们心目中的民族魂，靠的也是敏锐直觉。当然，这种直觉是在长期思索之后迸发出来而不是凭空得来的，但是，他们比较忽略人物个性，无视演员魅力。例如，第一部使电影同行们感到造型震撼力的影片《一个和八个》，我记住了沙漠与深坑的力量，却记不住一个演员。去年，当陈道明告诉我他在里面演了一个重要人物时，我怎么也回想不起来。这类影片的主角是土地，演员被湮没了。旧有的政治概念化、道德概念化的表演模式又被一种新的表演模式所替代，那就是木然、不动声色，所谓"没有表演的表演"。这类影片的人物很单一化，缺乏色彩，更谈不上魅力。再发展一步，是银幕上一片深沉状，久久地呆望前方，沉思着，与友人、亲人、恋人的对手戏全都一样"深刻""痛苦"……它带来的一个副产品，就是某些作品中的假抒情。明明浅情薄意，或干脆是无病呻吟，却还要深沉地抒发个没完。这两种毛病使银幕上的人物没一分钟放松过，更看不到真诚与激情。二十世纪八十年代前期的电影走向，一方面是造型语言的大突破，另一方面是人物形象的萎缩贫乏。因此，在进一步讨论近年影视导表演的时候，我又想回到那个题目：让我们表达人物时也更直觉、更轻松些吧。

其实，就我自己的实践，对这一问题也有个认识的过程。我也

黄蜀芹

曾按程式规范地做着导演阐述，唯恐掌握不了全局；或者沉浸于主观意念的表达中难以超脱……但是，这一次执导《围城》，原著的独特魅力迫使我从创作心态到创作方法都改变了以往的做法。

小说《围城》始终带着作者那种幽默、思辨、智者的目光洞察世事，它使我想到"皇帝的新衣"的故事，就像那赤诚的孩子，笑眯眯地望着皇帝的"新衣"及周围赞美皇帝的各色大臣们。这部书是专门揭露人性弱点的，有那么多的伪善人（如银行周经理），伪文化人（如老科学家、政客高校长），伪高雅小姐（如女博士苏小姐），伪天真少女（如孙小姐）。就连主角方鸿渐，作者对他充满同情，却又一语道破他"不讨厌，可是全无用处"，他是个聪明而软弱的人。所以这些又不是"升官图"那种脸谱化的讽刺，而是充满着智者的幽默，常常会出现令人意想不到的妙处。例如，作者写到一群文人聚在苏小姐的客厅里正大谈欧洲大战的局势，而方鸿渐此时觉到的却是眼前沈太太身上散发出的犹如巴黎小菜场混合着法国香水的异味，他想：打仗时国家还能迁都，自己在这里连座位都不能调换，实在苦恼。这多么巧妙地讽刺了沙龙里貌似正经的无聊。这里透出的一股灵巧、轻松、不经意、不费劲，正是这部作品的艺术特点。用什么心态，什么方法去工作才能获得它呢？正如我前面所说，以往我们的作品往往沉重、理性、过于规范化。

关于小说《围城》的众多国内外学者的分析文章我都看过，已知道很多拍名著的摄制组都摘编评论材料，组织全体演员办学习班来进入创作，我犹豫了很久终究没这样做，倒不是怕麻烦，想偷懒，而是我不想用任何理性分析来束缚原作千姿百态的智慧。我宁可把一些有用的分析记在剧本扉页，随时做自我提醒，而不愿把它"阐述"出来限制演员们。我担心从那种讨论文件式的严肃理性分析入手进入创作，可能会使这部电视剧样样齐全，唯独失去它应有的灵性而显得呆板、笨拙。

难道所有的评介文章对我都无用吗？不是的。我最欣赏杨绛女士的评介，她说：写《围城》的钱钟书是"痴气十足"的钱钟书，这直觉式的介绍一下子使我领悟到原作者的创作心态，"痴气十足"就是真诚、童心、游戏感十足。文章看起来漫不经心、如行云流水一般，实际上每日才写五百字，可见用功是用在背后，是不露纸面的，要取得这种良好的创作心态，必须改变以前的一些方法。

首先，不背大名著的包袱，分析起来没完；演起来不敢"轻举妄动"，好像知识分子，尤其留洋者必须个个"绅士"，必须两手下垂，西装笔挺，这其实也大可不必。留学生们、大学教授们也是形形色色的，平常人们的各种好恶习气他们身上都有，恶起来比常人有过之而无不及。《围城》写的就是这个，我们还需要"装什么洋蒜"呢？

选择演员时坚持严格标准，对主要演员，我希望他们都看过小说，有悟性、有理解力、有幽默感。可幸的是陈道明、英达等早在以前就看过《围城》，所以，我虽以前不认识他们，但这次一见面就能相互认可，连我们的摄影师、副导演都早就是"钱迷"。本片有名有姓的角色共七十二人，我坚持了要严格挑选：把七十二人按各种人选在脑子里排列比较，等于预演了一遍选择最佳方案，这个过程恐怕比任何计算机都要复杂。我对副导演说："全盘演员的选择要做到几十年后不后悔。"

一旦选定，就充分信任、发挥他们的创作积极性。刚开始，我发现演员们都不是没有准备，而是准备太多，看了过多的评介文章，有了过重的负担。因此，我想首先是要松绑，演员们问我怎么个演法，我答："乱说乱动！"有剧本、台词，又有具体场景、环境，不需要再附加任何包袱、框框，我希望他们大胆放手地演，对优秀的演员们不需要说"最好喜中带悲、喜而不过，表演不露痕迹"一类废话。我们在表演上提出的口号是："不要假深沉、伪抒情。总之，别装蒜。"原著恰是要处处揭露人物的"装蒜"，我们提倡直觉、即兴、鲜活、灵巧的表演。开始时大家不习惯，但不久就感到了它的魅力，渐渐形成了这种方式：演员们到现场走戏、对词，明确了每场的重点戏眼，就放手演吧，两架机器像打篮球的盯人战术，跟踪着演员动，再不是一个个呆镜头拍，常常是一页页剧本地拍，不同处理不同表演方案地拍。一些演员刚来组有负担，轻松不下来，但不到两天工夫，全被同化了。因为这种讲究直接尽兴表达人物的创作方法，是具有天然吸引力的，是最能释放演员天性、帮助他们呈现表演魅力的，在良好的创作空气下，很容易就能被演员们接受。这里说到的魅力，我想强调一下，不是指演员脸孔的漂亮、用力睁大已经够大的眼睛或是冲镜一笑。顺便说一下，很多电视剧爱用特大镜头拍女主角的脸部。这撞入每家每户电视机的"大脸客人"，真令人难以接受，当然也使我想起大美女年历挂在男青年床头造成的那种感官效果。恐怕这就是迎合观众口味、提高收视率的一种方法。这里指的是表演魅力,包括演员本人的魅力与角色魅力融为一体的表演魅力。例如,《围城》里的孙柔嘉(吕丽萍饰)原先听方鸿渐讲故事时是那么天真,订婚以后马上就不同了,当方鸿渐讲"好葡萄坏葡萄"的故事时(第八集),吕丽萍坐在摇椅里听着听着,脸色一点点变化,带刺的话慢条斯理地说出,她表现出的小心眼、嫉妒心,几乎使方难以招架。这段戏吸引人绝非因为吕丽萍漂亮,而是因为表演的魅力。再例如,苏小姐(李媛媛饰)两次对方鸿渐说:"你走吧,你怎么走了也不回头看看我……""我不放你走……好,我放你走……"那种对男人欲擒又纵的爱情游戏玩得貌似多情,实则恩威并施,使方受不了。李媛媛有天生妩媚的微笑,不用刻意设计,只需清淡地把那些"作"意表现出来就恰如其分。又如,她嫁"四喜丸子"曹元朗的前夕,弹着钢琴一副悲天悯人的样子说:"赵辛楣不知会多难过呢。"曹元朗(沙叶新饰)信以为真,过来说:"不要担心,他也会找到幸福的。"她马上板了脸让他走。这段戏充分表露了人物的虚荣与虚伪,演员在悲怆与板脸之间幅度微妙,情绪转换自如。我曾看过李媛媛在舞台上演莎士比亚和布莱希特的作品,她能掌握多种风格的表演,懂得表演的两重性:既真诚投入角色,又居高临下俯视角色,这样就使她在苏小姐这个人物的表演上有了更成熟的魅力。即使是配角,如徐金金的小寡妇,也不当泼妇演,只很轻巧随意地演,倒凑成一场趣剧,使观众觉得其味无穷。

　　主角方鸿渐更是个被动型主角。他总是面对别人的主张做出各种反应，内行人都知道，这种角色是最难演的，电影演员尤其最怕拍"反应镜头"，怕导演把大特写对着你，请你一抬头做惊讶状，说："什么？"像上述举孙柔嘉与苏文纨（苏小姐）的几个例子，对手都是方鸿渐。对苏小姐的两次一提一放，他心软不忍拒绝，既是小小的感动，小小的得意，又怕沾上甩不掉，真是进退两难，如果呆板地一个个拍意念十分明确的反应镜头，肯定难以准确、生动，只有靠双机一整段戏连续地拍，靠演员领悟戏眼后即兴地多变灵活地表演。陈道明在这个角色创造上最大的难度就在这儿，最成功的也在这儿，说他把一个被动型主角演活了，就是说，所有的反应表演都是只能意会，不能言传的，形成了鲜明的个性特点。在这儿，我还要强调的是他有良好的创作心境，有对待角色的真诚，有演员的童心，有进入现场后的尽兴游戏感，总是兴致高涨，开开心心。不端空架子或到处找别扭，这是一种很好的主角意识。我们提倡的整体表演风格——即兴、灵巧、轻松、鲜活——得以兑现，他起了带头作用。

影视作品作为艺术作品，整体感、大局把握是最重要的，也是导演需要花力气去策划的，既然我要求这样的表演风格，就必须提供可行的条件。第一，便是剧本。真诚、聪明、灵巧、行云流水般的节奏，本来就蕴藏于原作之中，我们只是选裁顺畅，给拍摄者们一个鲜活的天地。第二，我严格地要求美工、化、服、道提供具有强烈时代感、地域性、多层次的丰富多彩的环境，十集《围城》共有三百七十多场戏，一百二十多个场景，仅交通工具就有从飞机、火车、洋海轮、江轮到老爷长途汽车、各色轿车、电车、人力车，甚至小木船、独轮车……应该说，二十世纪三十年代末期中国南方的交通工具应有尽有了，造型部门翻了大量旧画报，为七十二个人物画了多幅造型画，所有的群众场面都是严格设计的，绍兴旧城的逃难动用了八百人……我把这一切环境设计的生动、丰富、妥帖叫作"一池活水"，有了活水，演员入池，凭着他们原有的灵性，就必成"活鱼"。导演负责把握活水，把握每条鱼的游动导向，至于在哪里晃头、哪里摆尾，尽可由鱼儿们自由发挥。它们游得越欢，这潭池水将越活泛。拍"鱼"时必带"水"，杜绝大脸呆照镜头，拍"此鱼"必带"那鱼"的反应，一段戏双机从头到底反复数遍，交叉剪辑选择着最佳组接，每集都有四五百镜头，而非一般电视剧的二百镜头。我们强调镜头内部的丰富，每秒钟都要向观众提供足够的信息量。有一篇评论文章说："这部电视剧让观众期待的不是下一集情节会如何离奇，而是下一个镜头有什么吸引人的新内容，下一集又会出现什么趣人趣事……"这正是我们想达到的效果。

由于《围城》的独特风格，表达原著特有魅力的愿望迫使我们尝试着采用另一种不同于以往习惯的方法进行创作，强调了直觉与轻松，其实谁都知道它一点也不轻松。

余秋雨教授在他著名的书论《艺术创造工程》中专门谈到直觉的问题。他说，直觉、灵感，"触动的可能是一个完整的人生系统"，是"牵一发而动全身"的，是"包藏一系列非常深刻的社会、历史、风水、血缘、心理、生理、性格、素质、经历等方面的原因"的，有了这诸多因素，才"到时会左右逢源，灵感勃发"。

致《围城》的配角们[1]

《围城》里大小角色共七十二人。小说是流动性的，从由法国返上海的邮船，到故里、上海、内地的三闾大学，再到上海。主角走到哪儿，都带出一大批人来，所以每集都有新角色，而且写得活龙活现。他们对主角来说，又是形形色色社会环境的一部分。照杨绛先生的说法，"方鸿渐是被动型主角"，他自己往往没什么大动作，而从方的眼光看周围人物的活动便能形成戏，所以，这部电视剧要拍得成功，不靠情节紧张，而是靠这七十二贤人个个出彩。基于这一认识，我们决心配角们也要请优秀者担任。难题还不在于缺乏优秀者，难题在于这个戏所要求的不是通常的那种无限深沉及无边抒情的一本正经的表演，而是不能装蒜。或者说这个戏是专门揭露装蒜、揭示人的弱点的，这就需要具有幽默感的表演。如果哪位演员要问我："难道我就是这样的吗？难道知识分子就是这样的吗？"我

---

[1] 本文原载于《东边光影独好——黄蜀芹研究文集》，中国电影出版社，2002年版。

就无言以对了。因此,当我邀请沙叶新等人来客串角色时就开宗明义地说:"我需要请一批有自娱自乐、自嘲自讽精神的人来演——要不然,谁肯来演'四喜丸子'之类的怪物呢?"

主角们和特邀明星们比较引人注目,已有不少剧照及文字介绍了他们。在这里我想专门说说配角们。说实在的,我很偏爱他们,在其他影视片里他们常常担任主角,在《围城》里,只是一二集的配角,加上此片经费紧张,制作耗费大,个人酬金要比其他片低,人家凭什么要来这儿演配角呢?每次我总是硬着头皮说:"我们这组酬金是比较低,但是——"接着再介绍作者、小说的成就等等。没想到,就这么简单,请谁谁到。

比如说英若诚,我们请他演三闾大学高校长(第七、八、九集)。那时候他还是副部长,可他硬是请了一星期的创作假,从北京直奔浙江山区外景地。他跟我说,二十世纪五十年代初他在清华读书,老师就是钱钟书先生,他早就喜欢《围城》。并且,他几年没演新的角色了,看准了的就想上。在拍摄现场总能看到他乱中取静准备角色,高校长的老奸巨猾、伪善、装蒜,表现得那么有趣味,这个角色还真是非他莫属。

在第五、六集里,方鸿渐一行在赴内地途中遇到了一些趣人趣事,譬如小镇妓女王美玉及其相好侯营长。五大三粗的侯营长在屏幕上出现才五分钟,我去请了大名鼎鼎的梁庆刚。我说:"本来我想这个人是大光头,你行不行?"他很干脆:"没什么行不行的事,你就说戏需要不需要——"结果他为侯营长剃了个大秃瓢,演戏认真、

黄蜀芹

出彩，主角们都尊称他为"牛爷"（牛百岁）。

"王美玉有毒！"是剧中一句有趣的台词。也正是这句话使一些青年女演员怕演这个妓女角色。有人向我推荐了远在安徽的杨涛。她接了电报就跑来了，我一看，是个年轻的女孩，她肯吗？她告诉我说自己刚从上海戏剧学院毕业，回到省里以后特别想演戏，"想演好戏都想死了"，她觉得能上《围城》是个好机会，于是试造型，学讲苏北话，很快就进入了角色。拍完戏要走了，她说要跟我拍张留念照，我乘势做了个吻她的姿态，她乐了，说："以后别忘了我，也别总让我演定型的这类人物。"我点点头。第一集里演鲍小姐的盖丽丽也是刚从上戏出来，也跟我说过多次："我想上好戏，演性格复杂的文艺片真是想死了……"鲍小姐是位"朱古力"小姐，浑身要涂棕色油彩，梳长波浪发式，化妆要很长时间，她为了黎明能按时拍戏，选择通夜不眠坐到天亮，她在短短五天拍摄日里，真可谓尽心尽力了。

又一对路途上的有趣人物，是苏州来的小寡妇和她的年轻男佣人。在摄制组精心炮制"做旧"的老式长途汽车里、在小旅馆里，他们与李梅亭（葛优饰）演出了一场小闹剧。上海人艺的青年女演员徐金金被我们邀来演小寡妇，平时她是极文静的，不声不响。这样一个面条性格的人却演了一个忽而打情骂俏忽而大打出手的"泼辣旦"。我问她："你演过吗？"她摇摇头："头一回。"我拍拍她："那么祝你为自己打开一条新路！"至于那个小男佣，是副导演夏晓昀跑了四个县才找到的，既滑头又可爱，既张狂又奴相的一位合适人选。

艺术上不断开新路是一些成熟的演员们所追求的。宋忆宁曾被评为"上海十佳演员",塑造过不少可爱的角色。这次我邀请她演一位"三民主义老小姐"——大学的女生指导范小姐(第七、八集)。我说:"你演范小姐就一个缺点,太漂亮了,哪儿好看得改造哪儿,怎么样?"她说:"随你怎么弄吧。"于是,化妆师把她的头发剪得又短又平,嘴里塞了块棉花条,又架起一副老式眼镜。范小姐这副样子为赴约会挖空心思,谁见谁笑。后来,人艺的同事看片子后都说没认出来这是宋忆宁。她悄悄问我:"我的喜剧比吕凉怎么样?"吕凉是她丈夫,公认的以演喜剧见长的,在《围城》第三集中也客串了一个角色——看苏小姐看痴了把眼镜掉到牛奶杯里的酸哲学家,也演得十分有趣。我对小宋说:"你不输给他!"她孩子般地乐了。

顾也鲁,大家都尊他为"顾老",这位二十世纪四十年代的红小生至今仍有艺术活力,七十多岁还每天骑自行车到厂工作。他演戏有幽默感,我们请他演一个教授,他说:"我女儿女婿都是《围城》迷,他们说别的戏可以推掉,这个戏一定要演。"确实,不久前他推掉过一些他认为不合适的主角戏,却来这里演个配角——口吃的心怀叵测的韩教授(第七集),大热天里穿着厚呢大衣,开拍时脸部还挺干净,由于我们是双机长镜头拍摄,不一会儿汗水就渗了出来。一遍又一遍,我真怕老先生吃不消,他却蛮有兴致地不断与陈道明交流戏道:"我口吃,因此说'欢迎光……光……'说不出来了,方鸿渐把那个'临'字替我说出来。"陈道明采纳了这个方案,于是这里就出了一个"彩"。

戴兆安,上影厂有幽默感的演员之一,这次演个老大未婚的教授陆子潇（第七、九集）。他自己却是新婚三天就被召到外景地，他的陆子潇歪着头传播小道消息，一副神秘的样子，他把追求孙小姐失败后又妒又酸又伤心的神情表现得很准确，同事们说这一角色是他近年最好的影视形象之一。

第七集里有一场教育部专员到校推广新生活运动的戏。找谁演呢？坐在主席台上的另外两位是英若诚与葛优，一个是满脸正经、满腹圆滑的高校长，另一个是伸长脖子不动声色的李梅亭。我想找一个比他们两位更怪更奇的人来演专员，于是就请了李天济这位既写喜剧也演喜剧的人。他翘起那著名的下巴，一句一个"兄弟我在英国的时候——"，惹得大家笑了半天，事后他得意地说："七十二个人里我的官最大，部长都得跟在我后面走。"

倪以临与吴云芳两位都是上影厂的二级演员，在《围城》中一个演姑妈，一个演女佣，在第十集才出现，戏虽不多，但代表了孙柔嘉身边的世俗力量，在方、孙婚姻破裂的过程中起了不小的作用。特别是在夫妻吵架的高潮戏中，女佣人冲撞进来，为这场悲剧平添了一层喜剧色彩。后来，著名演员李家耀看完录像带后特地跟我赞扬了她们两位的表演，说："形体、眼神准确到家，极像极像。"

其他演员还很多，不可能一一道来，但我可以说，《围城》中的配角们个个起到了"硬里子"作用，一百天的拍摄日，几乎每天有新的角色加入进来，发挥出新的光彩，为大家带来不少新鲜的欢乐与促进着和谐的创作空气。为此，我感谢每一位演出者，特别是众多优秀的配角们。

朴素实在的上海生活
——谈《孽债》[1]

虽然有不少"小姐""白领"的电视剧,但我自己觉得,我们现在还没有好的条件基础。为什么呢?我们的社会生活还谈不上产生了中产阶级,或说是通常意义上的"白领"生活。创作者对其的理解认识当然也是很浅显的。我也算是沾了边拍过,后来发现真不对路,搞来搞去就是那一套:咖啡厅、酒吧、三角恋爱,冠之于改革观念不同而带来的生活上的矛盾,等等。浮皮潦草,特别没意思。改革加恋爱,反反复复是个套子,只不过是写得好点坏点而已,但总归是没根的东西。真正有根基的还是平民百姓的生活。这次《孽债》,我就是想拍一部非常实实在在、朴朴实实反映老百姓生活的作品,有点反其道,存心的。其实上海人的生活,说起来搬进高楼大厦的近几年虽然多了起来,但大多数还是在过去的弄堂,或者是我们叫本地房子(平房)里面居住的,这种是大片大片的。上海的建筑有个特点,高楼大厦后面必定是平房区,原来的

---

[1] 本文原载于《东边光影独好——黄蜀芹研究文集》,中国电影出版社,2002年版。

结构就是这样，很奇怪的，无一例外。在里面生活的百姓就是上海的基本市民，用健康的而不是庸俗化的观点、手法来表现他们的喜怒哀乐，这是一条创作的路，是与伪贵族化截然相反的；以一种诚恳的、平等的态度反映真正的上海人的生活，是很有意义的事情，也是多年来未见的。《孽债》所说的知青子女长大后回来找爹妈，我觉得这只是个故事的载体，而通过外地边远地区五少年的视角来看这座城市，来看上海人的日常生活，来看他们父母的现状，这是个很有意思的切入点，剧中人物都是再平常不过的普通人。五少年来到大城市，从陌生到渐渐进入的过程中，我们选用了两种语言来表现，他们讲外地话，上海人说上海话。上海人一直就是这样，在任何地方，世界的任何角落，只要是两个上海人碰到一起，必定说上海话，这是上海人的自豪感，有一定的语言魅力。这五个孩子一开始就跟到了外国差不多，从那么远的地方跑来，又都是听不懂的话。语言问题我们是认真讨论过的，既不能太粗俗，也不能过于文字化，要尽量接近生活，提炼一点点，语言要有美感、韵律，不能等同于沪剧、滑稽戏的舞台化。

上海电视台做了个数字统计，《孽债》是近年来收视率最高的，43%左右，很多人认为，这部剧把上海的生活表现得很透彻、多面，而且说了很多大实话，又评论说是"去掉形式的美感，着重生活的质感"，这种反映与我们当初希望达到的很接近，艺术处理应该很实在，生活里的棱棱角角都必须加以表现。在任何一个社会的转型、变革时期，肯定是会有这样那样的矛盾。电影的现实题材就该反映这些问题，等于记录了一段未来会回头去反思的历史。

《舞台挥毫》后记[1]

回顾亲人，拾得起的总是些许碎片。

1966年秋，他带我去了大西北，到那向往多时又难有机会去的敦煌、麦积山、大同云岗。在那些洞窟里，我们顶礼膜拜般朝圣着伟大的壁画与雕塑，他如数家珍似的给我讲解着。

1968年春，儿子出生了。那一天，他兴奋得不知所措，我却饿若虎狼，他便飞快地出去买了只特大的白馒头回来，我生吞强咽，差点没噎死。那时，我们根本不懂该煲高汤。

1976年夏天大地震，他扒上火车赶到北方，从地震帐篷旁抱起儿子，愣是又挤上火车一路站回上海。

到了二十世纪八十年代，家里满墙的戏曲人物画，直接启迪了我拍摄电影《人·鬼·情》：一个戏曲女演员扮演钟馗的故事。他身为影片的美术指导，更是我的艺术指导。后来此片在国内外电影节上得

---

[1] 本文原为《舞台挥毫：郑长符戏曲人物画作品集》（上海古籍出版社，2005年版）的后记。

黄蜀芹

了好几个奖。可他只为我高兴，从来不在乎他的付出才是根本的。

二十世纪九十年代初，我遇车祸断了腿。又是他，放下自己的一切，到《围城》剧组为我推轮椅，照料我的生活。演职员名单里没有他的名字，片子却因此而如期完成，如期播出了。

…………

郑长符，"真"汉子矣！

二十世纪七十年代末开始的"文化反思""思想解放"的潮流激发了我们这代人的创作智慧，这是被称为"第四代"电影人的幸运年华。郑长符除了做电影美术师这一正业以外，经常会整日"猫"在画室，在绘画中探求自己的路。同事们爱到他的画室串门，因为他总是敞开心扉，把作画方式全盘托出。朋友们抽烟、喝茶、神聊，他微笑倾听，手笔还不停。他把无保留地呈现视为一大乐子。

有一次，他却伤到了元气，竟全身发抖。那一次是赴外景地拍片，两个月后他回到上海，发现画室被撬，所有的画全不见了！他找到小组"掌门人"讯问，那位是这么回答他的："厂里要检查卫生，因此我们把你的画室撬开，清扫了……"

"我的画呢？那么多的画呢？"

"啊？……以为是你不要的废纸，全清扫了！……"

"……废纸？！"汉子惊呆了，"为什么不等我回来，问我一声呢？"

"……啊？……嘿嘿！"那位"掌门人"走了。

这一回，他气极伤极，很晚才回家，却只对我说了一句："可惜啊！竟然一张都不给我留下，真狠啊！"

我默然。我知道任何安慰全是废话。

除了戏曲人物画,他大量的素描也都被毁了。当初在北京电影学院,他的人体素描是全院数一数二的,这些画跟着他从北京搬到上海,从宿舍搬到画室,跟了他几十年,躲得了这么多困难,却躲不过小人!

汉子那次真是伤心了。

但是,自第二天起他就没有再提,也没有去追究,全咽肚子里了,只是坚持继续画着,画着……

郑长符,"善"兄矣!

他变得更执着地画画。

他自幼爱看大戏,平时常常会有滋有味地哼吟着老生唱段,男高音还挺动听。在他开始画戏曲人物时,无形中还有着舞台的拘泥感,但不久就放开了。先是从构图上摄取到了电影镜头的视角,从一般的全景方位(人物平视全身)变幻为有仰有俯,又变幻为"中景"(人物半身)、"近景"(人物胡须以上)、特写(人物脸部充满画面),他以镜头概念变幻着画作构图,最响亮的一招是画起了"大特写",即脸谱局部大特写,这种只看到色彩奔流的"花脸局部"画,是最有力度、最有震撼力的;他又用同样的思路创造出"双人脸谱特写画",两张脸部"大特写"天衣无缝地贴在一起,平添了画作的戏剧张力,例如《霸王别姬》中的生离死别、《艳阳楼》中的阴谋诡计……

他的作品中浓彩色块的流动,笔墨的枯润总是恰到好处,背景扎染的浓淡变化丰富,触摸上去甚至能感到色彩的不同厚度,凡此种种，又让人感到了油画观念的融入。他的戏曲人物画是有力度、厚度，有独创性的。

他把自己小时候在戏园子里站着看戏时内心那份张扬，那份愉悦全表达出来了。特别是那些没有画框边的大脸谱画，仿佛让我们听到了锵锵锣鼓声中这位天津汉子的灿烂心声。

生活中的他总能耐心处理好日常最琐碎的事。而在画中，他心中的飞扬、华丽，甚至张狂，全迸发了出来！

郑长符，"美"者矣！

新世纪初，我多次提出该出本画册了。他每次都说："再说吧。""再说"，就到了今天。"平实做人，绚烂作画"是儿子郑大圣送给父亲的挽联，这真是对他最准确的概括。

相信他能感知有这样一册画集的出版。为此，我感谢帮助这本画册顺利出版的朋友们，特别是赵昌平总编、马科老师、孙雄飞先生、王立翔先生、舒畅女士、王剑女士。

2004年9月于上海

郑长符

电影美术师

我的梦幻世界[1]

童年往往被称作"多梦时节",当年我并没有梦,活得实在。最喜欢的也是两件实实在在的事:一是画画,二是看大戏。我家住天津东城,上学必经一个叫作娘娘宫的地方。这里有很多小工艺店铺,每天路过每天看,到了春节就更热闹了,杨柳青年画、泥人张、面人汤、刻砖刘等全都出场,简直像个民间艺术露天博览会。每次身入其境,能使我忘记了一切。附近有几家戏院,经常有京津名角儿的演出。我花十分之一的小钱买张站票,常常不回家吃饭,硬是

---

[1] 本文原载于《舞台挥毫:郑长符戏曲人物画作品集》,上海古籍出版社,2005年版。

"挺"到散戏。后来我读到俄国大画家列宾的一句话，他说："饿能出灵感。"也许饿着看戏感觉是很奇特，舞台为我展现了一个不同常人生活的新世界，既绚丽、响亮，又朦胧、飘逸，充满了神秘感，让我看了还想看，简直是百看不厌。要说我创作的第一批画，就是看完戏回家去默画出来的，当时的我很兴奋：我能画戏啦！

等我上大学，一切变得正规严格起来，全学西洋技法，暂时把天津那摊"土"玩意儿搁下了。可是我每天画作业的几小时里会习惯性地哼着京剧唱腔，并不觉得跟笔下的西洋画有什么不协调，"中西结合"倒很有滋味的。

"文革"以后，舞台又变得丰富多彩起来，我跟我的妻弟（他是科研人员，也是位戏迷）总是轮流去排队买票，精彩演出每场必看。人到中年又焕发起少年的激情，我的手痒了，又想"画戏"了。

这时我已是个电影美术师，当时厂里正在拍胡芝风的《李慧娘》，我到化妆室、摄影棚去，一站又是几小时，酝酿着创作构想。开始下笔，画得实而重，完全不像我看戏时那份秘密的梦幻般的感觉。为此，我给自己刻了枚印章放在案头，叫"不即不离"，这是我的追求。从此，我不断摸索，技法改变了，性格改变了，在黑黑的背景下，李慧娘素服舞长袖飘然而至，黑不全黑，白不全白。这位李慧娘我画了十年，每次画都有新鲜感，我希望她既飘逸又有力透纸背的硬气。前些年，我岳父黄佐临先后宴请日本剧人千田是也先生和栗原小卷女士，我送了幅《李慧娘》给这位女星。她惊喜地说她看过胡芝风这出戏，非常着迷，画中的神秘感正是她观剧时的感受。

另一次，我在外景地巧遇关肃霜演出。我为《铁弓缘》画了许多速写，关先生听说后问我要画，我没给她，因为自感这些速写代表不了我对她整个艺术的感受。后来的很多年，我画了许多方案，现在画成在浓烈背景下画面一角有个素色扎靠武将，"他"腾空旋转着，衣旗飞舞，面容模糊。

戏剧人物出台亮相时那美妙、响亮、惊人的一瞬间，总令我特别激动，抑制不住地想表达出它的神秘感、威慑力，因此，我借用电影里"特写""大特写"的观念专攻戏曲脸谱画。脸谱本身具有图腾、符号的含义，从某种角度看，具有相当现代的美学趣味。当它充满画面时，"形"模糊了，成了色块图案的天地。但它不单是图案，它应当有生命；它不是剧情呆照，这一"定格"应包含整个人物，甚至整出戏；它也不仅仅是戏，戏外还有物，那就是虚拟的、捉摸不定的——梦。仍然是那个"不即不离"的美学理想，这就是我所希望创造的属于我的那一个梦幻世界。

舞台挥毫[1]

项羽　虞姬

在戏曲故事中，楚霸王项羽是最具戏剧化的人物。历史上刘邦与项羽以鸿沟为界，各自陈兵。韩信设计谋让项羽进兵，将之困于垓下。项羽忽听四面楚歌，疑楚地尽失于汉，虞姬与之饮酒作别而自刎，项羽杀出重围，只因无颜见江东父老而亦自刎。郑长符画过戴盔头的项羽的脸谱造像，黑十字门钢叉脸上，油白与黑色象征着人物飞扬跋扈，刚直不屈的性格，眉宇变形的"寿"字，有短命的寓意。但这些都不足表现霸王杀出重围，面对江东那种惊天地泣鬼神的情境。于是画家回避了血腥和恐惧，选择"霸王别姬"的情感场面，巧妙地将项羽与虞姬两个头像交融在一起，用干练的笔墨寻求其精神的和谐，画出了这一命中注定的英雄悲剧。尤其是项羽那夸张、混沌的眼神，透出真挚、无奈和依恋的情怀，给人以心灵的震颤。

---

[1] 本文原载于《舞台挥毫：郑长符戏曲人物画作品集》（上海古籍出版社，2005年版），对郑长符的代表画作进行了评介。

钟馗

相传戏曲中的角色"生、旦、净、丑"专用词的由来，都是以反喻定名。就"丑"而言，乃对应生肖属相中的牛，牛寓意愚笨，而实际扮演丑角需伶俐活泼、机智幽默。郑长符参加电影《人·鬼·情》拍摄时，专为女演员裴艳玲塑造钟馗创作了一幅戏画。据传说，唐朝皇帝因钟馗"面貌丑陋"，剥夺了他的状元资格，钟馗愤然撞死于金阶。迫于民意，唐皇颁诏，赐钟馗青锋剑，除邪捉鬼。钟馗虽然是一个威严的形象，但画家通过滋润的笔致，妩媚的色彩，简洁地把人物的亲民特征渲染备至。

马克白斯三女巫

郑长符为黄佐临先生导演的昆曲《血手记》创作过《马克白斯》三女巫的戏画。在首届莎士比亚戏剧节上，这部根据莎士比亚名剧《马克白斯》移植的昆曲作品受到了戏曲界广泛的关注和喜爱。郑长符的画作造型别致，用色大胆，用夸张的手法将三个女巫的舞姿巧妙地融合在一个不规则的整体之中，人物好似亮相，又像谢幕，指向终极的和谐之路，告示着演出的成功。

黄海芹

一级编剧

我的爸爸——不断地奉献自己的人[1]

写了好几天，都未能成文。

《我的爸爸》……不知为什么，从小学、中学到大学，都没有遇到过这个极为普通的命题。

我的爸爸……直到今天，我才开始思索。

人们常说，当你远离故乡思念家人的时候，那个最亲的人，任你怎样闭着眼睛细想，他的容貌也总是不清晰的。

---

[1] 本文原载于《佐临研究》，中国戏剧出版社，1990年版。

那么，我能写得清晰么？

爸爸喜欢写意戏剧，在和我们的相处中，似乎也带有写意性。

我很小的时候，说将来要研究心理学。第二天，我书桌上就出现了精装的《巴甫洛夫全集》。我知道，这是他在赞同和鼓励我的选择。

大学毕业，我被分配到福州部队。他没有表态，只说了一句："白文他们讲，有的连队连女厕所都没有。"我知道，他心里，不赞同我去那个地方。

离开上海那天，爸爸送我到北火车站站台。他拍拍我的头，没等火车开，就先离去了。我知道，那是他心里有点儿难过。

我第一次发表了个小活报剧，他告诉我："剧院（上海人艺）还排了这个戏，准备去郊区演出，你要看看剧照吗？"我知道，那是他打心里为我高兴。

正因为我们从来不多说话而彼此都能明白，所以，要用文字和语言描绘"我的爸爸"是很难的。

我的爸爸？

童年的时候，在我们小小的心里，竟树立了好几个"敌人"。这些"敌人"，就是跟我们抢夺爸爸和妈妈的人。有一次，雪白的墙上，出现了一条歪歪扭扭的"标语"："吕复（当时上海人艺副院长）是个大坏蛋！"吕复同志为此，还曾十分认真地来征求爸爸妈妈对他有什么意见。有什么意见？我们要去中山公园，好容易盼呀盼呀盼到了一个爸爸妈妈有空的星期天，还没走到弄堂口，他来了，爸爸又把我们带回了家里！……在"敌人"当中，还有鲁韧，他一来，

黄海芹

我们就唱起《马车夫》的曲子,他曾经在跳这个舞蹈时,掉了裤子!谁让他总在我们去公园的路上,对爸爸进行"劫持"呢!

我刚到部队,正遇上中秋节,部队首长怕我想家,专门委派几个上海老乡来陪伴我。可在我脑子里,连中秋节的概念都没有。所有的节日,都是爸爸妈妈最忙的日子,我们家从来不过节。

从小到大,无论学习、作业、游戏、交朋友乃至结婚,我们都是自由自在的,家长从不干涉;从小学到中学,我们的家长会,从来没有家长去参加……甚至,和爸爸一同去看个电影都是很难得的,以至于我们一同去看《天堂里的笑声》,是我帮他等的退票,到二十多年以后的今天,还记忆犹新。

那么,他是一个不合格的爸爸?

他很注意我们的营养,讲究维生素,讲究科学配方,可我们小时候,却很瘦弱,每年的报告单上,都写着"营养中等",再没有比这条评语让他更伤心的了。

他做着其他爸爸也常遇到的事,我把头摔破了,爸爸抱着我去医院急救;妹妹把腿摔断了,爸爸背着她上上下下,背着她去医院打上石膏。

我初中毕业,爸爸正要去北京拍《鲁迅传》,我随他第一次来到北京。他知道我很想找小学里的一个好朋友,就主动帮我联系。那一天下着大雨,爸爸从新影招待所,一直把我送到了中关村。同学把我留下了,爸爸还有工作,他浑身湿透,又走进黑黑的雨夜中……

1967年，我第一次从部队回来探家，爸爸已经"靠边"。家里的境况起了巨大变化，他们每天都只能吃三分钱的冬瓜汤过日子。有一天，爸爸下班回来，走到我身边，塞给了我一个咸鸭蛋。我傻在那里，不知说什么才好。这是他单位的群众因为他年纪大、身体不好，为他争取来的特殊照顾啊，我怎么能咽得下去？

　　1970年我由部队转入地方，途经上海的时候，提出来想见一见爸爸。工宣队、军宣队回答我："没有这个必要。"爸爸每月靠十五元生活费过日子。除了吃饭，还要买草纸、干电池、牙膏、肥皂等。别的人都不够用，常向组织上"借钱"。爸爸不但不借，反而节余了一百元。他在思想交代中写着："我不知道孩子们的情况，也许他们需要用钱……"我们的爸爸啊！

　　1977年，我重新回到部队，好久没有下生活采访了，有些不大适应。我给家里写信说："被跳蚤咬得体无完肤。"过不久，我收到一个包裹，里面是衣服。我觉得奇怪，离家十多年，家里几乎没有给我寄过衣服和食品，打开包裹一看，是一套白纺绸衣裤：衣服是兜头套的，袖口和裤口都是"密封"的，套上以后，什么小动物都钻不进去。唯有脸部，是用了一方深色蚊帐布，供你透气。无须赘言，这是爸爸自行设计和制作的"防蚤服"了。然而，智者千虑，必有一失，他忘了，此地是前线，我若是穿此奇装异服睡觉，一定会被民兵们扛到指挥部去，他们会以为是从对过游来的"水鬼"呢。我把"防蚤服"寄了回去。然而，爸爸的心意却一直激励着我，"体无完肤"的痛苦也减轻多了。

黄海芹

我的爸爸？

上海戏剧学院，讲台上，他在介绍布莱希特戏剧。他慢吞吞地讲着："在希特勒宣传部部长的嘴角边，有两只臭虫在打赌。一只臭虫说，从耳朵后边绕过脖子爬行，是到达另一边嘴角的最近路线；而另一只臭虫说，显然从这一边嘴角沿着嘴唇爬行，才是到达另一边嘴角的最近路线。它们争执不下，开始比赛了，最后，从脖子后边绕过去的那只臭虫得到了胜利。"稍一静默之后，爆发了哄堂大笑。二十多年以后，还有人在津津乐道这个辛辣的故事。人们为了爸爸的幽默而敬爱他。这时候，我觉得他是一个最聪明的爸爸。

可有时候，他又是一个最傻的爸爸。

"文化大革命"期间，爸爸在单位打小工。六十多岁的人，要拎着两只水泥桶爬到房顶上。他乐滋滋地说："他们都不敢爬高，我敢！"我想，这些人里，他是最有资格"不敢"的，可他从来想不到这些，照旧每天拎着水泥桶爬上爬下。

有一个时期，他"寄托"在戏剧学院。星期六下午，别的人都陆陆续续走了，唯有他，仍坐在那里学习，一丝不苟。人们几次对他说："喂！你可以回去了！"可他总还是坚持不回去。最后，有的人按捺不住了，对他说："喂，我有事先走了，你回去的时候，把门窗关好。"爸爸回家以后，不无得意地把别人对他的"信任"告诉我们，我们听了都大笑起来："你自己不走，别人也走不了，还得意呢！"

我的爸爸？

他说话比别人慢一倍，都说他是一个慢性子。可他吃西瓜，每次都要呛咳；吃螃蟹嚼嚼就吐出来；如果要出去，提前半个钟头就站在街当口等派车……他得了一个"性急鬼"的爱称。

他老了，已进入八十岁的历程，可还是一天三班。毕竟是力不从心了，那天，他排完《家》从安福路走回来，终因左腿无力而跌坐在人行道旁，被路人扶送回家。星期天，他照例挨了"大批判"："你现在的任务是吃好，睡好，不能那么拼命！""这个戏排好了，不要再排了，好好在家休息，不要多管闲事！"他笑嘻嘻地听着这些爱的责骂，最多轻轻说一句："那还活着干吗？"最后，我们还是支持他买一辆电动三轮车，使他在近距离内，可以自由驰骋。

他老了。可是，当他的第二代和第三代产生"代沟"的分歧时，他永远站在第三代的立场上，就像他永远崇尚一切新产品一样。他的心仍是年轻的。他又得了个"老青年"的爱称。

这就是——我的爸爸！

三千字的篇幅已经过了。

我依旧是没能写得清晰。

我怕是永远也写不清晰了。

人们常说的话，总是极有道理的。

我的爸爸？

——或许，他就像童话里的那棵大树？奉献果实、奉献枝丫、奉献躯干、奉献树墩……以不断地奉献自己，而感到无限欣慰。

1986年10月于上海

黄海芹

1972年，郑大圣在天津祖父母家

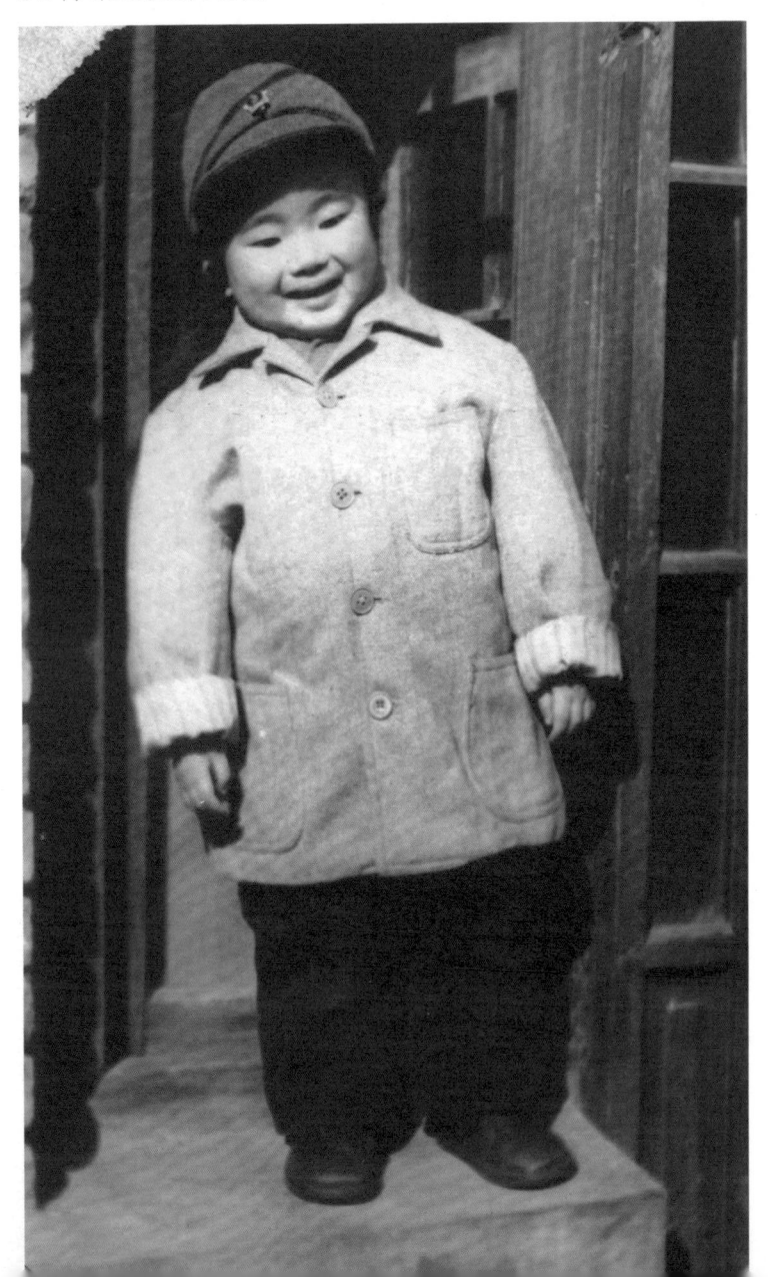

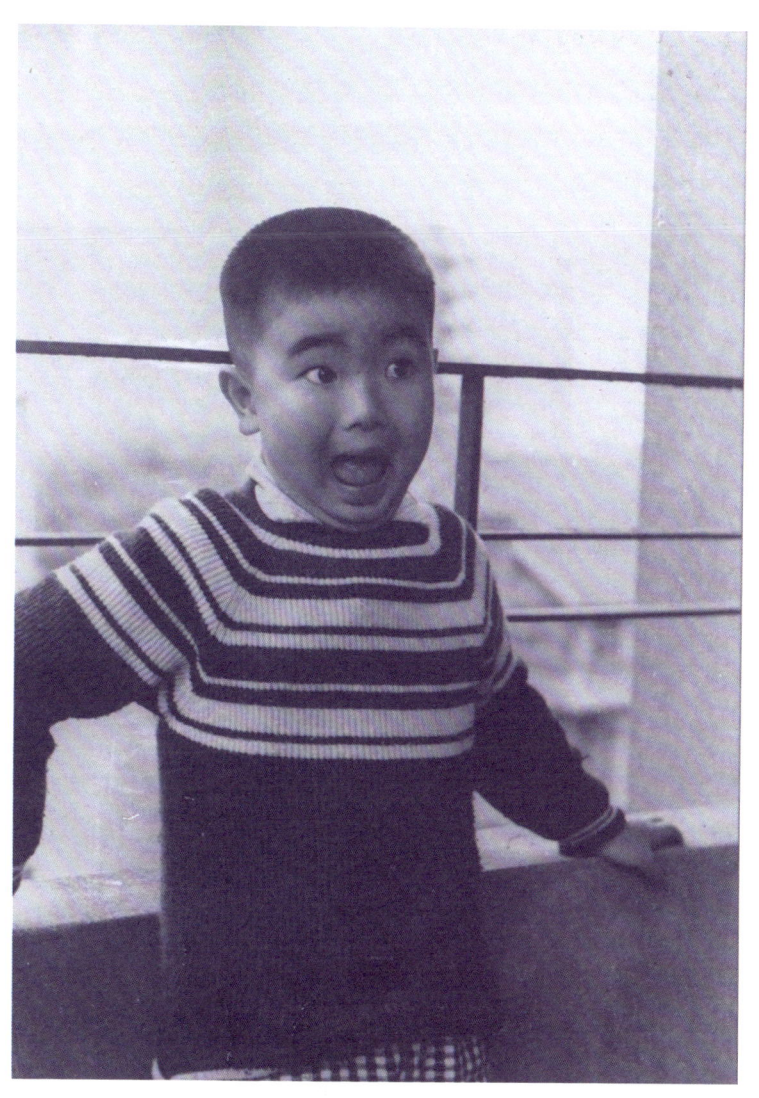

1973年，郑大圣刚到上海不久，在曾外祖父母家

1991年1月13日，郑大圣赴美国芝加哥艺术学院留学前一天，向外祖父辞行

1992年夏，郑大圣趁暑假回国探亲，与外祖父和母亲在一起

2016年，郑大圣在电影《村戏》拍摄现场

2016年,郑大圣在电影《村戏》拍摄现场

2021年，上海，昆曲《玉簪记》，沈昳丽饰陈妙常

2007年，上海，昆曲《长生殿》，沈昳丽饰杨玉环

郑大圣
电影、戏剧导演

在戏曲电影美学史中创造[1]

郑大圣　徐枫[2]

戏曲与电影：虚/实之间

徐枫（以下简称"徐"）：您导演的《廉吏于成龙》，通常被认为是晚近中国戏曲片中最值得重视的作品。为了这部影片的拍摄，您对整个戏曲片史作了系统研究，可以说是在对中国戏曲片的美学梳理与认知中，完成了自己的美学定位与创作。说起戏曲片，就会

---

1 本文首发于《电影艺术》2018年第2期。
2 徐枫，中央戏剧学院电影电视系教授、博士生导师、电影史论研究者、电影制片人与影展策展人。

涉及戏剧和电影这两种综合艺术之间的关系。电影草创之初，戏剧就跻身其中。作为电影纪实主义传统开创者的卢米埃尔兄弟，1897年就制作了《吉斯公爵被刺》这样的戏剧影片，其导演为卢米埃尔的摄影师亚历山大·普罗米奥（Alexandre Promio）和戏剧演员乔治·哈托（Georges Hato，其后成为电影编导）。这部影片让我们看到，戏剧进入电影，在带来演员行动、戏剧性和叙事的同时，也使电影媒介自身的属性受到了挫伤——卢米埃尔影片常见的真实生活纪录让位于程式化的舞台表演，他们纪录片中富于纵深感的开放空间让位于相对平面的封闭空间，难怪法国已故著名电影批评家塞尔日·达内用"爱恨交加"来形容戏剧与电影的关系。但在纪录性电影与假定性戏剧，开放的电影空间与封闭的戏剧空间之间，存在着源于文艺复兴焦点透视体系的再现型西方绘画这一中介——《吉斯公爵被刺》就直接借鉴了法国画家保罗·德拉罗什1834年的同名油画。可以说，绘画本身的再现特征和景深效果调和了戏剧和电影的对立。而以此为基础，潜在着第四堵墙的镜框式舞台、试图统一真实生活时间与戏剧时间的三一律、现实主义戏剧及自然主义戏剧等等，都在电影史中参与调和着两种媒介。与此相比，中国戏曲的高度虚拟性与写意特征，与纪录性电影媒介的对立更为强烈。那么中国戏曲片如何处理这一对立关系，有无类似西方再现型绘画这样的中介存在？

郑大圣（以下简称"郑"）：您刚才探讨了电影和西方戏剧的关系，它们之间有媒介差异，也有调和性中介。电影和戏曲则是两个完全不同的宇宙：一个，在物理观感上是对既有时空做了照相写实的纪录；另一个，是现场的、当下的假定性。这是两个完全相对抗的宇宙。但是其间有没有一个虫洞？中国的戏曲片，好像是一个。1905年，北京的丰泰照相馆扯起了一块白布，之后大观园戏院也扯起了一块白布。一个摄影，一个放映，两块白布，中国人开始收摄、投射电影的宇宙，距法国十年之后。没有残影存世，但是如果我们想象当时的现场，会觉得比伶界大王谭鑫培更牛的正是他身后的这一块白布，张挂在廊柱之间。现在想来这是一个超级装置，一块白布改变了空间，它是阻隔，也是引渡。这块白布就是那个"虫洞"，一个真实空间，就此遁入了假定性的戏境——戏剧的境界。

这是中国电影的洪荒之力，这是第一个片场。后世中国戏曲片一直以来的虚/实分野，影/戏纷争，在这个原（元）点上是混同的、合一的、不分的，在它蒙昧初开的这一刻。而此后，中国戏曲片则一直在虚（戏）/实（影）的纷争中发展。

1916年，上海商务印书馆一开始是在印刷所照相制版部，到1918年，单独成立了活动影戏部，按今天的话说就是新媒体部。1918到1921年间，商务印书馆活动影戏部有组织、成规模地拍摄了几十部短片，配送发行全国，成为中国第一家初具产业意义的电影摄制和发行放映机构。其宗旨是"借以抵制外来有伤风化之品，冀为通俗教育之助……表彰吾国文化"，按今天的话说，就是文化自觉。摄制，发行五类短片：风景、时事、教育、古剧和新剧。

拍电影是为了看世界，然而看什么样的世界、怎么看，就尤其有意味了。人们热衷于看远方，观者所不能亲临、亲见的时空：远处的风光、时事的现场和戏剧的境界。但是我们可以看到一张图片，不知是当时的剧照、工作照还是纪念照：沪上一家有名的私人园林一角，黛瓦白墙，墙后面，一个美人手执团扇，半遮面，他就是梅畹华，年轻时的梅兰芳。有意思的是，他身边和身后有不少围观的群众在探头探脑，都被拍摄在这张图片里。实景秒变剧场。青年偶像梅兰芳和这些看热闹的看客，谁是谁的外星人？不好说，在实景里拍摄戏曲，这么早就开始了。戏曲片里，空间的身份、空间的性质，此后一直以来的纠结、混淆、彼此穿越，从这么早就开始了。

但不久之后，在摄影棚和影戏（尤其是戏曲片）之间，形成了一种常规"契约"。

古老的电影只能在晴天丽日的露天底下，或者是玻璃顶棚罩着的工棚里才能摄影。随着感光乳剂工艺的进步，人们终于可以在一个封闭的空间里按心意置景、布光、摄影。于是，一个非常奇妙的空间——摄影棚，出现了，渐渐地变成整个电影业的指代，其实摄影棚群就是制片厂的本意。摄影棚是一个非常神奇的舱室，它的空间性质非常暧昧，是连接起两个世界的神奇通道、孔径，它的身份是折叠的。摄影棚里搭建的景片、手绘背景、人工光影，一目了然，但是这份假拟的现实在观众眼睛里依然愿意被作为实景来接受。其实，人们愿意看到的是戏剧性，甚至是舞台感。影戏，在光影的变幻流动之中看戏剧，这是一份契约，对戏曲片尤为有效。

郑大圣

先锋实验种种

徐：您上面的描述让人感到，1905年任庆泰拍摄《定军山》时，用作背景的一块白布，以一种"空"的形态，无意中将纪录性的电影和假定性的戏曲融合在一起。其后，经历了实景拍摄的时期，但摄影棚的出现，给予此后的戏曲片一种相对稳定的空间形态：它虚实相间的特征与戏曲的虚拟特征达成了一种和谐。但此后，对戏曲片的美学探索并未休止，而是在一系列实验中继续发展。这些实验，产生了哪些经验？与西方的先锋电影探索有无相通之处？

郑：1927年，侯曜拍了一部摄影棚电影《西厢记》，现存残章断简。它并不是戏曲片，但因为改编自杂剧本事，人物的衣饰头面基本上就是当时京剧流行的"古装"扮相，所以这部《西厢记》像是戏曲对电影的蔓延，似乎也可以在这个议题下论一论。

侯曜的《西厢记》在精神面貌上倒是更像当时的美国电影，有调情，有打斗，有搞笑的动作，有暴力的动作，全片充满着荷尔蒙。书生做梦，胯下骑着一支巨大如椽的毛笔去救他的美人——最重要的是，中国影戏开始拍梦境。梦境、幻象，用原始的多次曝光技术。侯曜在摄影棚这个孔道里没有通向戏曲，而是通向了精神活动、心理时空。这在以照相写实为基本观感的活动影戏里，是非常了不起的一步。

侯曜是被中国电影史忽视太久的一位导演。对纯主观世界的直接描绘，在此后中国电影的流变当中，只是零星地作为一种技巧应用,闪烁断灭。中国电影史从来没有形成过成波次、成脉络的先锋实验运动。

徐: 虽然中国电影没有过成体系的先锋派运动,但却有先锋尝试的个别案例。软性电影和左翼电影的争论堪称二十世纪三十年代中国电影的中心议题,但无论是软性电影的代表人物刘呐鸥,还是左翼电影的核心人物夏衍,都对现代主义文学艺术和先锋派电影有相当深入的了解。但同时期的中国电影中,先锋尝试最盛者,无疑是政治上亲左翼,艺术上钟爱欧陆电影美学的费穆。因为费穆先生同时是中国最重要的戏曲片导演之一,他的先锋电影尝试与戏曲片之间的关系就特别值得重视。

郑: 费穆先生的先锋电影尝试与戏曲片发生过多次交叉,首先要讨论的是《斩经堂》的虚/实之战。1937年在中国戏曲电影史上是非常重要的一年,因为费穆和周信芳合作拍摄《斩经堂》,麒派的代表作。二人争辩得很凶,僵持不下,费穆想在摄影棚里尽可能地趋近京剧表演的空灵自在,而周信芳则坚持要在实景拍摄战争场面。结果就是我们从存世的漫漶影像里看到的:周信芳的程式化表演,是摄影棚的,是舞台上的;而骑兵冲过沪郊的草坡,纵横驰骋,背上靠旗猎猎。

翻看当年的旧报纸,剧评家、影评家都不满意,无非是因为虚/实这两种美学理念完全的冲突,完全的割裂。费穆先生自己的文章里提到这一段,也是懊悔得很,后悔没有坚持说服周信芳完全在摄影棚里拍摄。费穆倾慕的是中国戏曲的写意美感,而周信芳所向往的是电影的冲击力,就像麒派的表演艺术一样,他要直击。

以我们今天的眼光看来,只会惊呼太牛了!——为什么一定要统一风格?就这么拍!——一三五七九是虚拟的,写意的,以鞭代马;二四六八十是实景的,真马队冲锋。多亏了他们当年这次自以为失败的实验,可以让我们有机会看到向影/戏这两端、虚/实这两极同时逆向的展开,其间的张力能有多么大!这样交错并置平行剪辑,使实景成为戏曲表演所虚拟不来的视觉奇观,而棚拍的戏曲表演则赋予了实拍场面以精神形象的显现,这是一次伟大的实验。

同时在1937年,还有一部集锦式电影《联华交响曲》,八位导演联手,皆为一时俊彦。其中费穆拍的这一则短片,叫《春闺梦断》,一个小哨兵的梦,梦中有梦,境中有境,三层叠套,没有对白,全是意象。他将十年前由侯曜开启的叙事性梦境推进到了诗的梦境。八位导演当中只有费穆是这么拍的,他此后的导演当中也没有人承继接力。费穆的这一则《春闺梦断》,大概是中国电影史上最具先锋姿态、最具实验意义的影像了。因其电影性之纯粹,我们可以毫不奇怪地理解,这是他十一年后拍《小城之春》最极致的意识准备,慧根早种。

与此同时,《小城之春》的诞生与戏曲片创作有着密切关联。1948年,文华影片公司的老板颜料富商吴性栽,出于跟费穆导演同样的对"国剧"的热爱,单独投资了一家影业公司"华艺",专门拍摄戏曲片。

《生死恨》,绝对的大制作,中国人第一次拍摄五彩电影。从筹划商议,到彩色胶卷进口、拍摄、洗印的技术测试、技术培训,到断断续续的摄制,历时一年半。令费穆导演最焦虑、最煎熬的倒是创作问题——电影,该如何面对梅兰芳呢?用什么景别、角度、摄影机运动才是合适的?什么才是合适的转换切点?怎样才能做到不因为电影的介入而伤害了京剧所特有的韵致?而又如何做到因为电影的介入,能更精妙地彰显京剧所特有的美感?

因为梅兰芳的商演合同很密,而电影公司的生产又不能断,摄制组的同仁们更不能待工,而且因为技术条件的简陋,当时生片的保鲜期没那么长,所以在等待梅兰芳档期的间歇中,导演费穆又回到文华公司,接受了一个年轻编剧李天济的投稿剧本,拍了一个小片子——《小城之春》。相较于拍《生死恨》的念念在兹、殚精竭虑,《小城之春》简直是一次度假式的拍摄。每天在片场即兴地改剧本、即兴地演,组团春游似的就拍完了。拍完了也就拍完了,放映效果在社会上也并不很正面。调过头来,还是苦熬《生死恨》。我们今人看《小城之春》,无上地推崇,但是要晓得:这个金字塔的塔尖底下,是以《生死恨》为坚实阔大的基座,没有《生死恨》就不会有《小城之春》。《小城之春》是以电影拍出了昆曲的意思。《生死恨》是一次沐手焚香、如履薄冰的临帖,而《小城之春》是自然流露、自由发挥的化用。

"十七年"与"影-戏"融合之道

徐: 虽然戏曲片有漫长的历史,但今天一提起这个片种,我们想到的一般都是从1949年到1966年之间的作品。一般认为，"十七年"电影因政治环境变化产生过三次高峰与三次低谷，但相对于故事片拍摄的曲折进程，戏曲片有着更为良性的积累与发展。

郑：这十七年，大概也是中国戏曲片历史上最繁荣昌盛的"十七年"。大师拍大师，大腕儿拍大角儿，真是群星璀璨。1956年，同时有《天仙配》和《十五贯》；1962年，同时有《野猪林》和《红楼梦》；1954年，新中国有了第一部彩色片《梁山伯与祝英台》；1958年，香港邵氏开拍第一部黄梅调电影《貂蝉》。伴随并助推着戏曲改革运动，戏曲片把越剧带到了新疆，把黄梅戏送到了香港，这是新中国纯真时代的文化活力。

这些镜前幕后的大艺术家们各个不同，演绎的手段也是摇曳多姿，但我们大概可以看出一个总的努力方向，那就是影和戏的融合。

首先，是电影化的努力。我们可以看到：景别的松紧变化，细致周到地照应着身段和表情的神气；摄影机的推拉摇移，聚精会神地贴合着唱腔的气息；而剪接点，精准地解读着锣鼓点儿。当然，舞台演出的场上，锣鼓点本来就是戏眼的剪接点。有意思的是，往往出现对反切：单人近景，和过肩的中近景，形成了念韵白的对话段落。这是最明显、最外在的电影化努力，潜意识里是向故事片靠拢。然而，演员向画外一方的侧视往往是约略的，摄影机并不向纵深进入太多。拍惯了故事片的导演们和摄影师们，坚定而审慎地守着一条隐性的铁律，就是那"180度轴线"。对戏曲演员来说，却从来没有这条轴线，古戏台没有第四堵透明的墙，是三面观众的。

从这里我们可以看出，在影和戏两方，电影对景深的本能渴望，甚至是执念；以及当它面对戏曲的时候，不得不采取的谨慎和节制。

其次，是中国画的空间观念融入戏曲片拍摄。两个世界的世界观，最直白的显现就在空间。戏曲是"空的空间"，而电影里是满满当当的世界。那么在戏曲片中，景该怎么办？把人安放在什么样的景里？《梁山伯与祝英台》和《野猪林》是最饱满充分的例子。前景、中景、后景，三重层次，由近及远，渐远渐虚。最贴身的是衣裙和妆容，五彩的绣衣和脸谱，是工笔画的精致；离演员最近的是桌椅、杯瓶、栏杆、树枝，写实复原的程度不亚于当时的故事片。往中景开始简略，往后景开始写意，到了天幕上直接就是手绘的图画。

从前景的工笔到天幕的大写意，这是中国画的、齐白石式的空间观念。而最有意思的是两种境界的分野，虚/实的边界——当时的处理是安置土堆或者山石，弥合了影/戏这两个世界，在天幕和演区的接壤处。

打破二元对立：戏曲片现代化的多元尝试

徐：现代京剧"样板戏"以及相应的影片，无疑是京剧史和戏曲片史上的重要篇章，其重要性正在于创作上全面的现代化尝试。但现代化的努力，并不限于这些作品。应该说，现代化尝试，贯穿于二十世纪戏曲史和戏曲片史的全过程。

郑：1966到1976这十年的"革命样板戏"是国家项目，诠释宣传国家意识形态。对"样板戏"的认知和解析，有着各种各样的研究角度和学理的门道，都可以形成一门"样板戏学"了。别的且不论，仅以创作而言，它有着最鲜明以至于霸道的美学指导思想——"古为今用，洋为中用"，并且用最彻底的创新践行之。

戏曲是"虚"的，电影是"实"的；戏曲表演是虚拟的、表意的，电影影像是写实的，是物理时空的指纹。戏曲片就一直在致力于调和、结合、弥合。"样板戏"集大成，弥合了很多鸿沟。在"样板戏"之前，绘制的背景和搭建的前景之间总有一道缝，不能连成一体，只好堆些土块、栽些花木遮掩过去，"样板戏"解决了幻灯天幕和地面之间的拼缝。"样板戏"还缝合了管弦乐队的伴奏与京剧的演唱，虽然交响乐与民乐的音律体系有着先天的彼此排异。打虎上山是文武老生"趟马"的底子，却化用了芭蕾的跳跃和旋转；人民公社战洪水是社员同志们的现代升级版"水斗"；志愿军特种兵的翻山越岭，在花样繁复的筋斗招式里穿插匍匐前进、排除地雷之类的军事动作……"洋为中用，古为今用"的指导思想，"样板戏"真的贯彻了。

值得补充说明的是，"革命样板戏"有着一条隐晦的线索、潜伏的因子、前世的萌芽，那就是解放前的越剧改革。越剧成为一种戏剧，演进历史特别短，不过五十年。中国戏剧史可以眼睁睁地看着一个来自乡野间的说唱小品（"越讴"）活生生地在一个现代大都会里，像受了核辐射一样演变成独具特色的女子演剧门类。

1930到1940年间，越剧人发起了自新运动：她们第一个引入导演中心制；极其尊敬剧作和剧作家，形成围读、讲解剧本的制度；

第一个引入西洋管弦乐队现场伴奏；第一个引入话剧的舞美灯光设计。老艺人们常说的名言是：越剧的表演得益于两个奶妈，一个是话剧，另一个是昆曲……所有这些，我猜想"革命样板戏"的总监制、总导演、总设计师，当年在上海应该是亲眼见过其端倪的。后来有了超级升级版的"革命样板戏"。

徐： 越剧的发展，也在很大程度上受益于电影艺术。一方面，这一剧种在发展中受电影表演与电影艺术手法的影响；另一方面，是《梁山伯与祝英台》《追鱼》《碧玉簪》《红楼梦》《祝福》等著名戏曲片使越剧成为享誉全国的剧种。越剧舞台演出程式有更多的可塑性，因而使这些越剧影片在电影场面调度上有更为自由的空间。"十七年"越剧电影的经验对整个戏曲片的发展都是宝贵的，因为在1977年到1979年复映时形成的轰动效应（尤其是1962年版的越剧影片《红楼梦》），直接对"文革"后的戏曲片产生了影响。当然，这一时期的戏曲片处在极为开放的参照系中，包含了此前戏曲片的所有经验、电影语言现代化的冲击、整个电影工业与市场的转型。在此语境中，戏曲片在一个短暂的黄金时代后转向了沉寂。

郑： 是的，我尤其想提出新时期的两个特例。到了改革开放初年，又有一波戏曲片的热潮回流。其中的一个特例是1980年的《白蛇传》，它几乎涵盖了各式各样的拍法——有杭州西湖的实景，有"十七年"风格的棚拍，更有着大量几乎穷尽了当时电影特技手段的神奇场面。这是一部高特技、强视效的魔幻大片，全国公映，有三亿人次的观看量。以后不再会有了。到二十一世纪的初年，又有一个特例，郭宝昌导演的《春闺梦》。这是一次纯粹而绝美的实验，梦境里套着梦境，幻想中叠着幻想，同时刷新和改造了戏曲/电影两方面的观念和语言。这部片子从未公映过，也没几个人看过，和它那些偶然、零星的先行者们有着一样的命运。但它绝对不应该被中国电影史、戏曲片史所忽略、所漠视。

徐：您祖父黄佐临先生提出的"写意戏剧观"，很可能是二十世纪中国戏剧理论中最高屋建瓴、直指本性的思想。而令堂黄蜀芹导演的《人·鬼·情》，虽不是一部戏曲片，却将日常生活场景的写实风格与幻想戏曲场景的写意风格进行并置、对撞，成为中国电影史上最富美学原创性的作品之一。佐临先生自己认为蜀芹导演的作品，是"写意戏剧观"在电影中鲜见的成功范例。在我看来，您的《廉吏于成龙》，也继承了他们"写意戏剧观"的衣钵。而您对戏曲片美学史的思考，以及您自己的实验电影前史，作为另两个支点，使您创作了一部在电影语言上极为现代的戏曲片。

郑：您真是过誉了。但拍摄这部影片，的确是一个系统学习和探索过程。我遇到的仍是那个坎儿——"虚"的戏曲/"实"的电影，完全是两种世界观的冲突，如何处理？不能按台上演出的原样拍下来，电影不甘心仅仅做戏曲的文献记录。追求"电影化"，在实景里唱念做打？很分裂，人和环境不是一棵菜。

怎么保留戏曲的特质？又怎么发挥电影的特性？前辈人作了许多探索，理想是"虚实结合"，既戏曲，又电影。因为戏曲表演的虚拟特征，在摄影棚搭景拍摄是一般的解决之道——背景是手绘的，亭台楼阁一类建筑构件则是仿真景，看上去亦虚亦实。但认定影/戏、虚/实之间有着本质的拮抗，努力化解之，是经典的电影观念。然而其前提很可疑。

戏曲的表演"虚"么？好角儿演出，实在的能量从举手投足间放射出来罩住整个剧场。演剧的本源是祭仪，沟通人神，所以叫"上身"。程式化的做工、身段，是观、演双方建立的一套共识共守的语码……戏曲表演含着最真切不过的能量的聚集和释放，不说是灵性的真实，起码也是心理的现实。与此同时，电影最不"实"。影像的根本是卤化银颗粒的放大投影，再逼真也是幻象。翻过来打量打量虚/实，至少可以越过影/戏的二元对立。不以为矛盾成立，那还有什么可融合的？

拍《廉吏于成龙》，跟寻常电影一样，是要拍一个故事、一个人物，只不过是用京剧演的。那把京剧扮相的人，安放在什么样的景里？当然只能是在摄影棚。不过，不用假装成别的什么环境。再怎么造景、造境，质地成色再怎么乱真，还是难免会有一股子"摄影棚相"，那就索性把摄影棚兜底拍出来，不避讳穿帮。灯、脚架、挡光板、棚顶的天桥，都大大方方地收在画面里，这儿就是摄影棚。摄影棚本身成为景，布景反倒成了点缀。房屋宇舍只要间架，不要墙，置景组被要求制作光鲜的半成品。等演员们扮好了站进去，可以的，假定性的戏曲表演被含摄在假定性的空间里。

树可以用树枝虚拟，投成剪影，疏密浓淡约略有些水墨画的意思。把剪影屏和透视纱做成活片，很好用，想摆哪儿就摆哪儿。它可以代表墙，透过"墙"可以看到屋子里面；也可以只作为间隔，加上内外景的起光、收光，很灵活地就能变化日夜晨昏，尤其是角色进入内心想象时的过渡。大段的华彩唱腔一起来，规定情境就转化了，咏叹、抒情、展示唱功，这时候情节是暂停的，布光莫如造影，影子总是比实体显得更有意境。

"俊扮"的布景（俊扮是指不勾脸谱、不戴髯口的扮相），"皮影戏""穿墙透视"的写意氛围，给拍戏曲带来很大的自由度。而"穿帮"可以成为最好的"解药"。当戏演到高潮将近煞尾的时候，两位主角各有一段慷慨激昂的唱，直接宣唱人生观、价值观，也是这部"国家舞台艺术精品工程"的主题思想所在：以德治国。在"德治"理想、"清官"情结的背后有一个盘根错节的传统，它首先是一个久远的伦理存在。我以为不必轻易褒贬它，但希望能健康地表现它——把摄影棚拍"穿帮"，把伴奏的琴师也安排进画面，间离，能帮助我们清醒地观看，最起码能避免沉醉其中。

虚与实，是电影的"大哉问"，因为它太基本了。而戏曲片，把这个似乎是公理的问题给逼出来了。

文化世家中的历史情结[1]

郑大圣　许金晶

郑大圣导演或许是我采访的独立电影导演里，最富有历史情结的一位。从唐代的落魄诗人王勃，到清代的著名廉吏于成龙，再到晚清民国时期那一个个承受家国动荡之痛的普通个体，郑大圣的大部分作品都把时代背景选择为远离当下的过去。

这种历史情结，或许跟他的文化世家出身有着很大的关系。郑大圣的外公是戏剧电影大师黄佐临，外婆是舞台银幕双栖明星丹尼，母亲则是著名的第四代导演黄蜀芹，父亲郑长符也是影坛屈指可数的顶级美工师。在这种三代延续的文化传承下，讲述历史就成为郑大圣表达自己对现实思考的一种方式。我们应该看到，在《天津闲人》的喧闹命案之中，在《古玩》两位商人的数十年争斗之中，在《王勃之死》王勃的恐惧与放浪之中，寄托的，都是郑导对当下现实

---

[1] 本文由《郑大圣：历史是我表达现实的一种方式》(《江南时报》，2013年5月28日)、《文化世家中的历史情结——郑大圣导演访谈》(《中国独立电影访谈录》，浙江大学出版社，2018年版)、《郑大圣：我们如何变成现在的我们》(澎湃新闻《有戏》栏目，2018年3月17日)三篇访谈综合而成。

事件的浓缩与改编。克罗齐的名言"一切历史都是当代史",在郑大圣的作品里得到了很好的印证。

祝愿郑导在这条以历史表达现实的艺术道路上越走越好,越走越远。

以下是访谈的具体内容。

许金晶(以下简称"许"):你几乎所有的电影作品,都是以央视电影频道定制电影的名义拍摄的,为什么会选择这种合作模式?在跟电影频道的合作过程中,如何保持自己影像表达的独立性?

郑大圣(以下简称"郑"):机缘巧合。2000年我才开始做导演,当时中国电影正在经历大概是史上最低谷的阶段,人们不进电影院了。从1990年开始,有十余年的持续低迷。如果不是中央台的电影频道启动自制影片,我大概是没有什么机会当导演的。别人不愿意拍,因为挣不到钱,我愿意。当时恰好是电视剧的兴旺上升期,都在忙着拍连续剧。当时叫"电视电影",我不管这个,在我的认知里那就是低成本电影,投放在电视上,跟我在美国公共频道里看过的很多有意思的非商业、非主流电影一样。电视台一直是低成本电影的一大出路。中国没有自成系统的独立电影的发行放映链路,现在都还不算有,而2000年的时候,电影频道的基本观众群已经达到三千万左右,这总比拍完了不知道到哪里去放映、给谁去放映强许多,所以就很踊跃地去拍了。

此后正赶上从胶片到数码的技术转型,电影频道反应迅速,更新换代领先于传统电影业。从标清到超16毫米,从高清到2K、4K,

每一次的技术升级我都被委托拍摄实验片，摸索技术标准，所以这些片子没有两部是使用同一种技术规格的。我很乐意做实验，其实是我在美国求学期间做实验电影的延续。

近几年，电影业复苏了，人们又涌入电影院了，在主流院线内外，有在意独立电影、"不一样的本土电影"的自主策展不绝如缕地冒出来，我就把电视播放权给电影频道，保留了影院发行放映权。总算有机会在电影院里放片子了，尽管场次不多，像小剧场话剧的巡演。这是中国特色的过渡期。

央视电影频道是极其主流，甚至可以说是最核心的官媒平台，审查当然严格，但在每年百十来部的量产之中，会留一个很小的比例给"艺术片""探索片"，我的运气是每次都被归在了这个很小的比例里，在表现形式上就比较自由。

许：《一个农民的导演生涯》是你迄今为止拍的唯一一部纪录片。能否介绍一下这部电影的拍摄创作情况？对于片中这种民间草根的自发影像创作，你个人持一种什么样的态度？

郑：江西景德镇市竟成镇文化站的站长，出于"群众文化群众办"的宗旨，自1993至2002的十年间，组织乡民自制电视剧十八部三十余集，故事多取材于本乡本土的红军烈士事迹，取镜和调度多模仿"红色经典"老电影。

自发而有组织，且成规模，成为社区生活的一部分，是中国民间DV创作的一个特例，从中可以看到很多"中国特色"。当时站长使用SONY的Hi8家用摄像机和VHS录像机进行制作，刻录成CD-R

光盘在群众中流传，从不做商业发售或在公共媒体上播放。他自筹资金，自编自导自摄，在家中完成剪辑与混音，独力研制特殊视效。虽然未经过任何专业训练，但蒙太奇思维惊人地发达。乡人自娱自乐，第一个十年间即计有两千余人次参与演出。2002年开春，站长带领文化站开拍新戏《血海深仇》，开始尝试武侠片的摄制。

DV CHINA（《DV中国·瓷》这个双关语的片名后来在电影频道首播时被改为《一个农民的导演生涯》）。它是一部故事片长度的纪录片，我们使用两台SONY PD-150摄像机，以田野考察的方式，于2002年1月和4月，对竟成镇文化站的拍摄进行了六十天的跟踪记录，积累素材一百二十多小时，七个月后才完成剪辑。

我觉得，不拍过一次纪录片，就好像电影课程没修完。那是电影的先天本元。

站长拍他的武侠梦，我拍他，我是想从他身上照见自己：人为什么需要影像和表达？

许：《王勃之死》《廉吏于成龙》等作品体现出了你一以贯之的对传统历史文化的情怀。这种对于历史的温情源自何方？

郑： 出国以前是下意识的，留学期间变成自觉。因为有比较了。美国有那么多好博物馆、好图书馆，全人类的文明印记都在里边并排比肩，那种比较真是刺激人。

许： 你是如何做到在《王勃之死》中，营造出具有浓厚古典气息的氛围的？

郑： 自以为是，想当然的。通读一遍《王子安全集》就会发现，王勃写过海量的祝寿辞、墓志铭和宴饮应酬的赋，每一篇都挥霍辞藻、炫耀才气，每一篇的水平都不亚于传世的《滕王阁序》。这些文字应该都是委约写作，或者有奖征稿，要写得灿烂琳琅才能兑换酬金。反复感受这些文辞，我看到的诗人，一如他的初唐是一个少年时代的唐朝，精力充沛到简直无处发泄，挥洒不完。给我的通感启发就是：我们做浓郁华丽的影像，要尽可能地过度、张扬、不恤。成本低，连调色都做不起，索性就竭泽而渔，用足电子菜单和滤色镜的效果。每天在现场，每一个镜头之前，摄影师就趴在摄影机上调啊调，滤镜的组合装试了一片又一片。色调、饱和度、天际线的渐变，都是在前期拍摄中一次性完成的。

许：为什么会想去拍王勃这个人物？

郑：捡漏捡来的。本来，有一个初步的大纲递到我母亲手里，我母亲说，"古代人，我不灵[1]的，我搞不清他们什么朝代谁是谁"。我就给截了，"你不要，我来啊！"

我一直想拍古人，原以为机会不会来得那么早，因为拍古装费钱嘛。没想到第二部就碰上了。其实预算也没有多少钱，《王勃之死》是四十二万，2000年。

许：《王勃之死》里刻画的王勃很丰满真实，既有恃才傲物，又有在专制权力面前的卑微与恐惧。在这个人物的塑造方面，你试图

---

1 上海方言，此处意为"不熟悉""不擅长"。——编者注

传递出哪些内容？

郑：在君王面前，诗人与倡优无异。宫廷诗人，待诏，以文采邀宠；隶籍教坊司的歌姬舞伎，以色相获恩。他们原本就是同质的人，才华和容颜都是天赋。但天才的诗人们都认为自己真正的才干是兼济天下，要做宰相、帝王师。偏偏，诗人总有一颗狂放不羁，连他自己都不能节制的心灵，于是悲剧发生了。这是我对中国古代文人的基本认识。

仕途失意的诗人往往在内心深处分裂成为两个人：一个幽怨女子，一个渔樵隐士。诗人们拟代这两种人写下了大量的诗篇，都是在用理想化人格自我抚慰。在《王勃之死》里，这两个人就是"落霞女"和"秋水翁"，他们都是王勃内在世界的向外投射。

许：《王勃之死》把王勃名篇《滕王阁序》里写到的落霞实在化，转变为一位温柔可爱的女子。为什么会有这样的剧情安排？

郑：将"落霞"与"秋水"拟人化，是构思剧本的初始。一个变成韶龄女子，被贬出宫廷的舞伎；一个化身渔翁，江湖间漂荡的逸民。电影必须是视像的，"落霞与孤鹜齐飞，秋水共长天一色"得能让人看见，但不是靠空镜头，空镜头再美也不管用。还得是人物。

史籍里对王勃的记载太不具体，也不一致，且疑点颇多。反正只是借用一个名叫王勃的诗人身份做发挥，就不管那许多了。我是当公路片拍的。

许：《古玩》这部电影中，古玩周王鼎这个核心符号，有哪些丰富的含义？

郑：坦白一个大纰漏——鼎，没有一对的。天子九鼎，诸侯七鼎，卿、大夫五鼎，士三鼎，低级的士用一鼎，以奇数序列（也就是阳数）为阶级；与鼎配合的簋才是成偶数（也就是阴数）的，八、六、四、二。这是周代的礼乐制度，"国之大事，在祀与戎"，含糊不得。但话剧原作是建立在双主角的轴线上，若改掉核心的这一对鼎，整个故事就不成立了，所以就只好含糊了。

许：《古玩》中那种浓厚的古典主义怀旧情绪让人印象深刻。这是否代表着你个人的审美情趣和时代观？

郑：我确实是喜欢历史，平常的阅读也多数落在史述里。不管哪个朝代，只要是古旧的时代和人物，于我似乎更容易进入、更容易体会。我能"同其情"。

许：《古玩》的配乐都是采用传统戏曲配乐，为什么会有这样的选择？

郑：因为刚在《王勃之死》里"飞"了一回，紧接下来的《古玩》就想做得实一些。故事也实得多了的缘故。

许：《古玩》以古玩和个体的命运反映时代变迁，为什么会采取这种表达方式？

郑：《古玩》原是北京人艺的一台话剧，严格的"三一律"，而且很"北京人艺"——《茶馆》式的结构，一堂主景，历经四个时代。我做的拓展主要是在场景上，把场外、幕后可能发生的行动演绎出来。一部电影只有两个古玩店的室内景，虽不是不可以，但总归嫌闷了。

许:《古玩》片末，私人恩怨让位于民族大义，为什么会有这样的剧情安排？

郑：原本我最想做的，是古玩商和土地的关系。古玩商不是文玩鉴赏家，他们往往来自乡村，失地农民，略通文字，进城当学徒。他们凭着聪敏、勤快、精明，历练成了掌柜，一辈子的梦想就是回乡置地，只有土地最踏实。吊诡的是，他们自身来自土地；经过手眼的古董也是从土里刨出来的（他们往往跟挖坟盗墓的团伙有业务关系，可以蹲在盗洞边上直接把好东西端走）；二十世纪二三十年代流行珍藏青铜器，做赝品的工匠把高仿的新器埋进土里，用牛马粪沤，沤足三年，再打开看，就布满铜蓝、铜绿的锈花了，假赛真；古玩商憋了一辈子宝，就想卖个好价钱，好回老家买地、当小地主。这一路的人生奋斗，还是又回到了土地上。古玩商人并不真的爱古物成痴成癖，进手、出手、交换、流转是常道，对宝物不执着，在交易上也没有什么爱国心的自我要求，唯有对土地的愿力，既讽刺又庄严。真不好说他失却了什么，又得到了什么。

央视电影频道当然不赞同这样的方向，觉得不知所云；而我又不同意按原作拍，于是就从三个方案里定了现在的这个折中。民族大义，我是支持的。我是把它当作强情节的娱乐片拍的，主流价值观是必须的，而且要简单鲜明，要响亮，最大公约数。当时要我实验超16毫米，预备扩成35毫米进入影院放映，但最后没下文了。

许:《古玩》的原型是否是一个真实的故事？你对故事做了哪些改动？

郑：据说话剧演得很火，当时我在美国读书，没看到。即使要改编，要拍戏了，也没特意补看。反正我只以电影的要求来打量这个故事，于是就要改很多。主要是展开行为和景象，能做出来、能看得见的，就不用话说。塑造人物的细节，用了不少琉璃厂老行内人的口述历史，比如心眼深的古玩商在自家院子里埋藏宝贝。最后开棺爆炸和传动装置也是新编的，主流剧情片必须要有一个高潮点，它得是行为的，同时也得是视觉的。

后来不少朋友告诫我说，《古玩》哪里是商业片了？！我挺胸闷的。

许：《流年》一片，以去金海滩作为影片自始至终的核心线索，为什么会设定这样的线索？

郑：每户人家都有一个共同期待的目标的吧，老念想，却往往不容易实现，虽然并不遥远。磨蹭着磨蹭着，孩子大了，爸妈老了，日子就这么流过去了。

许：《流年》中，家庭三人同时在"金碧辉煌"夜总会出现的一幕很有戏剧性，这样的安排基于怎样的考虑？

郑：即便日夜厮守在一起的人，也都有各自的秘密。一旦撞见，日子没准就没法过下去。起码再也不是从前了。

许：《流年》中，妈妈的精神出轨与女儿小鱼勇敢献出第一次之间，有没有关联性？这种安排用意何在？

郑：女儿在秘密地长大，妈妈还不甘心老去。每户人家不都是这样么？

许：在《流年》这样一部现代生活片中，你还是一如既往地融入了戏曲元素，比如老冯退休散伙饭上唱的《鱼肠剑》，为什么会选这出戏？

郑："一事无成两鬓斑，叹光阴一去不回还。日月轮流催晓箭……"然后他就唱不下去了。这是爸爸的中年困境，壮怀犹激烈，四顾已茫然。那一辈演员都会"样板戏"，临时学两句就能拍了。

许：《流年》的家庭三人之间，均有一种戏剧张力在推动：老冯的不想退休、妈妈的初恋情人和小鱼的无果爱恋。这三种张力的设定，基于怎样的考虑？

郑：我们谁不是失陷在人物关系的张力网里呢？尤其是家人，是最不相互合作的，就不，偏偏不。除了人物关系，没有一个单独成立的"故事"在。一个故事的推动，三角关系的张力最容易达成。这是最古老的伎俩，但永久有效。

我愿意相信：所谓戏剧规律，是那些别具慧眼的人从实受的生活中淬炼出来的。剧作家其实很像时间的炼金术师。我们是被日常琐碎裹挟了，不知觉，多少戏剧性的时刻都被浑浑噩噩地错过，好像没发生，却总是要承担后果。剧作家能跃上更高一级的能量场，看下来，全是快动作，倏忽生死。一旦把一生压缩成三个小时的一台戏，所谓戏剧规律就显现出来了：上帝才是最好的剧作家。莎士比亚们窥探到了这个秘密，泄露给我们看。所以他赚够钱就不再写剧本了，回到乡下买了一个宅子，躲起来做寓公。

许：片末，载小鱼情人——律师离去的电车，又载着爸妈二人回来。这样的安排，有着怎样的深意？

郑：说不上有什么深意。我只是揣度，我们每天都在错过打扮成偶然的必然。不知道造化要怎样编排我们。有轨么？无轨么？

许：律师在游戏时赢得的大白鲸，跟小鱼的名字，跟小鱼后来去的大海之间，有没有某种内在联系？

郑：渴望成人么，迫不及待地想离家，以为能有一个属于自己的、阔大的天地。等来到海边一看，其实挺荒的。我们不都是这么长过来的吗？

许：你包括《阿桃》在内的电影作品，往往选用小说来进行改编，有比较强的文学性，为什么会做这样的选择？

郑：所谓"文学性"，我的理解就是，小说是一个建立起自在世界的叙述，而且对人的种种处境有着深切的体会与传达。原创的电影剧本，无非也是要完成这两个任务。

若是在某一篇小说里读到于我心有戚戚焉的哪怕几句话，哪怕不是小说原作的主旨，就已经足够发动一部电影了。改编当然不是传译，甚至不是另外一次叙述，影像只呈现。但这呈现自有其力量与原委，所以每次我用小说改剧本都改得很大。

许：《阿桃》中，阿桃从模糊的远景到近景的歌唱特写，逐渐细化。为什么会用这样的方式引入人物？

郑：未见其人，先闻其声。阿桃这个小姑娘应该就是歌声本身。我特别从长沙找来很会唱歌的高中生。她相貌好，嗓音好听，但是说标准普通话，歌也唱得很少年宫腔；二桃是镇上的初中生，质地

郑大圣　233

就更接近一些；三桃就是邻近村子的小娃，真会放牛、打草，精神面貌就很对；四桃、五桃是外景地所在的本村土著，抱了来当道具。当时为了赶稍纵即逝的初春季候，没有狠下心来全部找当地土孩子，不够彻底，语言就有问题；画外旁白也太字正腔圆，太正式了，不够私人。拍的时候，语言语音就一直是我的心病，这后面其实是质感的不够原生。那是我第一次做导演，拍了二十六天。

许：《阿桃》中，叙事者在桃花寨的第一幅画就是阿桃家和门前的桃树。桃树、桃花寨和阿桃之间，有着怎样的互文关系？

郑：乡间四月，桃花满山坡。都是野的，一丛一丛的粉色随随便便地散落，没人在惜。桃树旁边必有李树，雪雪白，所谓桃李芳菲，粉白相互映照。花期很短的，约莫只有十五天的样子，等粉嫩的花瓣掉在泥地上，确实挺不堪的。一个小姑娘的花季也就这么过去了。

小说也好，电影也好，不管自觉与否，总是要有一个独立存在的世界。《阿桃》是一个关于小女孩的故事，桃树自然就成了意象。

"象"在电影里当然要比在小说的文字叙述里更具决定意义，是电影的本质。极端点说，电影之中，无他，唯"象"而已。

许：《阿桃》对于西南少数民族地区的男尊女卑现象有着生动形象的刻画，这样的剧情设定有没有现实来源？

郑：在底层农村，生男还是生女首先是劳动力和生活成本的问题。一家五个女孩，是挺要命的。等她们长大了、嫁人走了，地里的活儿谁干呀？谁传宗接代、继承姓氏呀？

我们在湘西凤凰古城的底下，再底下找到了理想的外景地。凤凰是个大城邑，从凤凰出发，把公路走完，走乡镇自修的土路，土路走完走盘山道，都不行，因为只要是有道路通过的地方，就有一部分人先富起来了，就盖改革开放的白瓷砖房，蓝玻璃铝合金窗户。得把山道都走完，才来到一个峡口，摸进去，又步行四十五分钟，才看到一个村落，好像新时代从来就不曾进来过。这个地方叫作"雷公岭-老秧田"。用水牛耕作，"漠漠水田飞白鹭"，施施然地滑翔过来，在水稻田里找螺蛳吃。拖拉机都下不去。我们的发电车更下不去，从上海开了四天三夜，好不容易挨到山口，正赶上山洪刚下来过，土路都被泡软了，两吨重的发电车不敢下，只好又开回去。我们拍的时候是放长线接的高压电。住在村里希望小学的教室里，每人发一大一小两只盆，就蹲在阿桃家门口的小溪前刷牙洗脸。"老秧田"四周的山上，据说以前有土匪的据点，应该是沈从文的那个时代。现在也没有手机信号，音讯断绝。大家反正也没得着急，平心静气，反倒看出了许多光景。这个摄制组就整体人间蒸发了。拍完了出来才听说，家属们已经串联了，差点要报案、进湘西搜寻我们。

在这样一个闭塞的地方，听老乡们聊，生男嫁女、婚聘彩礼这些还是很让人烦恼的事。我们组的一个灯光师傅，在摄制组撤离的时候，决定资助那个演三桃的小女孩念完初中。因为是女孩子，家里一般不会让她们去念中学，怕耽误干活，而且浪费，为什么要花钱替别人家培养一个初中生的儿媳妇呢？我们的这位灯光师傅是插队在江西的老知青，他很感念插队落户时的那一家人，说三桃长得特别像那家人的小女儿。

许：《廉吏于成龙》是当代难得一见的戏曲电影。为什么会做这种尝试？

郑：我是这部片子找到的最后一个导演。我也是纠结了整整两个星期才应承的。因为我不知道戏曲电影还能怎么拍。两周里没法睡眠，由近至远、回溯性地复习了一遍"戏曲片"，包括二十世纪五十年代结集出版的两期专题论文集。真没法弄，前人把能做的都做过了，走投无路。后来我想，管他呢，反正这片子也不是指望卖钱的，原本是上海市委宣传部交托给上影的一个任务，我就把它当实验电影做吧。

"十七年时期"，在"戏曲片"的黄金时代，都是由各大电影厂的大导演、大摄影师、大美术师、大录音师、大剪辑师组队拍京剧大师的代表作；"样板戏"就更是奥运会文艺演出式的国家项目了，不记名的高手都被抽调了来，每人殚精竭虑地贡献一点点，集大成。但是终于被我发现了一个缝隙：不管前人示范过什么形式样貌、处理手法，都是基于同一个基本前提——电影是写实的，戏曲是写意的。"戏曲片"所有的风格尝试都是在努力弥合"虚"和"实"这看似难以逾越的鸿沟。对我来说不是这样的。

我在美国读书的时候专心致志在实验电影，心得是：电影最虚幻。影像之流，本是幻相，诞妄一如生命本身。就是《金刚经》篇末偈语所说的"六如"：如梦幻泡影，如露亦如电。反过头来看舞台演出，相比较而言，却有着实实在在的能量交换在发生，在每一个晚上的每一个剧场，生物电流交互感染、反复激荡。对我来说，影和剧的虚/实是翻转的、颠倒的。我想，我就老实而悄悄地把这个想法拍出来吧，试试看。

许：这部电影是直接根据传统戏曲文本舞台演出拍摄的，还是你自己编排创作的？

郑：舞台演出从首演到定型，历经十二稿的修改，已经是戏曲界"新编历史剧"的当代典范。我不好重起文本，而且戏曲就是音乐剧，是唱腔、音乐先行的，文本和音乐捆绑在一起，牵一发而动全身。最基础的修改是修剪时长，舞台演出长达一百四十分钟（不含幕间休息），我得以电影剧情片的叙事节奏，删减至一百一十分钟，但是要保留所有的华彩唱段。

许：跟戏曲相比，电影的舞台性有所拓展。在这部片子里，对传统戏曲的舞台做了哪些修改和创新？

郑：我不能改变原作舞台剧"以德治国"的思想定位，只能从外部下手，用灯、幕布、景片、摄影棚墙壁的"穿帮"，用间离效果去破解它，悄悄地"祛魅"。提醒观众，把戏当戏看。

许：这部片子为什么会选择于成龙在福建按察使任上的这段经历加以展现？这个故事是否有借古讽今之意？

郑：纪委书记反腐倡廉，官场掣肘的郁闷和艰苦，与上级周旋的智巧。京剧演出的持久盛况就是因为台下的观众看到的是当今一部分的社会现实，看着解气。

许：片中斗酒的一幕极尽夸张之能事，令人印象深刻。为什么会采取如此夸张、戏剧化的表现形式?

郑:斗酒一节是全剧的"戏眼",人物的性情、情节的高潮、冲突的解决都在这个点上。但是在单向度的镜框式舞台上,场面调度有力所不逮的局限;拍电影,却是全视角的,远/近、俯/仰、疾/徐,多机位、多角度、不同的升格,能够自由发挥,我就用动作片的意思来拍。

许:这部电影采取的是戏曲表演配合《清史稿》记载字幕的表现方式。这样的方式选择用意何在?

郑:《清史稿》的引用是我坚持加进去的。我觉得把正史和演剧、史志和演义交错起来,能够提供多一种读解的契机,多一向维度。我不暗含或喻示什么,这是为观者留出的余地和可能。

许:提起于成龙罢官,很容易让人联想起吴晗的《海瑞罢官》。这两次罢官之间,有无某些内在联系?

郑:在这出戏里,于成龙没有被罢免,他的结局是调任直隶巡抚,是擢升。其实,于成龙是明末的读书人,至清初,人过中年才进入官僚系统,一路兢兢业业,抓紧时间干工作,标准的循吏、能吏。托生于那么酷烈的时代,人人都要做抉择的,在他身上却看不出什么易代之痛,不像江南的士人。大约老西儿[1]早已经把生命成本核算清楚了吧。他心里究竟在想什么?兼济天下不需要华夷之辨

---

1 即于成龙。于成龙是山西人,故人称"于老西儿"。——编者注

么？立功立德立言不必拘泥于一朝一姓？是内心深处的漠然，还是老滑的达观？这倒是中国传统士大夫的另一种典型，但在这部戏里是不涉及这个部分的。

许：《天津闲人》和《危城之恋》都是关于民国时期天津发生的故事。能否谈谈你对民国和天津这座城市各自有着怎样的感受？

郑：对我来说，民国时期是一个很特别的年代。它之所以在文化层面上丰富多彩、淋漓尽致、光怪陆离，就是因为东西之间、新旧之间，古今中外的各种矛盾和碰撞，全部集中在那几十年。而我对民国如此有兴趣，也是因为最近的三十多年，也就是我们亲历的这个年代，仿佛又有了古今中外各种矛盾碰撞在一起，充满活力又充满混乱的这种感觉。

有时候当我对当下的事情感到迷茫之时，我仿佛能从民国的历史中找到对当下的答案；而反过来，当我的电影在表达民国人物、民国故事和民国风情时，我实际上传递的，很多正是对当下这个时代的感受。

至于天津，这座城市的现代化进程非常早，1862年就开埠，成为通商口岸之一。当年最高峰时有九个国家在那儿设立租界，比上海的租界还多。所以这座城市在非常早的时候，它的城市规划和文化生态就既有非常西方的东西，也兼有非常本土化的元素。中西文化的各种元素一百多年间在一个城市里勾兑，所以它撞击出来的火花和光彩特别醒目，所以一直有"近代百年看天津"这样的说法，因为它实在太丰富多彩了。

许:《天津闲人》一片对同名小说文本做了哪些修改？

郑：主要是改写案件，放进去许多我们眼前的怪象、乱象。比如说讹诈、贪腐、司法不公、不良媒体等等，这些"热热闹闹"。我们谈剧本的时候很毒舌，每每用网上视频做药引子。主角"闲人"的内心世界也是重新建立的。再卑微的家伙也是有内心情感、有潜在价值观的，尽管他自己都不一定知道。

我的原意是，穿上民国的衣衫演当代戏，这样就容易通过审查了。

许：这部电影开篇时的老照片，寄托着你怎样的情绪？

郑：最直接的原因是我们没有资金能力可以复原、再现老天津的街景。天津现在的实景已经不是那样一回事了，CG[1]我们更做不起。我唯一的办法就是用老照片。我是在筹备阶段去天津图书馆和档案馆做功课时发现了宝藏。

这座有过九国租界的城市，历史上各色洋人来来去去，留下来很多老照片，有城市规划用的，有观光客随手拍的，有日本间谍踩点拍的，都好看极了。我想把一座城市的影像文献当作布景，与高度剧场感的表演并置在一起。

许：片子采用说书人讲述和影片正常叙事的双重叙事方式，两者最终在片末相遇，为什么会进行这样的安排？

---

1 CG是英文computer graphics的缩写，指计算机动画。——编者注

郑：我和编剧一起工作的方式，先是摆卡片，摆来摆去就列出了正戏的一抖三番和串场人这两副牌，一开始也想不好应该怎么整合。然后就开始逐场推演，我总是鼓动编剧也要轮番扮演剧中人，用第一人称描述一场情境中的角色，最好能情不自禁地起身离座、连说带比画。如果连我们自己都动不起来，等到了拍摄现场，演员怎么可能动得起来？就这样演着演着，一个玩笑，忽然就把剧中人撞进书场里去了，让他和串场人站一块说相声。

要荒诞，就得放手。其实，像这样跳出跳进的处理在戏曲里是常态范式，是基本元素，既参与剧情又随时跳脱出来直面看客，指指点点，臧否人物，由丑角承担，借一星星在电影里，就显得反常规了。

许：片子采取了浓厚的戏曲唱腔和话剧式的夸张表演，为什么会采取这种表现方式？

郑：我是照着戏剧的意思来拍《天津闲人》的。在街面上帮闲混吃喝的人，必是一个表演感很强的人。整个浮尸案本就是一出闹剧，每个人都在欢欣鼓舞地演、演、演。有好几场戏我强迫摄影师就当舞台平面拍，也不去管自然光的照明逻辑，按剧场演出布灯，权当镜头前面的是一场实景秀。

许：片子本身有很多的戏曲元素，而其核心情节又让我想起南京观众非常熟悉的昆曲《桃花扇》，无论是电影中的破落户苏二爷，还是《桃花扇》中的妓女李香君，在国家危亡的年代，恰恰都是这样最卑微的人物承担起了民族大义的重责。你想通过这样的表达来说明什么？

郑：我没有什么预设的判断和概念，只是一个朴素的认知。民间的那些朴素的草莽气和家国情怀，在中国任何一个时代都存在。这种民间的爱国主义，在某些特定时刻会表现为一种集体无意识的骚动；而在个体身上，则体现为一种很难用逻辑解释的热血和冲动。对于这种行为，我不会去做价值判断，仅限于自己朴素的观察而已。

许：《天津闲人》里对于人性的刻画还是非常丰富的。还拿主角苏二爷为例，你在片中就展现出，他与汉奸四六爷的决裂，除了民族大义的因素外，也跟四六爷夺其所爱有重要的关联。这种处理很具真实感。

郑：对，这点我是有意设计的。因为对于戏里的平头百姓来说，虽然你有家国感，但是这些事情如果没有伤及你个人利益和感情时，你还是很难做到挺身而出的。在时代的大潮下，大多数普通人都是被裹挟着前进，他们信奉的哲学是"好死不如赖活着"，而不是做时代的英雄。

许：说书人跟苏二爷片末相遇时，同场对话那段非常精彩。通过这段对话，你试图传递出怎样的内容？

郑：丑角儿永远是悲哀的。看看后台，令人唏嘘。

许：你的另一部电影《危城之恋》，很有传统戏曲里才子佳人故事的感觉，也让人想起民国时期流行的新鸳鸯蝴蝶派小说。当年张恨水和张爱玲等人的作品对你有影响吗？

郑：他们的小说我只是匆匆看过一遍，没有深读和精读，没有什么特别深的印象。我个人不喜欢他们的作品。

许：《危城之恋》对小说文本做了哪些改动？

郑：等于是重写了，只提取了原著中的二三行字，大意是嫂子替三弟去相亲，隐约之间好像很喜欢这个弟弟，很隐晦的流露。《醉月婶娘》写的完全不是这样一个故事。我们抓到了一对彼此制约，还能翻覆的人物关系，就自行展开了。

许：您跟林希有着怎样的合作渊源？

郑：1996年，我刚回国，就读到了林希老先生写的《蛐蛐四爷》，我就想，能拍成电影该多好。但不会有人给我投资的。我自己把剧本改出来，提交给了上影，上影说不拍天津的事。当时的CG技术也达不到。我也就只能想象着过过瘾，但就此追读了林希先生的一系列小说。

回上海上小学之前，我一直跟着祖父母生活在天津。我的外祖父母也是天津人，放了学回家，就陪着老人们说天津话，一直在说，所以我的老天津话很地道，是解放前的用词和发音，比我的上海话说得好。我就想着什么时候能拍一个天津卫的故事。直到2011年，才来了机缘，作家出版社想自己拍电影。作家社有那么多的好小说、好作者，都是上好的电影故事资源。而事实上，不但中国电影，放眼全世界，好电影多半来自小说改编。我就很认真地加入了作家出版社的"文学电影"计划。问我想先改谁的小说，我就说林希。巧得很，作家社和林希先生是老朋友，他在"文革"后重回文坛，弃诗歌而从小说，也曾得力于作家社的推举。于是，一拍即合。

我们买了林希先生五部中篇的改编权，先做了《闲人》和《醉月婶娘》，还有《相士无非子》《高买》和《一杠一花》，做了剧本，还没投拍。

林希先生，极开明透彻的一个人。我们将他的小说改动了那么多，他也没不高兴，还鼓励我们展开自己的想象。我和编剧很喜欢听他聊老天津卫的掌故，不同的人际关系应该如何称谓，流氓巡街怎么走道儿，到哪儿裁衣服，上哪儿下馆子，等等。老先生现在八十了，还光着脚穿最新款的NIKE鞋呢。

许：《危城之恋》里的三弟是五四新青年的代表，很有曹禺话剧《雷雨》里周冲的感觉。能否谈谈你对于这个人物的设定？

郑：在当时中上阶层的人家里，支撑门户有大哥，打理家务有大嫂，小弟就能有顺从天性、伸展兴趣的自由。三弟不谙世事，也不妥协于世事，总把反抗社会和反抗父亲混在一起。少爷大多心性单纯，懂事都晚。

许：片中，三弟写着新诗，大侄子却还念着四书五经。这样的对比试图说明什么？

郑：当时的大学生是很赶文艺时髦的，小朋友还是要从旧学开蒙。"中学为体，西学为用"的观念影响了中国近代社会许多年，很理想化，以为走得通。

许：《危城之恋》中日军入城时，突然出现了一位柳敬亭式的说书人哀号的场景。这个场景的设定用意何在？

郑：那个说书人就是《天津闲人》里的串场人。《危城之恋》和《天津闲人》是"一对"片子，龙凤胎。从剧本阶段就是这么构想的。我是想描述，在同一座城市、同一个时间段里，人们的生命际遇是那么的不同。于是，这两部片子之间需要某种连接，但我又不想做太过技巧性的连接，宁可只保留一线意象式的关联，就落在这个"民间太史公"身上，从添油加醋、戏说新闻，到哀号、彻底失语。

《天津闲人》更浓烈，《危城之恋》更清淡；《天津闲人》更荒诞，《危城之恋》更雅致。我希望这两部片子呈现出阴阳互补的感觉。而在拍摄的时候，我们也是在上海的同一个拍摄基地，前二十二天拍《天津闲人》，后二十天拍《危城》，前者关机到后者开机之间仅仅隔了五个半小时。摄影机后面的人都没变，而摄影机前的布置和演员全变了。

这两部片子在风格、气质和诉求上完全不一样。它们在故事情节上也没有做功能性的连接，只是借助一个在两部片子里都出现的说书人角色串联起来，呈现出一个弱相关的关系。

许：婉儿的家传《漱玉词》是李清照的作品，而李清照正是受靖康之变等家国动乱影响极深的女词人。《漱玉词》这一元素，有着怎样的时代指向？

郑：从与赵明诚的闺中雅趣、编辑《金石录》到"至今思项羽，不肯过江东"，从最理想的文人生活到国破家亡、南渡再嫁，李清照的真实人生其实蛮惨烈的。如果她生活在抗战期间，大概也是那样子吧。

许：最后婉儿弹的曲子，为什么会选《关山月》？

郑：我想要一支女演员上手就能弹的曲子，这样她就可以不太顾忌乐谱的准确度，就能将情绪弥漫开来。而她最熟练的是《关山月》。现场拍了两条，第一条还是在默谱子，第二条就有情感挥发出来了。操琴，应该在有意无意之间。琴声是现场收音的，琴也是女演员自己的，不是道具。操琴，一定得跟"自己"相应。

《危城之恋》如何收结？连续三周的拍摄中我一直没想好，就问组里的男女老少，发现大家对婉儿结局的期待是如此不同：有人不愿意她死去，更有人认定她活不了，还有同样多的人觉得她最好的结果就是不知所终。直到最后一天、最后一个上午，把剧本里的内容都拍完了，我还是不知道应该怎样结束这个故事，就说："婉儿，完整地弹一曲吧，能不能用再论。"事实上，影片的最后一镜也就是拍摄的最后一镜。

开拍前三天我都没找着女主角，因为找不着"民国仕女"。逼到最后，选角副导演发来一条链接，是一个女演员的博客，说再不行，就真的没人了。打开一看，我发现她小时候是学国乐的，主修琵琶，副修古琴；博客上贴了不少她自己写的七言古体诗，是讲究格律的，词也填得规矩。就凭这两点，我就说不用见面了，就是她了，赶紧订票来外景地，带上自己的琴。

来到组里做造型，发现她完全是一个不说话的人，怕生，直往后躲，一点都不像一个女演员，我就觉得，还真是找着了。她心里有音乐。婉儿有很多曲折的心事，微妙的振动，我也不知道该怎么跟她讲解，一说就错的，就说，"你想想，像哪一段曲子……"她就明白了。从小学古琴，她知道我要的"泛音"是什么。

许:《村戏》照旧是一部关注中国重大历史变迁题材的电影，这一次，为什么会把视角放到当代，放在改革开放刚刚开始这样一个时间节点上？

郑: 四十至五十年以前，不远也不近的历史，最难描摹。但同时，这段历史也最值得回顾——我们是怎么变成现在的我们的？变得都快不认识自己了。

许:《村戏》改编自贾大山先生的小说，跟原著相比，你对这个故事做了哪些改编和整合处理？为什么会做这样的处理？

郑: 从《贾大山小说精选集》(作家出版社)中选取了《花生》《村戏》《老路》三篇做人际关联的基础，从作者的"梦庄"系列中反复体会北方乡间在二十世纪七八十年代的人情世故。《花生》一章中的一个动作——看青人一巴掌不小心"打死"了自己的亲闺女——被拎出来做了电影故事的硬核。由这一个动作出发，我们试着延伸想象之前、之后，尤其是之后的之后还可能发生什么。在当年那种情境形势下，一个动作就足够发动一部电影了，哪怕它在原著小说中并非叙述的重点。

许:《村戏》整部电影都是以黑色基调为主，只是在男主角奎生回忆女儿被自己害死的场景时，采用了彩色处理。这种黑色与彩色之间不同色彩的处理方式，有着怎样的寓意？

郑: 没有什么特别寓意。二十世纪七十年代初，我刚开始有记忆，最记得的颜色就是草绿和鲜红，到处都是。

许：《村戏》的核心故事围绕村子里的新年大戏展开，为了反映新时代的来临，县里的干部选定了《打金枝》这出戏。能否介绍一下这出戏的背景？之所以考虑安排这出戏，是否有着特殊的寓意？

郑：最终选定的非职业演员群体是河北省井陉县的一个民营的晋剧团，演员加上乐队，全员来演电影。他们是唱山西梆子的，常年巡演在太行山东西两麓的村镇里。过年时节，乡民们最爱点的戏码就是这出《打金枝》，是这个戏班子的拿手戏、热门戏。我是因人选戏，趁着顺手。《打金枝》在很多地方戏里都有，在昆曲叫《满床笏》。"行当齐全，热闹吉庆"是戏班子的编导（电影里村支书的扮演者）的原话。这出戏有着非常典型的中国式伦理，家和国纠缠在一起，将每个家庭里人之常情的琐碎矛盾放大到第一家庭、第二家庭的等级上夸张地显现出来。正好，戏文里还有打公主的"一巴掌"。

许：除了《打金枝》之外，还在电影里扮演重要角色的戏剧有《万泉河水清又清》和《钟馗打鬼》，能否介绍一下这两出戏的大致情况，以及它们在电影剧情推进中的作用？

郑：《万泉河水清又清》是"样板戏"里难得的抒情歌唱，暗含着隐秘的男女情愫，大概是那个年代里唯一能寄托恋爱意思的革命歌曲了。"跳钟馗"则是北方农村里民间祭仪的遗风，过春节请戏班子唱戏，须扮上钟馗老爷的形象，连唱带舞，在村子里巡一周遭，在要道口、在水井台，每家每户也不能漏过，进了院门就要唱吉祥词、挥动宝剑捉拿、驱逐恶鬼和瘟疫……演剧的渊源就是降神。而钟馗这个鬼雄，自己是个命运多舛而性格暴烈的鬼魂。

许：《村戏》这部电影采取的可谓是三重戏剧的表达，村里剧场的小戏、村庄围绕分地和演戏产生的闹戏，与时代交替的大戏交相上映，《村戏》这个电影名，是否就有着这样的多重指向？

郑：台下幕后，"一村"的戏。所以后来就不交代那出《打金枝》如何如何了。

许：在电影的宣传海报里，你写下了"没有一个坏人，也没有一个无辜的人"这样一句话。能否谈谈这句话的具体意蕴？

郑：海报上的这句话，是我的直感，有一天在拍摄现场，它突然就从脑海里冒出来了。再细论，恐怕也说不出更多来。各位观众，可以自行体味。

许：如果没有记错的话，《村戏》是你第一部在国内院线上映的电影，能否谈谈你对此的感受？

郑：能上映，就是上上签。将被看到，或还能引起质询和追问，就不是白拍。

不论知觉与否，历史总会潜入未来[1]

各位晚上好！我是导演郑大圣。非常荣幸能来到"拙见"，可以聆听到很多高见，然后贡献自己一点点的拙见。非常如愿地来到西安，没有比长安更合适展开历史与未来的讨论。

我的工作是拍电影，所以我想跟大家分享三个场景。

有一座城市，有一堵墙，墙体拆掉了，墙基保存着。

我们在它的很多街口都会看到这样的标版：1961—1989，这座城市是柏林。这几张图片是波茨坦广场，是这座城市的正中心，柏林的心脏，现在还留着这几堵柏林墙残存的构建。我们会觉得这墙也没那么厚，也没那么高，现在墙体上遍布着年轻人随手贴上去的口香糖和一些涂鸦。

但是从波茨坦广场开始，从这座城市的心脏开始，柏林墙延展穿过这个城市，穿过这个国家150公里，就是这样的墙阻隔了从意识

---

[1] 本文为郑大圣导演于2018年1月在"拙见·西安新年盛典"上的演讲实录，原载于《攀登未敢忘初心：上影70年纪念文集》，上海人民出版社，2019年版。

形态到社会制度，到家庭，到人情人性的诸多悲欢故事，有很多生命就死在墙内、墙外和墙体上。

墙没了，墙基被小心地保护下来，在这个城市蜿蜒纵贯，成为一条行走的虚线。这个墙曾经矗立了二十八年，到2017年，距离被拆毁也刚刚二十八年。以中国人来看的话，其兴也勃焉，其亡也忽焉。

墙体不在了，墙基保留下来，使每一个柏林人以及全世界来到柏林的访客轻轻抬腿迈过去的时候，心里会有实实在在"咯噔"的一下，这就是历史的现场。历史永远在我们今天的现场。

对柏林墙（遗迹）的处理和规划布局，使我看到这座城市对历史的态度。这是第一个场景。

这座城市还有一条街，叫阿尔布雷希特王子大街，特别可怕的一条街。这是历史照片和它复原的模型。白色的部分是现在还残留的，灰色带标号的部分是已经被拆除的。这些灰色的建筑物曾经是纳粹第三帝国时期的总理府，希特勒上班的地方；宣传部，戈培尔上班的地方；空军总司令部，戈林上班的地方；国家秘密警察总部，也就是盖世太保总部，希姆莱上班的地方。在这条路上，柏林这座城市在历史的现场做了一个永久性的展览，下次朋友们有机会去访问柏林，我强烈地建议大家走过路过不要错过，去看一下，它叫《恐怖地景》或《恐怖地带》。

刚才我说的所有那些纳粹第三帝国的中枢大楼在二十世纪五十年代初的时候，当然要被铲除、拆毁。沿着这些大楼的地基，沿着这条线砌起来延伸的柏林墙。二十八年以后，柏林墙被拆毁了。在这个柏林墙的遗迹上，柏林人做了《恐怖地景》这个展陈。他们在现场陈列了历史的老照片：希特勒正在戈培尔的陪同下走出帝国的国宾馆。

大家现在可以看到画面底下，保护的凉棚框子，以下是这些罪恶部门、建筑大厦的底座，中间部分是他们保留下来的一节柏林墙，柏林墙后面是民主德国时期的政府建筑。

这段墙基曾经是盖世太保秘密拘押、审讯政治犯的地方。三层看得很清楚，底下是盖世太保总部大楼地下室的拱门，中间是柏林墙，后面是民主德国的政府大楼，三层，层累的历史。

这恐怕是历史上最恐怖的一张肖像，当中坐着的是希姆莱，左边数过来第二个、站着的是"布拉格屠夫"海德里希。希姆莱和他的三个干将策划、发动、实施了所有最恐怖、最惨绝人寰的计划。这个展陈里特别引用了一些著名的历史学家的观点在展板上：到底为什么——如此荒谬、残忍的政权，可以在这么短的时间内摄取权力、蛊惑大众？特别提到了它有效地拉动了内需，造就了大量的就业机会，实现了经济的腾飞；特别点出了他们用宣传的手段蛊惑了大众，使其相信每一个人都有美好的未来，而且正在参与一个正义的事业。

给我非常大的触动是，历史学家给我们的第一个帮助，是针对一个没有那么遥远的历史，进行去魅和解毒。

我们都知道德国人有着高度的反省自觉和了不起的对档案、文献的尊重和维护。同样，在这条大街的展陈上，这些图片尤为动人。最右边的这一幅，是当时跟非雅利安种的国家和民族的敌人们谈婚论嫁的"生活作风堕落"的妇女被剃阴阳头、被挂牌子游街；最左边是被盖世太保秘密拘押审讯的，当时敢于在德国反对纳粹党的地下抵抗组织，每一个人属于什么组织、口供，全部被整理出来。

中间那张图片，在一个群众聚会上，所有人在行纳粹礼的时候，只有一位牛气的大哥，双手插在胸前，拒不顺从，一个多么了不起的普通人！而这个展陈特别在底下标注，他，（有可能）叫什么什么。这个，也是柏林人对历史的态度。

这条街我以为应该是柏林这座城市最深的伤口，最痛苦的、罪恶的和耻辱的标记，但是他们没有把它掩盖，更没有把它掩埋。他们暴露着伤口，不断地在反省，不断地在追问，这个是这座城市对自己历史的记忆和对历史的态度。

1961年，汉娜·阿伦特提出"平庸之恶"，这在当时是惊世骇俗的。要隔好几年之后，（它）才被学术界尊为二十世纪最重要的政治哲学的思想资源；还要到很多年以后，（它）才能落实到一个大众的共识。

离大众的观看、视听思维最接近的媒体之一是电影，一直到2015年，才一共有了四部专门描绘汉娜·阿伦特当年为《纽约客》特别撰写的公开审判艾希曼的电影。德国有两部，一部是从老检察官的角度写的，另一部是从新手检察官的角度写的；BBC有一部，同样的案件，同样的法庭，是从直播导演的感受写的；还有一部德

郑大圣

国电影,就是汉娜·阿伦特的传记。时隔五十五年,在电影上的显现才使一个学者的思想变成大众的共识。这又是发生在德国,一个以高度的哲学自觉和反省自觉延续传承着的国度。

还有一个小场景,大家以后如果路过柏林的机场,可能会看到,它不起眼,在候机厅的门口不远处。我当时看到都傻了——机场怎么有一个飞行员的雕像、一比一写实主义的雕像,在那"扑街"?这可是飞机场!仔细看,那是当时为了解放这座城市而被击落牺牲的飞行员。不在意机场有"扑街"的雕像,哲学上的自觉和自信,让他们强大。每天的日常当中都不忘记让历史进入今天的场面,而且不断地持续地在精进着他们的反省和反思,我为这座城市对历史记忆、对历史的态度而感佩。

当我跟一个柏林大学的教授表达我的尊重的时候,她很严肃地回应我说,"我还不满意"。我说为什么?她说这几年才刚刚反省到,普通的法西斯,人民群众当中的法西斯思想,不再简单地只归罪于那几个党魁、那几个罪魁;她说这才开始发生。当这位人文教授这么说的时候,我就更佩服了,这是对历史的态度。

有两句话我们都知道,"一切的历史都是当代史"。还有一句,"唯一的历史教训,就是人们从未从历史当中吸取了什么教训",萧伯纳的这句恶毒话真是让人悲哀。我想,不论我们愿意或不愿意,历史永远在现场,在我们今天的现场。

不管我们知觉不知觉,历史永远会潜入未来。当然,我们应该知觉。且不论读检讨、反思、反省,起码我们得知道,我们不能假装不知道。知道的人不说，后两个代际，很快，二十年后就不再知道了。不描述、不讨论，那某一阶段的历史就真的"不存在"了。我为此而感到焦虑。

这也是我朴素的动机——前年到去年，我拍了一部片子叫《村戏》，描写的是二十世纪八十年代初，当家庭联产承包责任制刚刚开始施行的时候，在北方农村发生的悲欢故事。朴素的动机只有一个，我们首先要知道，才能有以后的检讨和反省；如果有类似的情形再发生、要我们面对的时候，起码给我们一个更好的机会可以做更好的选择，而不是因为不知道，而重蹈覆辙甚至变本加厉。所以我想，这真是我的拙见，最朴素的、最基本的一个感怀——我们首先要"知道"，我们才有资格、才有能力、才有准备进入未来。

谢谢！

沈昳丽

昆剧演员，国家一级演员

小剧场戏曲的模样[1]

说到小剧场戏曲，我首先会想到小剧场戏剧。我们以往了解的小剧场戏剧样貌是欧洲戏剧的黑匣子，那小剧场戏曲会是什么样呢？

一般来说，对传统戏曲的定义是歌舞演故事，在歌舞声中，叙述故事、扮演角色、表达情感。我想象着小剧场戏曲的雏形可能是从比黑匣子更小的小舞台——红氍毹、勾栏瓦舍、亭台楼阁，或厅堂开始，不自觉地成长起来。这样算起，可能小剧场戏曲的历史也

---

[1] 本文原载于《昆曲日知录》，生活·读书·新知三联书店，2021年版。

很悠久。

小剧场戏曲首先不是大戏的缩小版,也不是独幕剧或某个折子戏,尤其不是中国戏曲现成的一桌二椅式的敷演。诚然,中国戏曲早期的表演貌似已是天然的小剧场演出,但这样只是"小的剧场"的演出,它并不是现当代意义的小剧场戏剧。小剧场戏曲不应只是物理空间的缩小,而更应该观照人类心灵空间的开掘与释放。相对于汉赋,唐人的五言绝句就是"小剧场"。小剧场是针尖上的七层宝塔,是壶中乾坤,是须弥山纳于芥子,心间方寸是最小也是最大的剧场。而昆剧天赋异禀,天生具备阐发心曲、显现心象的优势基因,所以,我坚信经典昆剧与现代小剧场虽然貌似不搭界,实则暗合冥契。只是,通道、关窍、那一层薄薄的窗户纸在哪里?

就传统而言,可能小剧场戏曲有很好的根基。比如五十五出的《牡丹亭》可以拆成五十五个小剧场戏曲的戏,折子戏等都有相对独立的一面。照这样铺排,小剧场戏曲会很丰富,可我们现在要的到底是什么?也许并不是单纯的传统戏搬演,我们还想发表自己的认知理解,想要有自己的表达,很自然地,我们就会让小剧场戏曲的走向与西方戏剧黑匣子小剧场看齐。而思维方式的不同,让我们的戏剧表达与西方剧场存在很大差异。

小剧场戏曲的平台搭建给了戏曲人自觉孵化作品、探索实践戏剧理想的空间。其实我不轻易去碰,不愿意我唱一段昆曲,别人来一段,合在一起就变成所谓跨界实验演出,那样是对传统的不尊重。我们必须要有感而发,有体验在里面,戏曲的生命力就在一呼一吸之间。

在实验戏剧的创作领域，我对亲身经历的作品都极富创作热情。其中有两部实验昆剧，一部将中国现代文学作品鲁迅的《伤逝》首次搬上了昆剧舞台，另一部则是根据法国戏剧家尤内斯库的同名荒诞派名作改编的实验昆剧《椅子》。我们带着这两部戏参加了亚洲导演节、上海小剧场戏曲节、全国小剧场戏剧优秀剧目展演、俄罗斯"金萝卜"戏剧节、阿尔巴尼亚SKAPA国际戏剧节等国内外的艺术节，和东西方观众一起探讨。

受日本戏剧家铃木忠志的邀请和中国戏剧家协会的委托，我们创排了《椅子》，并赴日本利贺首演，跟亚洲很多国家的团队演这同一个作品。大家不去改原先的故事，就看每个团队如何去演。我们台上是一男一女两个演员，我本行是闺门旦，但在这个作品里演一个九十五岁的老太太。排的时候我们就在想肯定会有很多传统的捍卫者来说我们离经叛道，结果并没有，我们在国内外演了很多场，得到了很多专家和观众的认可。通过小剧场戏曲的实验创作，中国戏曲特别是昆剧的承载力和创造力再一次凸显在世界舞台上。

《伤逝》和《椅子》这两部作品的创作，有东西方的文学衬着，传达表现的方式有微妙的差异。《伤逝》是一个现代文学作品，对于这个东方文学的小剧场改编，我们没用传统的戏曲装扮，而是用了相对接近现代人的面貌来诠释。尤内斯库的《椅子》是完全西式思维逻辑的戏剧作品，搬到小剧场戏曲的舞台上，剧的精神内核那一部分本身就有，但在表现作品面貌的时候，我们用了传统的水袖、一桌二椅等识别度最高的戏曲装扮和舞台呈现。当然之后也因场地的改变，我们开发出不全扮戏的"素颜"版，还有更加简练的近乎排练装扮的版本，还有在"进博会"演出时的"法式"特别版，这样一来，《椅子》一共有了不下四个版本。都是很鲜明甚至割裂的程式化表现方式，非常有趣。

我们不担心《伤逝》用贴近现代人模样的呈现，是因为有传统的唱念做表在里头，我们需要花更多功夫去提炼其文学作品的思想。故事性很完整的时候，在小剧场的表现上，内在精神就显得更重要。尤内斯库《椅子》的故事叙述表面看似十分琐碎凌乱，甚至是故意打乱故事逻辑的，而内里却传达了对于人生在世所为何求的生命思考，它讨论的不是日常，而是人生的终极意义。

两个作品着力点不同，用何种方式呈现态度自然有所区分。我们用昆曲一桌二椅的形式演《椅子》，是一个貌似悬远而其实直接的对应，因为有共通的"假定性"。我们想尝试——没有昆剧不能演的戏。就像在尤内斯库、贝克特们的笔下，没有人类荒谬荒诞的处境是不能被描摹与搬演的。

小剧场戏曲不在于舞台的大小，它内在精神的空间是无限大的。通过一个个作品，我还是会继续去寻找小剧场戏曲的方向。如果有人说找到了我们中国的小剧场戏曲就是什么样的，那我也很乐意聆听和观赏。可是我希望永远找不到，我希望它永远可以变幻。一旦固定，也许它的生命力就终结了。我会跟致力于小剧场戏曲开垦发掘的同道者们一起，通过作品尤其是小剧场作品，来不断进行反思、提问和回答。

人总是要走一走停一停的,停下来就是考虑再出发的时候,这个点可以是在家里、课堂上、咖啡店,亦可以是朋友聚会等场合,但还有一个地方请不要忽略,那就是剧场。通过演出,我们再讨论、再出发。如果大家都自觉地这样认知,不仅是小剧场戏曲,甚至整个舞台文学作品都会有观众和志同道合的人。善于思考和懂得聆听,是喜欢看戏之人、文艺爱好者们的必备法宝。

我一直这样觉得,完美的舞台演出是演者与观者共同完成的。《椅子》从日本首演到俄罗斯、阿尔巴尼亚,以及我国京沪汉等地巡演,走到第五年如今仍有邀约,一路上我们收获颇多,每次演出都在不断精进成长。印象最深的是在阿尔巴尼亚,我们演到一半突然停电了,全场漆黑,于是我跟搭档即兴表演起来——"啊,姥姥,怎么无有光了?""我看不见了!我们把椅儿搬到台前一些吧……"忽然,观众席透出一道微弱的亮光,原来是观众自发拿出手机打开手电为我们打光,舞台上的表演瞬间转换成了演员与观众即兴随机的互动,不多时台下又出现了一束光,接着又亮了第三束、第四束……那一刻,在阿尔巴尼亚地拉那艺术学院的黑匣子里,我们在那明似星眸的光照下继续演出……我就想到剧中的一句念白:"那灯火阑珊处,便是故乡!"——吾心安处是故乡。

这一场戏,这一场"梦",令我们铭记、感动,也使我们真正在创作实践中,感受到了小剧场戏曲的真正魅力,它不仅是物理空间的概念,更多的是心灵空间的开拓和释放,是创作者与观者共同创造的无限能量。

  《伤逝》首演时，我和同伴以青春之身和高涨的热情开启了昆曲的小剧场戏曲探索；当《椅子》飞遍大半个地球，我们已入不惑之年，仍在不断向昆曲汲取灵感和营养，向世界展示中国戏曲的丰富可能性。用中国戏曲的方法应该是可以发展现代戏剧的，西方戏剧家们一直在实验探究，我们自己有什么理由不乐于尝试呢？反过来，参与当代实验剧场，借助一点一滴的新鲜变化和异次元体会，也是对自身传统本质的重新认知，打开"自我"，是为了不断更新和升级后的回归。

杜丽娘与哈姆雷特[1]

2010年秋天，我在南京兰苑剧场的舞台上挥汗如雨，演了几十年闺门旦的我，还是头一回挑战武生招牌戏《林冲夜奔》。敢于挑战是自信小时候基本功打得还不错，也可能是骨子里的英武之气激发了我的"小宇宙"，那唯一的演出是我至今难忘并引以为豪的壮举。没想到，多年后那一次特别的尝试会有被重新打开的一天，曾经流过的每一滴汗水都在不经意间成为财富积攒的见证。

我们所熟知的东西方文学巨匠汤显祖、莎士比亚，他们大部分作品都并非空想，艺术创作的灵感大都获益于很多现有素材，一篇报道、一起事件、一部小说、一首诗歌，都可能是开启创作之门的金钥匙。前人如此，榜样如斯，我们为什么不可以这样去做？用一颗敏感的心，善于发现探索。创作不是凭空想象而来的，要积攒，要温故而后知新。

---

[1] 本文原载于《昆曲日知录》，生活·读书·新知三联书店，2021年版。

2016年，我的昆曲与钢琴合作的《牡丹亭·寻梦》在国家大剧院开唱。有人会好奇，想知道是怎样在传统文化的基础上创新的。其实我是传统的捍卫者，也是"叛逆者"，因为我不甘心。传统不单需要被大家爱着护着，更要活在当下，活在当下就是生机，就是最好的活体传承。当然，每个人看待和爱护自己传统文化的方式会有差别，我的努力是不断寻找通达彼岸的各条路径，尝试新事物，丰富所知，增强所能，打通来去内里之"关窍"。

　　我一直很想做一个把莎士比亚和东方戏曲结合的作品。不知是否应验了那句"念念不忘，必有回响"，机会终于来了。2016年是汤显祖和莎士比亚逝世四百周年，我心念所想的这部《浣莎纪》跟我们昆剧的第一个剧目《浣纱记》谐音，还特别把莎士比亚的"莎"字嵌在了里面，意在向东西方戏剧致敬。

　　为了完成这出戏，我在担纲策划与主演的同时也挑起了制作人的担子，从创作到呈现，从排练到首演，事无巨细，张罗一切。每天都是备战状态，不管排练还是休息，时刻都准备着处理各种突发情况。在每个阶段都一定有特别喜欢或者特别想要去尝试做的事情，但凡自己认定的，再难也甘愿领受。

　　　　生耶？亡耶？凭谁问！
　　　　　　　　——《浣莎纪》

　　大概是我曾经演过《林冲夜奔》的缘故，排练场里林教头的男

沈昳丽

儿心性与英雄本色附体，自然而然地把这些身体记忆施展出来，转投到了哈姆雷特身上。一时间男儿的仓皇无奈，英雄的光荣与梦想，一字一句、举手投足皆是对人生自视自觉的感叹……我想这般心绪男女皆存，有女子如杜丽娘，寻不到她的梦，得不到她理想中的爱情，她哭泣，她痛心，她挣扎，一样是"寻"，一样在"奔"。她（杜丽娘）抑或他（哈姆雷特），时而悲悯，时而痴缠，都会纠结，都会煎熬，同样面临的是生存还是毁灭的问题！在《浣莎纪》里，我们就这样将杜丽娘和哈姆雷特在同一空间合体了。

"念天地之悠悠，独怆然而涕下。"陈子昂的诗让我们明白，当人生已成定局，即便万分苦楚，也不得不坦然承受，面临抉择的时候往往最让人煎熬和纠结。在戏剧里打动我们的永远是挣扎而不是挣脱，我们的这部《浣莎纪》演的也是生活中所有人的困境。

我喜欢戏曲的假定性，随心所欲却不逾矩，一个转身移步换景，一扬马鞭千山万水，妙在"恰好"处。这次的装扮需介乎男女之间，以便瞬间转换变身，随身道具我只选了一柄手中折扇，它可以是杜丽娘游园所携的扇子，也可以是哈姆雷特复仇时的一把匕首，前一刻雨丝风片扇舞婀娜，后一秒冷冽寒霜剑气逼人。戏曲的假定性让人不去深究事物的真实性，自愿相信这一刻的存在感，不费气力，举重若轻，变幻自如。

《浣莎纪》脚本由《红楼别梦》的青年编剧罗倩来完成，她跳开了大家惯常的对戏剧文本的认知，更侧重深剖内心思绪的表达，老词新写，名句重译。

我们在上海交响乐团音乐厅的演艺厅首演，全剧七十五分钟。我一人分饰两角，演满整场。器乐配有钢琴、笛箫、鼓、古琴，四位优秀的演奏家黄健怡、钱寅、高均、赵文怡都是我多年的好伙伴，每一位都是独当一面的好手。音乐先行，音乐是形象的种子，我们把《浣莎纪》定为清唱剧，在音乐厅尤其合适。昆曲的经典唱段自然融入其间，即便是钢琴与人声在一起，也是用丰富的和声与交响，在平行交织中进行。音乐是"玩"起来的，但玩得要有意思，要合适。我们的创作十分慎重，我跟作曲家黄健怡前期就磨合了好几年，一直在寻找音乐构建最舒服的结合点。

这个演出有昆曲的唱，也有其他暂时没有办法定性的唱。特别是"哈姆雷特"这部分的音乐属性，黄健怡不觉得是爵士的，也不觉得是古典的，并没有限定，而是按照他感应到的情绪抒发出来的旋律。可能有的人听下来，觉得有爵士、有古典，甚至有先锋音乐的味道。每个人都可以找到和自己相近的音乐元素，从创作者的初衷来说，我们并没有贴上明确的标签。

老师们常说，熟曲子要生唱，要当新的曲子去琢磨研究。确实要了解字头、字腹、字尾。收放的时候是怎样？字与腔之间的关系又是怎样？我们昆曲有个特色的橄榄腔，可以拖四拍的长音，处理好就会很"挂味儿"。昆曲分南北曲，在南曲里面字少腔繁，往往是一咏三叹，有连贯，有顿挫，变化是有规律的，也很丰富。这些唱腔里因为有生命的体验，才能传情达意，我们拿出经典唱段来拆分研究是很有必要的。

我一直觉得传统音乐或传统戏曲的专业性和技能不可以越走越窄，相反，它应该越来越有包容度。这种包容度可以辐射到哪里？大音希声，大象无形。从音乐这一点来说，同一首曲子的表达，唱腔的处理，包括器乐的运用转换，乃至舞台的手眼身法步、人物、造型、故事、主题思想等一系列的不同，都能赋予它不同的变化。这些都是很有必要去尝试的。所谓一千个人演哈姆雷特就会有一千个哈姆雷特，每个人的表演体验不同，就会有不同的演法，我们不能主观判断谁对谁偏，但假如是一个人演一百场，会不会有千变万化的体现呢？大到一出戏，小到一句声腔，我很有兴致去寻找内里的"千变万化"。我相信没有一样东西会一成不变，生命无常流逝，时间不会歇脚，艺术当然不会例外。这次我用了《牡丹亭·寻梦》的经典唱段，试一试、找一找有规律的半即兴式的创作，新曲子老曲子都会在不同程度上进行调适。声腔音乐带出情绪，带入情境，好像在旋律中打开了一扇门，又好像是被指引走入园林亭台，然后又看到了一丝丝垂杨柳、一丢丢榆荚钱，花花草草，生生死死，眼前景色一处比一处清晰……又好像在驻足之处不由自主地深呼吸……画面感和情绪同步生发，音乐的起伏同样在情绪中律动。

上海交响乐团音乐厅的演艺厅是四面观众的模式，它的十二块木地板可以上下升降，表演区在最中间，三百多个观众坐在不同的角度，但都离我特别近。这样的观演关系其实对观众也蛮有要求的，我们充分利用剧场环境，希望和观众更加融合。这个作品更需要的是一个环境设计，也很像一些当代艺术展对于整个氛围环境的布局,其实戏曲戏剧也可以多关注这一方面。如何在现代声场音乐厅搭建一个古典环形剧场？郑导和徐鸣进行了多次沟通,利用剧场原先十二块升降木板调到了环形四面的观演效果,另外做了十八张椅子。不仔细看的话,大家会觉得像戏曲舞台上的一桌二椅的那种红椅子,但我们在椅子的结构和色调上都做了调整。十八张椅子都来自一个母体,可是长得都不一样,有的是全镂空的,有的是多面的。演奏者也坐这样的椅子,有的可能只能坐在椅子边上,有的可能会坐在椅子面上。我们在观众席也放了几把,观众是没法坐的,但环境给到他们的是坐在那张椅子旁边,那他们会不会更接近剧情和演出呢？我们的本意是想把大家都拉进这个音乐和表演的场域。

  人生大致会有一个正常的轨迹,可是会有不同的面相,我自己在表演区两张椅子的不同面相也是暗含着人生的不同选择方向。我们希望每一个人都会找到自己舒适的定位和立足点,这是我们的环境设计给到的一个暗喻。

  在表演区正上方,还垂有一串形状各异的椅子,通过灯光的布控,一串椅子可以四周都出现,或是只有一边两边出现,在需要的时候变成不同的样子。当两边都出现,很像一个帷幕,很传统很古典,但它又是现代装置的线条结构。从文本、音乐、表演乃至环境,整体呈现的各个环节,我们的《浣莎纪》无处不透露着创作者的心思。

  除了保持对传统的尊重和敬畏之外,我更多了一份新鲜和警醒,并投射在长期的实践中。再演《牡丹亭》、再演《长生殿》时更加关注的是一份人物情感的传递,不是光靠自己内心的发动力,而是更有效地靠四功五法表现出来。有的人可能心里感受得到，可是做不出来，因为缺乏手段。当我们把传统的技巧通过扎扎实实的苦练掌握了以后，才有可能把内心的体验外化出来。最舒服的状态是不预设的奇妙之处，到了某个点，身段、眼神、表情等等一切的身体语言会随机自己长出来，然后再不断进行研究修正，这样反复的且琢且磨才是有趣的，才叫作"艺无止境"。

如花美眷，似水流年[1]

最喜欢的是《惊梦》里面有一段杜丽娘做梦前的个人独唱，叫作《山坡羊》。

山坡羊，就是昆曲的曲牌名。昆曲和别的很多剧种都不太一样：昆曲不是板腔体，而是曲牌体，它的每一支曲子前面都有一个曲牌名。曲牌规定了曲子的平仄和曲律，都是成体系成套的。它的唱念做表，都有非常规范的程式化的一套体系，尤其在演唱曲子方面。大家很少听到昆曲像地方剧种那样有很多流派，很重要的一点就是跟它的曲牌体性质有关。

昆曲的曲牌在所有剧种中可以说是最为严谨的，包含了婉转低回的南曲和高昂激越的北曲。《游园》中的《步步娇》《皂罗袍》《好姐姐》《懒画眉》等都是流传很广的南曲曲牌。

---

[1] 本文原载于《昆曲日知录》，生活·读书·新知三联书店，2021年版。

沈昳丽

山坡羊

没乱里春情难遣,蓦地里怀人幽怨。则为俺生小婵娟,拣名门一例、一例里神仙眷。甚良缘,把青春抛的远!俺的睡情谁见?则索因循腼腆。想幽梦谁边,和春光暗流转?迁延,这衷怀哪处言!淹煎,泼残生,除问天!

我把《山坡羊》想成是杜丽娘个人的咏叹调,它是整个《惊梦》的关键所在,承上而启下,承继着前面《游园》的美好和自身年华虚度的感慨,有一丝丝的不甘心,还负责引出《惊梦》的后半段,引出这个美好的梦——杜丽娘梦到她的白马王子。

这段唱的分寸把握尤其重要,杜丽娘要对自己的青春有期许,但又不能操之过急,不能显得很兴奋。柳梦梅既要温文尔雅,又要有主动性。《山坡羊》点燃的这个度数、这个温度,尺寸的拿捏就尤其重要。

舞台上,杜丽娘慵懒地念"恁般天气,好困人也",然后两只手就垂下来了。手腕子会转一转,头略略地低下一点,杜丽娘这里是一个定格。笛声响起,悠悠地出来三个字"没乱里",随着那个腔,眼睛就要从"虚"一点点聚焦变成"实",从下面一点一点地抬起眼皮。那个腔结束了,眼睛的聚焦点也到了。看的是什么?看的是春天美好的景。那个景其实是在杜丽娘的心里,她已经知道了,那个气味她也牢牢记住了,所以就定格了,她唱出"春情难遣……"

像柳梦梅这样的男子,现实中的杜丽娘并没有碰到过,是在她的梦境中首次出现。对于《惊梦》两个人的相遇，我把它定格为杜丽娘爱上了自己的爱情。在一方小小的舞台上会有一阵青烟袅袅，杜丽娘做一个手势，表示她已经睡下了。这个时候舞台的另一侧就有花神——美丽好看的花朵——其实都是有灵性的花仙子，迎出来一个俊俏儒雅玉树临风的美男子。男主人公柳梦梅的出现就是一个幻影，是杜丽娘眼中的景象，就和她游园时看到的花花草草印在脑海里一样。这个男生如期而至了，文质彬彬、温文尔雅地拿了一根柳枝，站在杜丽娘的身边，轻轻地唤了一声"姐姐"，在《惊梦》里两个人就这样开始了。

山桃红

则为你如花美眷，似水流年，是答儿闲寻遍。在幽闺自怜。转过这芍药栏前，紧靠着湖山石边。和你把领扣松，衣带宽，袖梢儿揾着牙儿苫也，则待你忍耐温存一晌眠。是哪处曾相见，相看俨然，早难道好处相逢无一言？

在汤显祖的词里，我们可以找到如此丰富的表达方式，这就是昆曲的高明之处。为什么一部《牡丹亭》可以传唱不绝，几百年被一辈一辈的昆曲人传承沿袭下来？就是因为其内里表达情感的方式非常细腻，非常专注，而且永远在探索中，永远保持着一口生鲜之气。

附 录

黄佐临艺术年表（简编）

1906年　10月24日，诞生于天津余庆里一号。父亲黄颂颁是德商世昌洋行的职员，后在英商亚细亚火油公司任高级职员；同时，在天津"广东音乐会"任会长，爱好京剧。家庭的艺术熏陶影响了佐临以后的发展。

1911年　辛亥革命爆发。黄家隔壁的女革命党被捕，给佐临以深刻的印象。

1913年　迁入福州路新居。读《三字经》，并从外祖父学习古文。

1917年　进天津教会学校（伦敦会）——新学书院就读。

1919年　参加"五四"宣传活动，在南开中学集会时，与学生会负责人之一周恩来相见。

1921年　读第一个外国现代剧本——《社会栋梁》（［挪威］易卜生著）。自编自撰《朝霞》刊物，并在班级发行。开始喜爱文明戏，印象深刻的有《拿破仑》《杀兄夺嫂》（原名《哈姆雷特》，［英］莎士比亚著）。

1924年　在《威尼斯商人》（［英］莎士比亚著）中扮演夏洛克的女婿。

1925年　从新学书院毕业，准备去英国留学。
　　　　8月14日，由上海离开祖国。
　　　　10月，入英国伯明翰大学商科，住在郊区的林溪学院。

1926年　在林溪学院的学生同乐晚会上，演出自编自导的独幕剧《东西》。

1927年　在林溪学院的学生同乐晚会上，集体朗读萧伯纳的《千面人》中间部分，并扮演孔夫子。因善于戏谑，被同学们冠以"调皮鬼"

（imp）的雅号。参加牛津大学举办的"莎士比亚暑期学校"，听取众多莎士比亚研究者的讲学。

暑期中，到日内瓦"国际劳工组织"做社会调查。

暑期后，转入伯明翰大学社会研究科。

1928年　在林溪学院的学生同乐晚会上，朗读自编的《中国茶》。

将《东西》剧本寄给萧伯纳，表示对萧伯纳、易卜生的崇拜，得萧伯纳的热情回信与殷切期望。从此，萧成为黄的艺术启蒙和一生敬重之师，他读遍萧作，成为"萧迷"，几度交往，师生情笃。

开始读高尔斯华绥的小说。暑期到德国柏林、马顿堡，受到马顿堡市长的热情接待。任林溪学院第二十八期暑期季刊编辑，并撰写了该期日记。

1929年　5月，毕业于伯明翰大学社会研究科。在林溪学院学生同乐晚会上，演出自编自导的《只要团结，没有不可能的事》，剧本发表在学院的季刊上。

8月，离英，绕道美国返回祖国。到上海，在中华基督教协会劳工部和公共租界工部局收集人力车工人生活情况的材料。开始戏剧史的研究。

9月23日至25日，在天津《大公报》首次发表《南开公演的〈争强〉与原著之比较》一文，署名黄作霖。

1930年　任天津英国火油公司的在华（中国）顾问。创办树人中学，兼任英文教师。为学生用英文改写独幕剧《老黄牛》（英国剧本）。

5月，在天津《泰晤士报》发表英文稿《莎士比亚的〈如愿〉——评天津中西女中毕业演出》。由此结识罗瑟琳的扮演者金韵之（丹尼），后结成终身伴侣。

1931年　兼任南开大学英文讲师，并开《萧伯纳研究》《狄更斯研究》等课程。

《中国茶》在上海出版的英文刊物《人民论坛》上发表。翻译高尔斯华绥的《家长》。翻译丁玲的短篇小说《水》，并在《人民论坛》上发表。为天津中西女中写《委曲求全》（［英］莎士比亚著）的剧评，发表在天津《泰晤士报》上。

萧伯纳到中国，先游长城，后去上海。佐临因不满胡适对萧伯纳的冷淡，写公开信欢迎萧伯纳来华，与蔡元培、宋庆龄、鲁迅等在沪对萧伯纳的热忱欢迎遥相呼应。

1932年　任母校新学书院名誉院长。

3月8日至9日，在天津文学、社会研究学会上的英文讲稿《萧伯纳与高尔斯华绥作一比较》发表在天津的《泰晤士报》上。谢绝担任国民政府国际宣传处处长的提议，职务的推荐人为胡适。

1933年	继任新学书院名誉院长。年后,新学书院改为新学中学。将《萧伯纳与高尔斯华绥作一比较》一文寄给萧伯纳氏与高尔斯华绥氏,得二氏赞扬的亲笔信,信在抗战时遗失。《萧伯纳一生的成就》一文在《国闻周报》第一卷第七至第九期发表。
1935年	再度出国,先到美国,与丹尼结婚,后同去英国伦敦,专攻戏剧。
1936年	准备文学硕士论文《莎士比亚戏剧在英国演出简史》。法国导演圣-丹尼创建伦敦戏剧学馆。与丹尼一同考进伦敦戏剧学馆,佐临入导演班学习。假期到德文郡达庭顿庄园的《柔氏舞蹈学校》上形体语言课。在安东·契诃夫侄子创建的戏剧学馆听关于斯坦尼斯拉夫斯基体系的系统介绍及其舞台体现方式的课。精读斯坦尼斯拉夫斯基的著作《我的艺术生活》。读到布莱希特在莫斯科看了梅兰芳演出后写的《论中国戏曲的陌生化效果》的论述。布认为他在蒙眬中孜孜以求的戏剧的"陌生化效果"的艺术素质,在中国古典戏曲中得到了很多印证,使他茅塞顿开。此文,又使爱祖国、爱戏剧的佐临的民族自豪感大大增强,自这以后佐临开始了对布氏学说的关注和接近,成为英国皇家剧院和巡回剧场三楼学生座的忠实观众,看遍各种风格的莎士比亚戏剧的演出。
1937年	从伦敦戏剧学馆导演班毕业。 5月,在剑桥大学通过论文答辩,获文学硕士学位。 7月10日,拜访萧伯纳,决定回国投入抗日行列。萧告知戏剧工作是一个"担风险、朝不保夕"的职业。萧伯纳在相册上题写了语重心长的分手词。 随同英国戏剧协会参加莫斯科第五届戏剧节。莫斯科艺术剧院及其他苏联演剧流派的演出,给佐临以深刻印象。取道香港返国。
1938年	在天津结识昆曲名家白云生、韩世昌等,每次相见都要谈论京剧和昆曲,这算是佐临有心研究民族戏剧的开始,对日后的研究创造颇具影响。将《日出》《阿Q正传》《赛金花》译成英文。为青年会排演独幕剧《白取乐》(原名《处女的心》,[苏]雅鲁纳尔著)。 5月,为新学中学毕业班执导《人之初》(原名《窦巴兹》,[法]巴尼奥尔著,顾仲彝改编,亦名《小学教员》)。 8月,与丹尼共赴重庆国立戏剧专科学校任教。在国立剧专开表演、导演课。系统地引进斯坦尼斯拉夫斯基体系,并制定了比较完备的教学大纲。为国立剧专学生排演《阿Q正传》(鲁迅著,田汉改编)、《凤凰城》(吴祖光著)。
1939年	随国立剧专迁至四川江安。

1940年	回天津奔父丧。到上海。任圣约翰大学讲师,开《西方戏剧选读》《欧洲戏剧史》课程。开始以"佐临"为名。为上海剧艺社执导《小城故事》(张骏祥著,署名袁俊)、《圆谎记》([英]琼斯著,朱端钧译)。
1941年	任暨南大学讲师,开《莎士比亚研究》课程。任沪江大学讲师,开《戏剧理论》课程,介绍西方戏剧及理论。 3月,在《剧场艺术》第三卷第一、二期发表《表演的好坏怎样评定》一文。 4月,为上海剧艺社执导《争强》([英]高尔斯华绥著,曹禺改编),后因故未演出。 5月,为上海剧艺社执导《君子好逑》(即《白取乐》)、《求婚》([俄]契诃夫著,平群改编)、《边城故事》(张骏祥著,署名袁俊)。 9月,离开上海剧艺社,组织上海职业剧团。 10月,为上海职业剧团执导的《蜕变》(曹禺著)上演。 11月18日,为上海职业剧团执导的《阿Q正传》(田汉改编,署名陈瑜)上演。 12月4日,《边城故事》更名为《凤娃》后上演。
1942年	1月5日,执导的《侬发痴》《喜临门》等上演。 改编《荒岛英雄》([英]巴里著,原名《可敬的克莱顿》)。 为上海职业剧团执导《荒岛英雄》。 4月29日,《荒岛英雄》上演。 5月6日,执导的《秋》(巴金著,李健吾改编)以荣伟公司的名义上演。 10月10日,为上海艺术剧团执导的《大马戏团》(原名《吃耳光的人》,[俄]安德烈夫著,师陀改编)上演。 11月24日,为上海艺术剧团执导《秋海棠》(秦瘦鸥原著,集体改编,费穆、顾仲彝联合执导)。
1943年	为上海联艺剧团执导《称心如意》(杨绛著)。为艺光剧团执导《天罗地网》(载耳改编)。 9月,"苦干剧团"正式成立。 10月,为"苦干剧团"执导《梁上君子》([匈牙利]莫纳著,佐临改编)。为华艺剧团执导《田园恨》(原名《榆树下的欲望》,[美]奥尼尔著,无武改编)。在"苦干剧团"全体人员集会上,作关于话剧导演的职能的讲话。这个讲话后来在《万象》第三、第四期上发表,题为《话剧导演的职能》。
1944年	为"苦干剧团"执导《牛郎织女》(吴祖光著)、《视察专员》

（原名《钦差大臣》，［俄］果戈理著，陈治策改编）、《金小玉》（原名《托斯卡》，［法］萨尔都著，李健吾改编）。

为观众演出公司执导《归魂记》（剧本在1946年由张骏祥主编的《水准》创刊号上发表）。为话剧界义演，与朱端钧、费穆、吴仞之联合执导《日出》（佐临负责第二幕）。

1945年　为"苦干剧团"筹募基金，再度上演《秋海棠》。

在上海十所大学联合演出中，任《富贵浮云》导演顾问（张骏祥译，张伐导演）。

为"苦干剧团"执导《舞台艳后》（原名《无罪的人》，［俄］奥斯特洛夫斯基著，徐舟改编）。

执导《胖姐儿》（原名《油漆未干》，顾仲彝改编）。

为"苦干戏剧修养学馆"执导《乱世英雄》（原名《马克白斯》，［英］莎士比亚著，李健吾改编）。

为筹募南市救济医院经费，执导《家》（巴金著，吴天改编，朱端钧、吴仞之、洪漠、费穆联合执导）。

11月，为"苦干剧团"执导的《蜕变》《夜店》（原名《底层》，［苏］高尔基著，师陀、柯灵改编）上演。

12月，与李健吾、顾仲彝发起建立上海实验戏剧学校（即上海戏剧学院前身）。任上海实验戏剧学校教授，开《基本训练》课程。创作《正人君子》（为《梁上君子》续篇）。

1946年　与"苦干剧团"同人在《文汇报》上发表反对国民党提高上演税的抗议书。

为上海剧艺社执导《升官图》（陈白尘著）。"苦干剧团"参加上海剧艺社。任南京国立戏剧专科学校教授。为国立戏剧专科学校高级职业科三年级执导《称心如意》（杨绛著）。

10月，任文华影片公司编导。

1947年　执导电影《假凤虚凰》（桑弧著，文华影片公司出品）。

3月，为上海实验戏剧学校执导《小城故事》（张骏祥著）。

4月，任《表》的导演顾问（导演张石流，由上海实验戏剧学校学生排演）。

在文华影片公司高层会议上，作关于制片方针等的重要讲话。执导电影《夜店》（文华影片公司出品）。

1948年　参与"戏剧工作者协会"的筹备工作。

参加《告剧人书》的起草工作。改编、筹拍多集影片《水浒传》。这一活动历时一年多，全片共分六集。另外还有师陀、陈西禾、石挥等参加，顾问由郑振铎担任，后因形势变化等故未能实际拍摄。

1949年	执导电影《表》（文华影片公司出品）。参加第一次全国文代会，当选为理事。筹建上海剧影协会，当选为理事。
1950年	执导电影《腐蚀》（茅盾著，柯灵改编，文华影片公司出品）、《思想问题》（蓝光、刘沧浪著，丁力联合导演）。
1951年	任上海人民艺术剧院副院长。 3月，为上海人民艺术剧院创办第一届学馆。为上海人民艺术剧院执导《抗美援朝大活报》（屈楚等著）。
1952年	编导影片《美国之窗》（文华影片公司出品）。 12月，为上海人民艺术剧院执导《曙光照耀着莫斯科》（［苏］苏洛夫著）。
1953年	作关于《曙光照耀着莫斯科》一剧的排演步骤和体会的报告。 8月7日，在《解放日报》上，发表《纪念斯坦尼斯拉夫斯基逝世十五周年》一文。
1954年	为上海人民艺术剧院执导《考验》（夏衍著）。 9月，在《考验》说明书上，作关于导演意图的阐述。 执导戏曲电影《双推磨》（锡剧，上海电影制片厂出品）。随中国文化友好代表团赴苏联考察三个月。
1955年	执导电影《为了和平》（柯灵著，上海电影制片厂出品）。 10月，在《导演阐述》上发表《〈为了和平〉导演阐述》一文。
1956年	7月，在《新观察》上发表《萧伯纳赠给我的纪念品》一文。 11月，为上海人民艺术剧院执导《布谷鸟又叫了》（杨履方著）。
1957年	3月，《布谷鸟又叫了》正式上演。为上海人民艺术剧院执导《万水千山》（陈其通著）。 8月，在《万水千山》说明书上，作关于导演意图的阐述。
1958年	为上海人民艺术剧院执导《八面红旗迎风飘》（集体创作）。 执导电影《布谷鸟又叫了》（天马电影制片厂出品）、《三毛学生意》（滑稽戏，天马电影制片厂出品）。
1959年	8月，为上海人民艺术剧院执导《大胆妈妈和她的孩子们》（［德］布莱希特著）。 在上海人民艺术剧院作《关于德国戏剧艺术家布莱希特》的学术报告。 10月，在《大胆妈妈和她的孩子们》说明书上，作关于导演意图的阐述。 10月7日，《大胆妈妈和她的孩子们》上演。 10月8日，在《文汇报》上发表《"睁开眼睛"来看〈大胆妈妈〉》一文。

	执导电影《黄浦江的故事》（艾明之、陈西禾著，海燕电影制片厂出品）。
1960年	为上海人民艺术剧院执导《春城无处不飞花》（集体创作，杨村彬、王元美执笔）。
	1月19日，在《解放日报》上发表《喜看新花红且艳》一文。在《戏剧报》第五期上发表《谈〈槐树庄〉》一文。
	7月，为上海人民艺术剧院编导《纸船明烛照天烧》。被正式任命为上海人民艺术剧院院长。为上海人民艺术剧院执导《悲壮的颂歌》（［苏］包戈廷著，凌宜如联合执导）。
	10月，在上海人民艺术剧院作《悲壮的颂歌》的导演阐述。为上海人民艺术剧院创办第二届学馆，为学馆教师执导《张古董借妻》。
	11月，在《上海戏剧》第十一期发表《对〈悲壮的颂歌〉初步的认识——导演手札》一文。
	11月21日，在《文汇报》上发表《赞观众》一文。
1962年	为上海人民艺术剧院执导《珠穆朗玛》（杨村彬著并联合执导）。
	3月，在广州话剧、歌剧、儿童剧创作座谈会上作《漫谈"戏剧观"》的发言。
	4月25日，在《人民日报》上发表《漫谈"戏剧观"》一文。
	4月28日，在《文汇报》上发表布莱希特《论中国戏曲》的译文。为上海人民艺术剧院执导《第二个春天》（刘川著）。
	10月，在《第二个春天》说明书上作关于导演意图的阐述。
	10月31日，在《辽宁日报》上发表《心潮逐浪高——写在〈第二个春天〉演出之前》一文。在全国剧协青年作者读书会上，作《意大利即兴喜剧》的学术报告。
1963年	为上海人民艺术剧院执导《乌云难遮月》、《激流勇进》（胡万春著）、《霓虹灯下的哨兵》（沈西蒙著，吴培远联合执导）。
1964年	任上海芭蕾舞团的芭蕾舞《白毛女》一剧的艺术指导。
	4月1日，在《人民日报》上发表《我喜欢排现代话剧——为什么？——答一位观众的信》一文。
	4月，在《戏剧报》上发表《党的领导是编演现代戏的可靠保证——在1963年以来优秀话剧创作及演出授奖大会上的发言》一文。
1965年	为上海人民艺术剧院执导《一千零一天》（周正行等著）。在上海滑稽界作关于《意大利即兴喜剧》的学术报告。
	5月14日，在上海戏剧学院戏曲导演进修班上作《谈谈我的导演

	经验》的学术报告。
1966年	2月22日到23日，在普陀区工人业余话剧创作学习班上作《新戏要靠新人写》的报告。
	把十首毛主席诗词翻译成英文。
1977年	2月10日，在上海市委新领导接见文教、科技和爱国人士大会上作《大批"四人帮"，大抒积极性》的发言。
	4月，执导电影《失去记忆的人》（杨时文著，上海电影制片厂出品）。
	8月27日，作关于《失去记忆的人》一剧导演处理的讲话。
1978年	为上海人民艺术剧院执导《彼岸》（杜宣著，吴培远联合执导）。
	8月，在上海话剧汇报演出讲座上，作《从〈新长征交响诗〉谈起——对我国话剧艺术的展望》的学术报告。
	8月18日，在《文汇报》上发表《参加话剧汇演的一些感受》一文。
	11月，在《人民戏剧》第十一期上发表《从〈新长征交响诗〉谈起》一文。为中国青年艺术剧院执导《伽利略传》（［德］布莱希特著，陈颙联合执导）。在《戏剧艺术》第四期上发表《总结·借鉴·展望》一文。
	12月18日至次年3月26日，在中国青年艺术剧院排练厅，多次作关于《伽利略传》的排练讲话。在《戏剧学习》第四期上发表《人气·仙气·志气——关于话剧提高的发言》一文。
1979年	5月1日，在《解放日报》上发表《真是斗争好儿郎——〈陈毅出山〉观后》一文。在《文艺研究》上发表《追求科学需要特殊的勇气——为布莱希特的〈伽利略传〉首次在中国上演而作》一文。在香港《东方地平线》第九期上，发表《伽利略在北京》一文（英文稿）。
1980年	1月3日，在《文汇报》上发表《她受到了观众的注目——介绍青年话剧演员奚美娟》一文。
	2月，任中国导演代表团团长，访问联邦德国。任《陈毅市长》艺术指导（沙叶新著，上海人民艺术剧院演出，胡思庆执导）。在第四届全国文代会上作《人气·仙气·志气》的发言。
	5月8日及6月6日，在上海人民艺术剧院学术研究会上，作《格洛托夫斯基的"穷干戏剧"》的学术报告。在上海人民艺术剧院作《西德访问见闻》的报告。
1981年	为上海人民艺术剧院执导《萨勒姆的女巫》（［美］阿瑟·米勒著，梅绍武译，吴培远联合执导），并任总导演。

8月12日，在《人民日报》上发表《梅兰芳、斯坦尼斯拉夫斯基、布莱希特戏剧观比较》一文。为上海电影制片厂执导《陈毅市长》。从1947年导演《假凤虚凰》《夜店》至《陈毅市长》，佐临导演并完成拍摄和发行放映的电影有十三部。
参加上海人民艺术剧院《巍巍昆仑》剧组导演团（冬生著，虞留德、张启德、罗国贤联合执导）。

1983年　任上海人民艺术剧院《生命·爱情·自由》总导演（罗国贤著，吴培远、嵇启明联合执导）。在上海人民艺术剧院作《关于〈生命·爱情·自由〉的格调和几个人物》的发言。

1984年　任中国戏剧家代表团团长，访问日本。在上海人民艺术剧院作《访日报告》。
在第六届国际布莱希特研讨会上作《布莱希特〈中国戏剧艺术的陌生化效果〉读后补充》的学术报告。

1985年　为上海人民艺术剧院执导《家》（曹禺改编，虞留德、刘桐标联合执导），并任总导演。在上海人民艺术剧院《家》剧组作《〈家〉剧导演阐述》的学术报告。《家》入川演出时，在征求意见会上作《巴山蜀水会知音》的发言。
9月，参加《家》剧组赴日本演出一个月。

1986年　在首届中国莎士比亚戏剧节上作《莎士比亚剧作在中国舞台演出展望》的学术报告。在《劳动报》上发表《莎士比亚是历史的产物》一文。
5月8日，在《四川日报》上发表《昆剧、川剧是一对孪生姊妹》一文。在上海人民艺术剧院院刊上发表《布莱希特致萧伯纳七十寿辰的贺词》翻译稿和译者附记。
9月，在英国卡迪夫戏剧研讨会上作《梅兰芳的座右铭》的发言。作《〈马克白斯〉中国化——从"苦干"演出剪报摘录中引起的点滴回忆》。任昆剧《血手记》艺术顾问（郑拾风改编，李家耀执行导演）。

1987年　应邀出席在香港召开的"国际布莱希特学会第七届讨论会"，代表中还有陈恭敏、蒋云仙、李家耀等共十一人。为上海人民艺术剧院执导《中国梦》，并任总导演（孙惠柱、费春放著，陈体江、胡雪桦联合执导）。为在伦敦举行的昆剧《血手记》讨论会撰写学术报告，此报告在夏威夷大学出版的《亚洲戏剧报》上发表，题为《一种意味深长的撞合》，简谈其写意戏剧观。

1988年　在《中国文学》《布莱希特年鉴》上发表《国际布莱希特学会第七届研讨会的感受》一文（英文稿，译稿在《文艺报》1987年5月9日发表）。

	5月18日，在联邦德国洪堡基金委员会举办的关于"本土戏剧与异域戏剧"研讨会上作《〈中国梦〉——东西文化交融之成果》的发言。
1989年	1月6日，在"振兴话剧"颁奖大会上作《振兴话剧战略构想十四条》的发言。
1989年	4月，为上海人民艺术剧院执导《棺材太大洞太小》《童叟无欺》两个小戏，并参加在南京举行的小剧场戏剧会演。在南京小剧场戏剧节上作《"小剧场"艺术之我见》的发言。全文在1989年第四期《上海戏剧》上发表。
1989年	7月至12月，与中国戏剧出版社张郁同志齐心合力选编《我与写意戏剧观》一书。
	8月10月，担任上海庆祝建国四十周年文艺活动的总设计。编导四集电视剧《礼花齐放》，其中两集是戏剧，一集是音乐舞蹈，一集是电影电视，展现了建国四十年来上海艺术事业的光辉成就，热情洋溢地歌颂了中国共产党和人民政府的伟大正确，给人以深深的鼓舞和激励。
	12月，应两个学会、协会的邀请去新加坡讲学。一是在联邦德国歌德研究学会主办的布莱希特国际研讨会主讲两个题目：英语《布莱希特与世界文化交流》，汉语《布莱希特与写意戏剧观》。二是为新加坡实验戏剧中心与新加坡话剧爱好者协会作表导演讲学。

黄蜀芹创作年表

黄蜀芹，祖籍广东，出生于上海，汉族。1945—1950年就读于上海中西第二小学；1950—1957年就读于上海中西女中、上海市三女中；1957—1959年主动要求下乡劳动，等待电影学院的招生。1959—1964年在北京电影学院导演系学习。1964年被分配到上海电影制片厂工作。1981年开始当导演。1993年起担任第八、第九届全国政协委员。1999年曾担任第十一届叙利亚大马士革国际电影节评委会主席；2001年受聘担任第十二届印度海德拉巴国际儿童电影节评委；2002年担任第六届上海国际电影节评委。曾任中国电影家协会理事、上海电影家协会副主席。

执导作品
电影
《当代人》（1981年）
《青春万岁》（1983年）
获第八届塔什干国际电影节优秀影片奖
《童年的朋友》（1984年）
获1984年文化部优秀儿童故事片奖
获1985年中国第一届儿童电影童牛奖优秀儿童少年故事片奖
参加法国南特"三大洲电影节"中国影展
《超国界行动》（1986年）
《人·鬼·情》（1988年）
获1988年第八届中国电影金鸡奖最佳编剧、最佳男主角奖
获1988年第五届巴西里约热内卢国际电影节大奖

获1989年第十一届法国克莱黛尔女性电影节公众大奖
获1992年第七届美国圣塔芭芭拉国际电影节最佳导演奖
1999年，被广电总局评为"本世纪50部中国优秀电影精品之一"
《画魂》（1993年）
《我也有爸爸》（1996年）
获1996年中国电影华表奖优秀儿童片奖
获1997年第二十届柏林儿童电影节特别评委奖
获1997年第七届童牛奖最佳影片、最佳导演、最佳作曲、最佳成人表演奖
获1997年第十届印度国际青少年电影节金象奖
《嗨，弗兰克》（2001年）

电视剧

《围城》（十集，1990年）
获中国电视飞天奖、金鹰奖大奖及最佳编剧、最佳导演、最佳男演员、最佳作曲等多项奖
1999年，被广电总局评为"本世纪50部中国优秀电视剧精品之一"
《孽债》（二十集，1995年）
《上海沧桑》（五十集，1999年）
获2000年中国电视剧飞天奖

电视电影

《丈夫》（1994年）
《红粉》（1994年）

其他

《琵琶行》（昆曲 2000年）
2001年9月，受邀到德国柏林演出，受到德国观众的好评

郑大圣主要创作年表

郑大圣，1990年上海戏剧学院导演系本科毕业，1994年美国芝加哥艺术学院电影系研究生毕业。

主要创作

多媒体光盘《中国古代美术》（1996年）
电视连续剧《女子公寓》（二十集，1997年）
获评第二届中国电视艺术"双十佳"十佳导演
CD-ROM多媒体光盘《戏剧大师黄佐临》（1998年）
电视电影《阿桃》（央视电影频道，2000年）
获第八届上海国际电视节评委会特别奖
获首届电影频道优秀电视电影百合奖一等奖
电视电影《王勃之死》（央视电影频道，2000年）
获第二十届金鸡百花电影节最佳电视电影奖
获首届电影频道优秀电视电影百合奖一等奖
电视电影《古玩》（央视电影频道，2001年）
获第二届电影频道优秀电视电影百合奖一等奖
获第九届大学生电影节最佳电视电影导演奖
获第二十一届金鸡百花电影节最佳电视电影提名
"中华传统道德教典"电视剧《了凡四训》（四集，2001年）
纪录片 *DV CHINA*（2002年）
获奥地利易本希国际电影节银奖，入围瑞士国际纪录片电影节跨越真相单元

小剧场昆剧《长生殿》（上海昆剧团，2004年）
数字电影《流年》（央视电影频道，2005年），
入围法国汉斯国际电影节
电视连续剧《浪淘沙》（二十集，2005年）
话剧《撒勒姆的女巫》（上海话剧艺术中心，2006年）
越剧《唐琬》（芳华越剧团，2006年）
获越剧百年戏剧节金奖
京剧电影《廉吏于成龙》（上影集团，2008年）
获第十三届中国电影华表奖优秀戏曲片奖
获第十八届中国电影金鸡奖最佳戏曲片
参加第五回"先锋光芒"影展
上海世博会中国馆主题电影《和谐中国》（上影集团，2009—2010年）
世博会驻场演出，古戏台馆版昆曲《牡丹亭》（上海戏剧学院戏曲分院，2009—2010年）
电影《天津闲人》（2012年）
获第十三届电影频道优秀电视电影百合奖一等奖
获第二十届北京大学生电影节最佳低成本电影奖、导演奖
电影《危城之恋》
入围第三十六届蒙特利尔国际电影节"世界聚焦"单元
获第七届华语青年影像论坛年度新锐摄影师奖
系列4K数字电影《蚀》（五部，根据茅盾同名小说改编，2013年）
获第十五届电影频道优秀电视电影百合奖一等奖
电视连续剧《代号》（2014年）
电影《村戏》（2017年）
获中国导演家协会2017年度评委会特别表彰
获第三十一届中国电影金鸡奖最佳摄影奖，获最佳导演提名、最佳编剧提名、最佳女配角提名
获第二十五届北京大学生电影节评委会大奖
获第五十四届金马奖、最佳改编剧本提名
获第一届平遥国际电影展"影展之最"单元最受欢迎影片提名
入围第二十一届塔林黑夜电影节主竞赛单元
获第十四届长春电影节"金鹿奖"最佳摄影提名、最佳女配角提名
获第二十六届上海影评人奖年度最佳影片奖、最佳新人女演员奖
获第四届豆瓣电影年度榜单年度华语独立佳作提名
当代昆曲剧场《浣纱记》（纪念莎士比亚逝世四百周年，2016年）
黔西南非遗演出《布依八音》（2016年）
电影《1921》（联合导演，2021年）
获第三十四届中国电影金鸡奖最佳导演等四项提名

后　记　许金晶

　　撰写序言时，恰值2022年秋去冬来的一个夜晚，耳边聆听的，是生祥乐队的专辑《野莲出庄》；而写本书后记的今晚，正处2023年的初夏，远处是南京既繁华而又时常宁静得只能听见法国梧桐叶落声的中山北路，此刻耳边聆听的，是蒙古族民歌歌者乌仁娜的第一张专辑《听风的歌》。

　　无论是林生祥还是乌仁娜，他们都身处中华大地的"边陲之地"，他们的所歌所唱，与当下喧嚣、热闹而又不时蕴藏风险的现实，存在着显著的差异与张力。然而必须指出的是，前者同样是中华文化不可或缺的，甚至是最具生命力的组成部分，其价值并不因为它们之于当下的"陌生感"而丝毫减弱。这些民歌，像极了本书里记述的三代电影戏剧世家的故事——它们并不久远，却似乎非常陌生；它们并不晦涩，却似乎非常深邃；它们并不小众，却似乎非常遥远……我们梳理与还原十多万字的一手资料，不只是要为这个艺术世家立传和留存史料，也是为了后人观察和体味这一个世纪以来的艺术变革、文化变迁与生活巨变，留下一份看似陌生和遥远但绝对具备重要窗口价值的文本资料。从黄佐临先生在新中国成立前后创作的《思想问题》《表》，到黄蜀芹先生在改革开放之初创作的《青春万岁》《人·鬼·情》，再到郑大圣兄在又一个新旧时代交替之际创作的《村戏》《1921》，本书聚焦的这个艺术世家，在百年中国史进程中的每一个转型时期与转折时点，都贡献出了极具史料价值的重要艺术作品。从这个角度来说，阅读与体味这个家族的艺术传承历史，就是在体味我们这个国家在曲折中前进的坎坷历史。唯愿国家在变革中，能够少走一点弯路；唯愿国家里的每一个人，在随时代前进的步伐中，能够少遇一些风浪。

2023年年初，曾经多年致力于经典共读的丁进老师突然离世；2023年5月8日，笔者一直守望、观察和研究的藏族伟大艺术家万玛才旦英年早逝；2022年底和2023年5月12日，笔者另外两位重要师友或突然昏迷、被送进ICU抢救、至今不醒，或在武汉出差时突发脑梗、身体健康受到严重影响……短短不到半年的时间，身边出现的这么多噩耗，确实让我们自己反复叩问生命的意义。这段日子里，我一次又一次地想起去年去世的黄蜀芹先生，也想起疫情三年里，跟黄佐临、黄蜀芹和郑大圣的电影、戏剧作品、文字相伴的那些日日夜夜。中国人常说：立功，立德，立言。渺小如你我，或许不足以为这个世界留下任何功、德与言，然而，能为传播上述伟大人物的功、德、言做出自己小小的贡献，或许在我们或久远、或临近的死亡真正到来之际，我们也足以无愧此生。

再次想起疫情三年里反复阅读的《西西弗神话》里的片段。是的，我们的一切努力，包括这篇不知所云的文字的书写，或许都是无甚意义的，然而我们仍然在书写，仍然在发声，仍然在像西西弗一次次推石上山那样，以耕耘充实我们的生命。那么生命的意义有无，又有多么重要呢？

重要的是，我们来过；重要的是，我们爱过；重要的是，我们书写过，并且会——一直书写下去。

就此搁笔。

许金晶
2023年5月17日周三晚作于竹林斋

图书在版编目（CIP）数据

一个家族的电影史 / 许金晶，孙海彦编著 . — 上海：文汇出版社，2023.8
 ISBN 978-7-5496-4054-6

Ⅰ.①一… Ⅱ.①许…②孙… Ⅲ.①回忆录—作品集—中国—当代 Ⅳ.①I251

中国国家版本馆CIP数据核字（2023）第102766号

一个家族的电影史

作　　者／许金晶　孙海彦
责任编辑／戴　铮
封面设计／裴雷思
版式设计／汤惟惟
出版发行／文汇出版社
　　　　　上海市威海路755号
　　　　　（邮政编码：200041）
印刷装订／上海普顺印刷包装有限公司
版　　次／2023年8月第1版
印　　次／2023年8月第1次印刷
开　　本／787毫米×1092毫米　1/32
字　　数／225千字
印　　张／9.75
书　　号／ISBN 978-7-5496-4054-6
定　　价／85.00元